U0083144

中國新聞史研究輯刊

八編

主編　方漢奇

副主編　王潤澤、程曼麗

第6冊

元始播音員

林傑謀 著

花木蘭文化事業有限公司

國家圖書館出版品預行編目資料

元始播音員／林傑謀 著 -- 初版 -- 新北市：花木蘭文化事業有限公司，2024〔民 113〕
序 8+ 目 2+254 面；19×26 公分
（中國新聞史研究輯刊 八編；第 6 冊）
ISBN 978-626-344-798-1（精裝）
1.CST：播音 2.CST：廣播事業 3.CST：歷史 4.CST：中國
890.9208　　113009363

中國新聞史研究輯刊
八 編 第 六 冊　　ISBN：978-626-344-798-1

元始播音員

作　　者　林傑謀
主　　編　方漢奇
副 主 編　王潤澤、程曼麗
總 編 輯　杜潔祥
副總編輯　楊嘉樂
編輯主任　許郁翎
編　　輯　潘玟靜、蔡正宣　美術編輯　陳逸婷
出　　版　花木蘭文化事業有限公司
發 行 人　高小娟
聯絡地址　235 新北市中和區中安街七二號十三樓
　　　　　電話：02-2923-1455／傳真：02-2923-1452
網　　址　http://www.huamulan.tw 信箱 service@huamulans.com
印　　刷　普羅文化出版廣告事業
初　　版　2024 年 9 月
定　　價　八編 6 冊（精裝）新台幣 16,000 元

元始播音員

林傑謀 著

作者簡介

林傑謀，男，廣西賓陽縣人。廣西電視臺高級編輯，一級文學編輯，負責臺編委會常務工作的副臺長，已退休。畢業於北京廣播學院（中國傳媒大學）新聞系，長期從事電視節目製作。其作品曾獲得過中國廣播電視社教節目大獎、中國電視文藝星光獎、中國電視金鷹獎；先後有九部作品在省、部級評獎中獲一等獎。在《新聞戰線》《中國廣播電視學刊》等刊物發表論文十多篇。曾獲國家人事部和廣電總局授予的「全國廣播電影電視系統先進工作者」、中國電視藝術家協會授予的「第五屆全國德藝雙馨電視藝術工作者」、廣西壯族自治區黨委、政府授予的「廣西民族團結進步先進個人」等榮譽稱號。

提　　要

本書講述國民黨中央廣播電臺三位女播音員從考試入職到人生落幕的故事。中國首次進行選拔播音員考試，新奇有趣而又認真嚴格；她們從眾多的報名者中脫穎而出，攜青春靚麗之美飄入莊嚴肅穆的國民黨中央黨部；以圓潤甜美的嗓音，清晰標準的國語，為中央廣播電臺開創嶄新的播音風格，贏得海內外聽眾的喜愛。在艱苦卓絕的八年抗戰中不顧個人安危，輾轉奔走，堅守崗位，為民族戰爭勝利吶喊！她們親歷中國廣播史上許多重要的廣播活動；見證了國民黨在大陸時期的廣播事業從興盛到崩潰，見證了新中國建立以後人民廣播事業的發展與繁榮。閱讀本書可以瞭解中國廣播的一段歷史和一些鮮為人知的歷史人物。

序言一

黃　勇*

廣西電視臺原副臺長林傑謀同志所撰書稿《元始播音員》翔實地描述了民國時期中國第一座國家廣播電臺——國民黨中央廣播電臺三位女播音員從考試入職到人生落幕的故事，讓我們從中瞭解了中國廣播的一段歷史和幾個鮮為人知的廣播歷史人物。

在中國廣播電視發展史上，有幾個重要的歷史節點：一是 1923 年 1 月 23 日，由美國人 E．G 奧斯邦在中國上海開辦的「大陸報——中國無線電公司廣播電臺」開播，這是在中國出現的第一座由外國人開辦的商業廣播電臺。二是 1926 年 10 月 1 日，哈爾濱廣播無線電臺開播，這是中國早期無線電專家劉瀚，在奉系軍閥當局支持下創辦的第一座本國官辦的廣播電臺。三是 1927 年 3 月 18 日上海新新公司開辦了一座簡陋的商業廣播電臺。這是中國人開辦的第一座民營廣播電臺。四是 1928 年 8 月 1 日國民黨中央廣播電臺在南京開播。這是國民黨中央常務會議通過，由其中宣部提出計劃並由陳果夫、徐恩曾等人負責籌建的「中國國民黨中央執行委員會廣播無線電臺」，簡稱「中央廣播電臺」，這也是當時國民黨中央設立的第一座官辦的國家廣播電臺。五是 1940 年 12 月 30 日中國共產黨領導下的第一座廣播電臺——延安新華廣播電臺。這是中國共產黨領導的人民廣播事業的開端。該臺此後經歷了重建、轉移、發展成為陝北新華廣播電臺。六是 1949 年 2 月 2 日，人民解放軍北平軍管會接管國民黨北平廣播電臺，北平新華廣播電臺建立並開始播音。3 月 25 日陝

* 黃勇，國家廣電總局原副總編輯、發展研究中心原主任、研究員、中廣聯學術委原執行副主任，國家語委諮詢委員，齊越教育館館長。

北新華廣播電臺遷進北平，與北平新華廣播電臺合為一體，9 月 27 日改名為北京新華廣播電臺，並於 10 月 1 日實況直播了新中國的開國大典。12 月 5 日，北京新華廣播電臺第一臺定名為中央人民廣播電臺，成為新中國的國家臺。由此開始構建以中央人民廣播電臺為中心的全國廣播宣傳網和創建新中國的廣播事業。上述六大節點，構成了從舊中國廣播向新中國廣播事業轉變的一段歷史進程。

在這個歷史進程中，民國時期官辦國家臺的三位國語播音員——吳祥祜（播音名「吳暄谷」）、劉俊英、張潔蓮，正如林傑謀的《元始播音員》所指出：「她們在國家臺草創的早年，就以清脆響亮的嗓音、標準悅耳的國語播讀文章，在紛亂繁雜、形形色色的電臺廣播中獨樹一幟，共同為語言廣播開創了一種獨特的播音韻味，贏得了海內外聽眾好評。她們的播音活動密不可分，播音成就共同創造。因此有著述稱她們是『中國第一代播音員』。無疑，她們的播音創作是具有較強的開創性的，她們與後來者相比又有其特殊意義。」（以上均引自《元始播音員》），這正是研究並著述《元始播音員》的史學意義所在。

作為「中國第一代播音員」，她們理應成為中國廣播的歷史人物，成為中國廣播電視史學研究的對象。中國廣播電視史學泰斗趙玉明先生主編的《廣播電視簡明辭典》和《中國廣播電視人物詞典》，都把吳祥祜列為中國廣播電視歷史人物，表明了廣電史學研究對廣電歷史和歷史人物的尊重和實事求是態度。

中國傳媒大學研究員龐亮在《廣播電視歷史人物研究三議》中指出：「多年以來，對廣播電視歷史人物的研究一直是中國廣播電視史學研究中的薄弱環節，但從改革開放到 20 世紀末，這種狀況得到明顯改觀。此間陸續問世的研究成果主要是廣播電視界名人的文集、回憶錄和傳記，其中不乏具有廣播電視史學價值的著作。」「新世紀以來，大量關於廣播電視歷史人物的成果不斷問世，充分表明此類研究已經成為廣播電視史學研究的熱點。」但是，這些研究多集中於當代廣播電視系統各級領導和業界名家。對民國時期廣播歷史人物，則集中於中國第一座自辦廣播電臺的創辦人劉瀚等個別歷史人物的研究。很少涉及那個時代其他廣播歷史人物的研究。毫無疑問，林傑謀的《元始播音員》正好彌補了這個空白。這也正是此書的廣播史學價值。

《元始播音員》比較詳細地描述了吳祥祜、劉俊英、張潔蓮三人當年對國語播音的認真探索，展現了「南京之鶯」的魅力。她們參加國家電臺選拔播音員的專業考試，以標準國音成為國家電臺播音員，為實現全國國語標準的統一而發揮示範作用。這對於維護國家統一無疑是有重大意義的。《元始播音員》對吳祥祜等人當年對播音工作的探索，對國家臺首次以專業考試選拔國語播音員的實踐，不僅有詳細描述，更有對其重要意義的深度分析，這也是此書的史學價值所在。

從《元始播音員》中可以看出，當年這三位年輕女子在數千應考人中脫穎而出，成為國家臺專業播音員，不僅因為她們具有標準語音和吐字發聲方面的優勢條件，亦有良好的文化素質、學識才思和生活經歷方面的條件。她們在探索播音的實踐中各展其才能，贏得了廣大聽眾的喜愛。尤其是劉俊英，被譽為「南京之鶯」，一時成為名滿天下的「播音小姐」。只可惜，由於歷史的個人的種種原因，張潔蓮和劉俊英先後離開了廣播電臺和播音員崗位，走入不同的人生道路：三年後，張潔蓮因為自由戀愛，被從哈爾濱趕來的母親帶走了，從此下落不明，不知所終。劉俊英則因性格高傲倔強、婚戀受挫，先後輾轉貴陽、昆明電臺，「在抗日戰爭特別艱難的時期，因為健康不佳，目疾惡化而離開了播音崗位。」解放後在重慶市郊一所中學教書，煢煢孑立，在寂寞潦倒中度過一生。唯有吳祥祜，解放前一直在國民黨中央廣播電臺當播音員、播音組長，解放後被廣西人民廣播電臺留用，當了該臺的播音組長。後來在政治運動中受衝擊，1957 年起離開廣播崗位，下放農村勞動，後又安排在縣直機關工作，直至 27 年後的 1984 年元月，回歸廣西廣播電視廳，在此退休安度晚年。1997 年 11 月，吳祥祜走完了自己 84 年的人生歷程，因病在南寧辭世。

作為民國時期的元始播音員，她們是中國廣播播音的先驅和探索者，其經驗對後來的廣播播音工作無疑具有開創的意義。尤其是吳祥祜，還參與了新中國廣西人民廣播電臺最初的播音工作和播音員培訓工作，為新中國的廣播事業作出了積極的貢獻。《元始播音員》如實地描述了這三位始播音員的播音生涯和曲折人生，體現了實事求是的精神。此書作者是廣西籍的廣電人，他退休後以較多的時間和精力，千方百計收集有關資料，多次登門採訪吳祥祜的親屬後人，專注於研究和寫作，終於寫出這部書稿，完整地梳理和描述了一個同為廣西籍和廣西廣電人的元始播音員的一生，同時也告知人們一段鮮為人知的中國廣播史。

林傑謀是我的大學同窗，46 年前我們同學於北京廣播學院（現中國傳媒大學）新聞系。畢業後他返回故鄉，一直在廣西電視臺從事電視新聞採編和紀錄片創作工作。當了副臺長仍然主抓主管電視宣傳工作和電視的創作創新，奉獻了一批高質量的電視節目，成為廣西臺專業方面的領軍人物。退休後他不甘賦閒，致力於廣西廣電史學研究，並拿出了自己的成果。在此向他表示由衷的祝賀！

2021年5月15日

序言二

潘　琦*

中國第一代播音員，《廣播電視簡明辭典》中列有條目介紹。但萬萬沒想到的是，在中國第一代播音員中，竟然有一位是廣西人。那天，傑謀同志發微信給我：「民國時，南京中央電臺第一次招考國語播音員，有三個人入選，其中一位是廣西桂林人，叫吳祥祜，解放後被廣西人民廣播電臺留用，下放到巴馬縣，在區電臺退休，已逝世。此人在兩岸廣播界曾有一定影響。因為她是廣西人，我花了些時間收集材料，寫了一本書《元始播音員》，勞你寫個序和題寫書名」。一個廣西人居然能講標準國語，在全國眾多的考生中，出類拔萃，成為中國第一代播音員。非同小可，帶有傳奇色彩，使我產生極大的興趣，寫《序》之事，我當即滿口答應。

傑謀同志是我多年的老朋友，他老家在賓陽縣。上世紀九十年代初，我在南寧地區工作時我們便認識了。他 1978 年從北京廣播學院新聞系畢業之後，一直從事電視編導工作，是廣西電視臺的資深領導和知名電視編導。我到區黨委宣傳部工作後，因工作關係我們交往甚密。在多年的交往中，我深切感到，他是一個事業心、責任心很強的人，有很高的思想和業務水平。工作認真負責，思路清晰，精明能幹，辦事嚴謹，精益求精。他任廣西電視臺副臺長期間負責文體頻道，凡是有急難任務交給他，二話沒說，都能很好完成。他主創或編導創作的電視作品在國內外各種評獎中多次獲獎。我常說：「林臺辦事我放心！」。傑謀同志對電視理論研究，情有獨鍾，善於思考，潛心研究，在區內

---

* 潘琦，廣西壯族自治區黨委原副書記，自治區文聯原主席，廣西桂學研究會創會會長，廣西著名作家。

外電視界小有名氣。他撰寫的多篇電視理論文章和藝術評論，曾人民日報社的《新聞戰線》、中國廣播電視學會主辦的《中國廣播電視學刊》以及廣西的《新聞潮》、廣西廣播電視學會主辦的《聲屏學刊》上發表，得到專家學者的好評。退休之後，參與編撰《廣西廣播電視大事記》，並應邀參加廣西廣播電視智庫工作，是審片專家組的重要成員，繼續為廣電事業發揮餘熱。

我細讀了《元始播音員》書稿，屬傳記文體。所謂傳記，通常是指記載人物的生平事蹟，舉止言行的文字，所以又稱人物傳記。傳記寫作要力求真實，每個細節都要真真切切地寫，一個重要細節的失真都會動搖該篇人物傳記的價值，至於主要情節更是不言而喻了。但這並非說，撰寫人物一定要「照葫蘆畫瓢」，把人物的一顰一笑都毫不遺漏地記錄下來。縱觀《元始播音員》，作者很好地把握人物傳記寫作這一特質。他用二十篇章節、長達 15 萬字，詳細地記述了中國第一代播音員吳祥祜的生平事蹟。資料翔實，情節詳細，故事生動，語言樸實。作者為了把人物寫得形神兼備，在不失真實性的前題下，對一些細枝末節上作了適當的文學渲染，這種渲染恰到如處，符合人物的身份和性格，有助於突出人物的特徵。克服了傳記寫作上的一般化、模式化，只有人物的生平事蹟，沒有人物的思想感情性格；平鋪直敘，語言枯燥，缺少特寫、穿插、描寫和必要的剪裁等等。作者的文字功力，在於能夠在真人真事的條件下，發揮文學形象化和典型化的特長，因此作品顯示出強烈的感染力。作者從始至終心裏都非常清楚，傳記文字意在感染人、教育人，而不是簡單的記述這個人。這是該書寫作的成功之在。

我問過傑謀同志，當初怎麼想起要寫這本書？他告訴我，在一次北京廣播學院同學聚會上，與著名廣播史專家趙玉明老師交談中，得知中國第一代播音員吳祥祜是廣西人，感到震驚和好奇。之後特意查找了一些吳祥祜的相關資料，發現她在中國廣播界是位有名望、有成就的老播音員。民國時期廣播過不少好的節目，當時在中國播音界很有名氣。民國時期的廣播史有她的記載，江蘇、湖南、雲南等省的廣播史也有她的簡述。解放前夕，她雖然有條件跟隨國民黨逃到臺灣，但她眷念故鄉桂林，毅然留在大陸。新中國成立後，擔任廣西人民廣播電臺的播音員，當過播音組長，是中國三位「元始播音員」中播音時間最長、經歷最豐富的一位。她經歷中國廣播史上許多重要的廣播活動，見證了國民黨在大陸時期廣播事業從興盛到崩潰；見證了新中國社會主義廣播事業的創立與繁榮。晚年，她憑藉自己的聲望，通過廣播呼籲居住海峽兩岸的老同事、老朋友多來往，多交流，同心協力促進祖國統一。他深深被吳祥祜對故鄉的深情倦念，對廣播事業的堅貞追求，一輩子不離不棄的從業精神所感動。是一個廣播界多麼值得崇敬的老前輩、廣西鄉賢！遺憾的是，對她廣西卻鮮為人知。於是萌發要為她寫個傳記的念頭，以她的生平事蹟激勵後人見賢思齊，向善向上。讓人們讀了她的傳記能夠瞭解一個廣西女人成長的心路歷程、成功與失敗，從中吸取有益經驗，作為自己奮鬥的借鑒。這是一件很有意義的事情。他在退休之後，便開始著手收集資料、進行寫作。

人物傳記要寫得生動、精準、感染人，必須掌握人物的大量資料和生活細節、真實故事，絕無一點虛構的成分。在這一點上，傑謀同志在寫作《元始播音員》一書中，花了真工夫，費了大力氣。他從 2017 年開始著手查閱收集有關資料。因為吳祥祜老人已故，關於她的生平事蹟廣西廣播界知之不多，所存檔案資料無幾。後來他得知吳祥祜的小兒子程安美先生健在，經過多方聯繫，終於找到了程安美先生，用了三個月時間，多次採訪他。程先生已年逾古稀，但頭腦清醒，且很健談，講起家世及各種親身經歷的滔滔不絕，但談及母親早年從事的播音活動的事蹟，卻說因年少不知，令人遺憾。程老先生還提供了母親的不少遺稿、照片、錄音原件。傑謀同志將採訪筆記整理成文稿，作為《元始播音員》第一批珍貴資料。隨著採訪和查閱資料面的深入與擴大，還收集到了吳祥祜的日記丶文稿丶思想及工作總結、信件，甚至初戀等生平事蹟等珍貴資料，傑謀同志如獲至寶，都分別整理成文稿。在查閱史料和閱讀專家學者的著作中，他還驚喜地獲得吳祥祜與播音活動有關的背景、過程、趣事、佳話等精彩片段，他同樣把這些片段整理成文稿，充實和豐富《元始播音員》的內容。工夫不負有心人。經過幾年的艱辛努力，勤奮筆耕，2020 年底終於完成全書的寫作。《元始播音員》一書的出版，為廣電文庫增添一份珍貴的史料，為廣播電視界提供一本生動形象的教材！

因為這一篇「序」的目的，只是想說明作者寫這本書的概況，以及對作者及其作品的做個簡要推介，所以我不打算對書中各篇文章作詳細的評價，請讀者自己去細細欣賞，就不再浪費文字與篇幅去囉嗦了。傑謀同志長期從事電視新聞和文藝編導工作，有很強的政治敏感性和觀察事物的敏銳性，能在平凡中發現偉大，在樸質中發現崇高，在紛繁複雜的事物中把握事物的本質，在喧囂聲中不締聽到時代的強音。他具有良好的文化素養和深厚的理論功底，不但寫了許多理論和評論文章，也寫了不少文學和影視作品，是影視與文學兼備的專家。《元始播音員》是他第一部專著，文章極為精彩，值得一讀。我相信讀者會從書中品味到作者的文風與筆力，得到很多感悟與啟迪，一定受益匪淺！

惟願傑謀同志在新時代能寶刀不老，筆耕不輟，寫出更多，更好，更精彩的作品，為發展繁榮廣西的文化事業作出新的貢獻！

是為序。

潘琦

2021 年 2 月 7 日

前圖〔註1〕

最著名的元始播音員劉俊英。

元始播音員張潔蓮。

播音時間最長的元始播音員吳祥祜。

〔註 1〕本書圖片除注明外均為吳祥祜之子程安美提供。

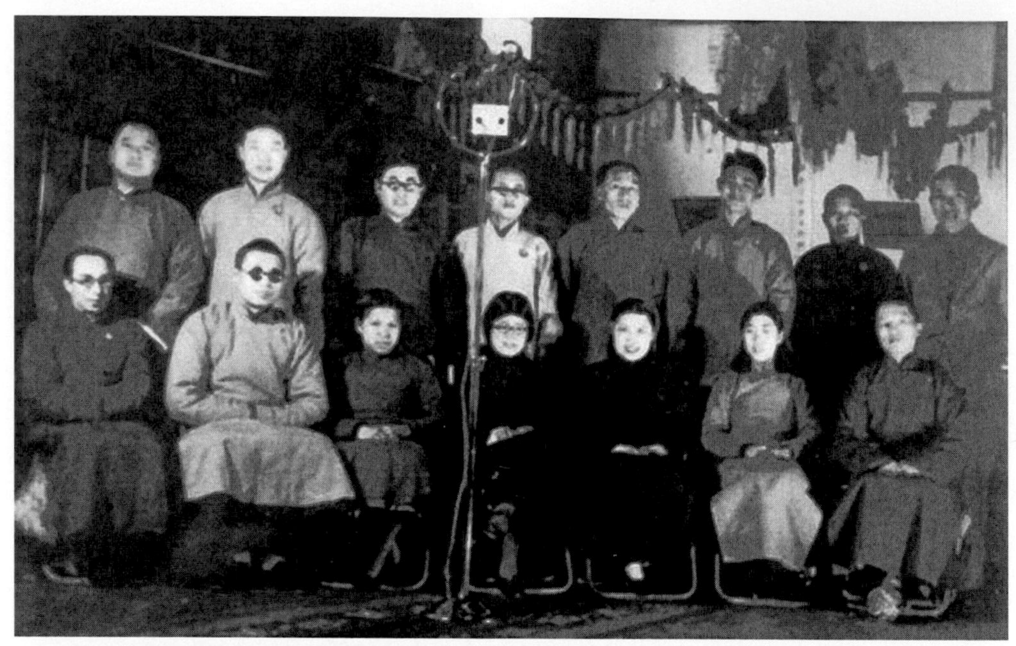

初入中央廣播電臺的元始播音員與同仁們合影。前坐右二為張潔蓮，右三為吳祥祜，右四為劉俊英。（圖片來源：陳沅在晚年寄給吳祥祜的舊照片之一）。

三十年代初，中央廣播電臺傳音科全體職員。前坐左二為吳祥祜，左六為劉俊英，左七戴墨鏡者為科長范本中。（圖片來源：謝鼎新《民國廣播事業史研究》 團結出版社，2021.07 傳音科）

元始播音員吳祥祜 1978 年在天安門廣場留影。

目次

楔子　最早的國語播音

誰是第一位播音員？這恐怕得從第一座廣播電臺裏找。因為有了廣播電臺之後才有播音員！

世界公認：人類歷史上的第一家廣播電臺，是美國匹茲堡的 KDKA 廣播電臺；這家電臺於 1920 年 11 月 2 日正式播音，這一天被視為世界現代廣播事業的誕生日。據說，KDKA 電臺雇用的第一位專職播音員名叫哈羅德．阿林（Harold Arlin），他的聲音悅耳動聽，吸引了很多聽眾的來信。所以不少人認為：哈羅德．阿林是世界上的第一位播音員。〔註 1〕

但是有人認為，美國匹茲堡大學教授雷金納德．費森登（RA.Fessenden）才是世界上的第一位播音員。因為早在 1906 年 12 月 24 日平安夜，費森登就通過美國東北部布蘭特岩城的無線電發射塔，進行了人類歷史上第一次公開的無線電廣播。廣播前，費森登通過報紙和無線電報發布預告。當晚，新英格蘭海岸附近船隻上的無線電發報員聽到了小提琴音樂和男聲朗誦的《聖經》，並回信給費森登證明他們收聽到了這次無線廣播。朗誦《聖經》的正是雷金納德．費森登，所以，他是世界上第一位播音員。〔註 2〕

還有一種說法：1902 年，發明家史特波斐德（Stubblefield）曾在美國肯塔基州穆雷市進行過無線電廣播。他在穆雷廣場放好話筒，由兒子在話筒前說話、吹奏口琴。他在附近的樹林裏放置的 5 臺礦石收音機，均能清晰地聽到說

〔註 1〕陳衛平主編《中外廣播電視簡史》第 27～29 頁，上海外語教育出版社，2006 年 10 月。

〔註 2〕趙保經《從有線電通信發展到無線電通信》第 116 頁，中國農業機械出版社，1983 年 12 月。

話和口琴聲。因為這次無線電廣播試驗獲得了成功，並且時間是在費森登公開廣播之前。所以，有人說史特波斐德的兒子是世界上第一個無線電廣播的播音員。〔註3〕

另外一些人認為史特波斐德進行的是廣播試驗，費森登早在兩年前就做過。1900年12月23日，費森登在位於波托馬克河下游馬里蘭州的柯布島嶼，成功地用高頻火花發射機把演講聲音發送到距離約1.6千米以外的地方，這是人類歷史上第一次使用無線電波傳播音頻。雖然當時聲音扭曲得很厲害，但這個試驗卻表明：利用無線電傳輸聲音將成為可能。所以，世界上第一個播音員應該還是費森登教授。但也有人說，費森登的這次試驗，聲音很不清楚，未引起人們的重視，不算。第一次成功的無線電廣播應該是史特波斐德的試驗，他獲得了華盛頓專利局的專利權，被人譽為「無線電廣播之父」。

其實，被譽為「無線電廣播之父」的人有好幾位，意大利的馬可尼（G.Marconi）、俄羅斯的波波夫（Alexander Stepanovich Popov）、還有費森登都曾被人譽為「無線電廣播之父」。事實上，他們的發明和試驗，都是世界無線電發展史的重要節點，所以離開特定條件去談「第一」就沒有什麼意義了。具體說來，美國匹茲堡的KDKA廣播電臺的哈羅德·阿林可能是廣播電臺第一位專職播音員。匹茲堡大學教授雷金納德·費森登進行的是公開的，影響較大的無線電廣播，說他是第一位播音員也可以，但他是教授，卻不是專職播音員。至於史特波斐德，則是美國第一個獲得無線電廣播專利權的人，說他的兒子是第一個無線電廣播員也未嘗不可。但總的來說，他們都應該算得上是世界上最早的一批播音員。

這是世界的情形。那麼中國呢？中國最早的播音員是誰？

中國出現廣播電臺比世界大約晚了三年。據郭鎮之考證，中國境內的第一座廣播電臺，是上海的《大陸報》——中國無線電公司廣播電臺。這家廣播電臺的呼號是XRO，首次成功廣播是在1923年1月23日，「這一天，播送的內容有政治新聞、股票交易情況和匯總價格等，伴之以音樂家的演奏和唱片」，「廣播用的是英語」。至於播音員是誰、是男是女，郭鎮之沒有提到。〔註4〕

專家們普遍認為：中國境內最初的一批廣播電臺是在上海的外國人辦的，

〔註3〕薛建彬主編《現代通信技術》第6頁，北京理工大學出版社，2013.02。

〔註4〕郭鎮之《中國境內第一座廣播電臺始末記》，見《中國現代廣播簡史》第153頁，中國廣播電視出版社，1987年12月。

功率很小。這些電臺主要播送娛樂節目、商業廣告和少量的新聞報導。由於地處上海，所以大部分節目都是用上海話或外國語播音。1924 年 8 月 15 日，上海開洛電臺的曹仲淵發表了《三年來上海無線電話之情形》一文，文中列表說明一些開洛電臺播音的情況：「申報館用上海土音報告匯兌市價、船舶班期等，大晚報館用英語報告匯兌及市場消息並演奏音樂，新孚洋行用英語報告新聞並演唱歌曲，申報館用上海土語報告新聞並演唱歌樂，巴黎飯店用英語報告新聞並演奏歌曲，神戶電氣公司用日語報告新聞並奏唱日本音樂」。〔註 5〕五家機構通過開洛電臺進行廣播，所用的語言不是外國語就是上海話。據說，上海的廣播電臺為爭取當地的市民聽眾，在相當長時間裏都是使用吳語、滬語、粵語、寧波話等方言報告消息。那時的廣播電臺也叫「空中傳音」「無線電話臺」「播音臺」等。播音員被稱為報告員。而這些電臺的報告員姓甚名誰、是男是女、來自何方，曹仲淵的文章也都沒有說。不過有一點可以肯定：她們都不是用中華民族的共同語（民國時期稱國語，新中國成立後稱普通話）廣播的。

中國廣播史專家艾紅紅博士在其專著中說：「上述五家機構利用開洛公司播音設備播送了一段時間後，1924 年 12 月 15 日，《大陸報》再次加入到播送節目的隊伍中來。《大陸報》女記者艾琳·庫恩由此成為該臺第一名專職女性播音員。」〔註 6〕《大陸報》是一份英文報紙，艾琳·庫恩是講英語的洋人，其播音用語大概也只能是英語，而不是中華民族的共同語——國語。

中國幅員遼闊，人口眾多，方言複雜。廣播電臺要想獲得更加廣泛的聽眾，還得用中華民族的共同語進行廣播。所以我們考察中國的電臺播音員，重點還是考察國語（普通話）播音員。在上海，最早用國語進行無線電廣播的電臺，可能是中國人主辦的新新公司廣播電臺。有資料記載：1927 年 3 月 18 日，上海新新公司為推銷礦石收音機和公司的各種商品，開辦了新新公司廣播電臺，它是中國人主辦的最早的商業廣播電臺。電臺設在新新公司的樓上，電臺四壁別出心裁地選用玻璃裝飾，玲瓏剔透，顧客可以一邊購物逛商場一邊清晰的看到電臺播音的實況。人們都覺得新奇，稱它為「玻璃電臺」。「玻璃電臺」每天播音六小時，不斷地為新新公司各種商品和各項活動做廣告，不定期播送新聞和廣受大眾喜愛的音樂、戲曲節目，又常常轉播公司屋頂花園遊藝場演出的京

〔註 5〕曹仲淵文見趙玉明主編《現代中國廣播史料選編》24 頁，汕頭大學出版社，2007 年 6 月。

〔註 6〕艾紅紅《中國民營廣播史》15 頁，花木蘭文化出版社，2016 年 3 月。

劇、廣東戲、滑稽劇。當時新新公司廣播電臺就是用國語進行廣播的。但這些播音員姓甚名誰卻不得而知。〔註7〕

據說，新新公司廣播電臺的國語廣播常常帶有廣東口音，上海的聽眾不盡習慣。於是，這家電臺在1928年10月就延聘一位男生做專門的國語播音員。這位男生名叫李介夫，是江蘇武進人，中學剛畢業。李介夫的國語帶蘇南口音，既與上海口音接近，又離南京口音不遠，頗得上海聽眾喜歡。後來，李介夫長期從事國語播音工作，是舊上海的著名播音員，有「播音皇帝」的雅稱。新中國成立後李介夫參加人民廣播，1952年起在上海人民廣播電臺行政科、總務科工作，直至逝世。〔註8〕

黑龍江的廣播史專家陳爾泰先生認為：哈爾濱廣播無線電臺是1923年元旦開播的，是中國人主辦的第一座廣播電臺。「哈臺第一個有男女播音員（漢語播音員陳慎修，俄語女播音員娜佳）播音。」〔註9〕，可是「哈臺是1923年元旦開播」的意見，未能獲得學界的一致公認。

一般認為，哈爾濱廣播無線電臺於1926年10月1日開播，是中國人自己辦的第一座廣播電臺。據陳爾泰先生說：李淑玲是哈爾濱廣播無線電臺第一位漢語播音員。她來自河北，是與哈爾濱無線電臺報務員陳寶珊結婚後，被安排到廣播電臺播音的。1981年李淑玲曾回憶說：「1928年9月初，我到哈爾濱，先去拜訪了劉臺長，過了幾天去廣播電臺報到，陳安瀾主任把廣播員的工作任務及情況給我介紹了一遍，隨後上班。我每天上午去電臺拿稿子備稿，下午五點電臺開始廣播時進行廣播。」廣播的內容有國內新聞、國際新聞等。李淑玲用國語廣播，另外還有日語播音員青木和俄語播音員娜佳分別用日、俄兩種語言廣播。三個人播音用語不同，輪流廣播，不過內容卻是一樣的。〔註10〕

陳爾泰在《中國廣播發軔史稿》一書中還說：二十年代的「播音員多為頭腦機靈、耳聰目明、天賦資質較高的人才。他們的播音、口音規格、口語規格則是聽眾所接受的或者是聽眾所歡迎的。當時的報告員除播報節目外，還要組織節目，一定程度的編輯加工也間或有之。由於聲音一過而逝，沒有像報紙那

〔註7〕吳紅婧《職場麗人》上海文化出版社，2006年2月，第29頁。

〔註8〕《上海廣播電視志．第十編人物》上海社會科學院出版社，1999年11月。

〔註9〕陳爾泰著，《中國廣播誕生九十週年》中國廣播影視出版社，2015年9月，第5頁。

〔註10〕陳爾泰主編《中國早期廣播史料題識選注》95頁，黑龍江人民廣播電臺《新聞傳媒》編輯部2012年9月。

樣的存留，所以 20 年代從事播音工作的幾十人，有記載的或有自述的極少。現在已知的播音廣播人有陳慎修（哈爾濱臺）、娜佳（女，俄語，哈爾濱臺）、青木（女，日語，哈爾濱臺）、李淑玲（女，哈爾濱臺）、秦素（女，哈爾濱臺）、羅特（英語，哈爾濱臺）、李介夫（上海新新公司臺）、白亞民（女，北京臺）、黃天如（國民黨中央臺）、徐大經（亞美公司的上海臺）等。」〔註 11〕

隨著大量的廣播電臺的出現，播音員隊伍也越來越壯大。民國時期的播音員有專職與客串之分。客串播音員只是受邀臨時到廣播電臺播音，播完之後，拿錢走人，什麼時候請什麼時候再來。專職播音員則是電臺的正式員工，由電臺招聘錄用。於是，什麼人能當播音員，什麼人不能當，就需要進行考試。「播音皇帝」李介夫的國語雖然夾雜有蘇南口音，為上海聽眾所喜歡，據說也是經過考試才能任職的。這說明廣播電臺當時錄用的播音員，是講究一些條件的。通過 1935 年 5 月 16 日的上海《申報》的一則《徵求電臺報告員》廣告，可見端倪——

> 本電臺現需報告員五人，（資格）能說流利之國語、蘇滬土白及普通英語而發音清朗者，年齡在二十至四十之間，不拘性別。（待遇）服務時間，每日午後二時至十時，月薪四十元，食宿自理，下月即可任事，凡有意者請備親筆中英文履歷如姓名、籍貫、年齡、性別、教育、宗教、住址等、四寸全身照片，寄上海四馬路中西大藥房轉交郵人，本月二十五日截止。〔註 12〕

1935 年，曾有一位名叫鷗守機的女性考入大上海廣播電臺當播音員，通過她晚年的回憶，人們可以瞭解一些當年播音員考試入職的情形——

> 我每天看《新聞報》上招聘廣告，有一天看到廣告的招聘，比較適合我。說「招考女子一名，初中畢業，年齡 16～20 歲，要懂廣東話，能抄寫，工資面談」，報考地點在南京路哈同大樓 301～310 室，報考時間是上午九時。
>
> 我收到通知後，應約的那天上午，我拿了通知、文憑、筆、紙和報紙去面試。找到哈同大樓，已有許多小姐坐在那兒，約有 20 多位。我一看，心中已涼半截，看來希望渺茫。不過，人多我也膽子

〔註 11〕陳爾泰著《中國廣播發軔史稿》第 231 頁，中國廣播電視出版社，2008 年。
〔註 12〕見 1935 年 05 月 16 日《申報》之《徵求電臺報告員》，轉引自《中國播音學史研究》第 59 頁，高國慶著，九州出版社出版，2016 年 12 月。

大了，當即填了一張表格，坐在沙發上等叫我名字。主考人是一位女的，就是周文梅女士（後來叫周文偉）。

我們有緣，她一見到我很親熱，叫我用廣東話讀一篇新聞內容，再用上海話講解內容，填表格，提出自己的要求。她告訴我，工作主要為大上海廣播電臺做事，是廣東話新聞報告員和抄寫稿子，月薪是拿軍用票現在稱日元。〔註 13〕

鷗守機是經過嚴格的考試之後才被錄用的。入職那天，她隨周文梅女士來到外白渡橋禮查飯店——

整個二樓都屬於大上海廣播電臺，地方很大，都是一間一間的，有門房詢問，有辦公室，播音室有三間房，透過很大的透明玻璃能看到機房室。播音員和翻譯是間大房間，會客室、臺長室又乾淨又整齊。電臺有日本男女，也有不少中國人。有十多個中國男女播音員，播國語——現稱普通話、廣東話、上海話，播英語有兩個外國小姐，還有幾位日本女子是播日語的。〔註 14〕

顯然，鷗守機考的並不是國語播音員，而是要播廣東話的。考試過程也不複雜。《申報・徵求電臺報告員》的廣告要求應聘者「能說流利之國語、蘇滬土白及普通英語而發音清朗者」，對國語也不要求語音標準。考試的情形，猜想與鷗守機所回憶的也差不多。曾有研究者對抗戰前上海民營廣播電臺播音員的任職條件作了歸納——

年齡在 15～20 歲左右的年輕女性：根據節目需求，要求上海話、廣東話或國語純正流利，嗓音甜美，掌握一定播音技巧和節目主持能力；受過良好的教育，學歷要求小學或初中即可。從當時民營廣播電臺的節目形式看，除了娛樂、新聞節目外，還有電臺點播、聽眾來信等節目樣式，當時播音員除了需要具有播報能力外，還需要具備主持能力。〔註 15〕

在上世紀的二十年代末三十年代初，廣播還是個時髦的新事物。一座廣播

〔註 13〕鷗守機《上海閨秀，一個婦人的人生自傳》第 50～60 頁，上海文藝出版社，2003 年 2 月。

〔註 14〕鷗守機《上海閨秀，一個婦人的人生自傳》第 50～60 頁，上海文藝出版社，2003 年 2 月。

〔註 15〕祝捷《中國播音主持評價標準體系發展研究》第 77 頁，中國廣播電視出版社，2013 年 9 月。

電臺，尤其是民營廣播電臺，用什麼語言來播音並無明確規定，為了爭取更多的聽眾，大多數電臺往往以多種方言、甚至是多種中外語言在不同時段播音。那時的播音員，雖然大多都是些天資較高、受過良好教育的人，他們的播音大多也是能為聽眾所接受、所歡迎的。但什麼樣的人適合當播音員什麼樣的人不適合，不同的電臺標準也不一樣。即使是國語播音員亦是如此。事實上早期的國語播音員入職時，並沒有按國音標準來考察其語言狀況。尤其是在無線電廣播剛傳入中國的二十年代初，國語播音還是鳳毛麟角，根本顧不上播音員語音是否符合國音標準。考察歷史發現，民國時代所通行的標準國音，其實就是1923 年國語統一籌備會通過的「新國音」。巧合的是，我國境內第一座廣播電臺也恰恰是在 1923 年出現的。這說明：無線電廣播在我國出現之初，所謂的標準國音還只是剛剛確立，教育普及還不充分，推廣尚需時日。所以，那時電臺的國語廣播很難說是符合國音標準的要求，更沒有任何機構要求民營甚至公營的電臺一定要用標準國音來廣播，夾雜有方言口音是不可避免的。

中國雖然在秦始皇時代就已經書同文、車同軌，但同一個文字在不同地方的讀音卻千差萬別。正所謂「五里不同音，十里不同調」。雖然各朝各代都有公認的標準語音，如先秦時期的雅言，以後歷朝歷代的正言，明清時代的官話等等。但各地的官、商、士、農依然習慣於使用本地方言交流，以致不同地方的人交流不便，溝通不暢。據說，在 1728 年的時候，滿清朝庭召來廣東、福建籍的地方官員彙報工作，這些官員面見皇上，態度誠惶誠恐，奏報翔實而仔細，但他們所講的不是粵語就是閩南語方言，雍正皇帝一句也沒聽懂。龍顏大怒，下了一道聖諭，其中說「凡陳奏履歷之時，惟有閩、廣兩省之人，仍係鄉音，不可通曉。」「應令福建、廣東兩省督撫，轉飭所屬府州縣有司教官，遍為傳示，多方訓導，務使語言明白，使人易通。」上諭頒布後，閩、粵兩省的各個州縣普遍建立了正音書院、書館教授官話，在全國推行北京官話。〔註 16〕

清末，中國知識界興起國語運動：推行以北京話為全國通用的國語，得到了社會各界的響應。1909 年，風雨飄搖的滿清朝廷規定將當時通用的北京官話正式命名為國語。辛亥革命後，中華民國政府召開讀音統一會，會上「古音、

〔註 16〕1985 年中華書局出版的（官修）《清實錄》第七冊。轉引自石美珊的論文《雍正推普「上諭」的積極影響及教訓》見《重慶師範大學學報（哲學社會科學版）》2007 年第 4 期。

今音、南音、北音，鬧個不休」，最終決定以「北京音為主，兼顧南北」，「具有入聲」，明確了數千個漢字的標準讀音，即所謂的「老國音」。1919 年，民國政府據此頒布了《國音字典》。「老國音」以「北京音為主」卻不是純正的北京音，「兼顧南北」卻是既不南又不北，名義上照顧南北方言差異，但實際卻成了一種不倫不類的人造語言，在實際生活中根本沒有人講話符合這種「國音標準」。據說全中國只有語言學家趙元任一個人會說這種「標準國音」。後來，民國政府的國語統一籌備會決定放棄「老國音」，而以現實存在的北京官話作為國音標準加以修改，1923 年又增訂修改了《國音字典》，最終確立「以漂亮的北京音為標準音」，人稱「新國音」。「新國音」獲得全國人民承認並普遍使用，基本上就是後來現代漢語即國語的標準語音。

1927 年，國民黨建政南京，要求全國政令統一、思想統一，而這首先是要求語言必須統一，所以對新國音也給予充分肯定。國民黨「中央執行委員第八十八次常務會議議決推行國語注音符號，全國黨部職員和黨員，應該一律研習，以便使用，增加黨義宣傳的效率」。中央黨部還專門成立了注音符號指導員訓練所，各省、市黨部也依次設置。1930 年，國民黨中央又通令全國，採用國語教學，推廣注音符號，統一講讀標準國音。〔註 17〕

清末民初追求國語語音統一，包含著提高民智、富國強兵的政治理想與訴求，而國民黨政府則是將這一訴求內化為構建統一的現代民族國家。1928 年 8 月，國民黨在南京建立中央廣播電臺，雖然其建臺初衷是為了「廣闡黨義，訓導國民」，但這與用什麼語言廣播並不矛盾。相反，廣播電臺是現代文明的利器，在推行國語，實現語言統一方面有著獨特而強大的優勢，這對構建統一的現代民族國家十分有利。更何況，不用全國通行的國語來播音，又怎能成為國家廣播電臺呢。所以國民黨政府對中央廣播電臺的播音用語作了非常明確的規定——

> 報告或講述一種稿件，都得要用標準國音，再不然至少也要相當標準化。〔註 18〕

遺憾的是，在中央廣播電臺成立之初，能講標準國語的人才很少，在很多時候國語播音也不標準。據說「傳音科長規定其他非播音工作人員也參加禮拜

〔註 17〕轉引自馬瑞的論文《「國家聲音」：民國廣播與國語運動》見《歷史教學（高校版）》2019 年第 6 期

〔註 18〕轉引自馬瑞的論文《「國家聲音」：民國廣播與國語運動》見《歷史教學（高校版）》2019 年第 6 期。

天的值班工作，這樣一來，播音員可以少了許多在禮拜天值班的機會，所以經常的聽眾在這天會聽到各種江浙口音，廣東口音，南京口音等雜亂國語的播音，其原因便在此。」〔註 19〕事實上，即使是專業播音員，在當時能講標準國音的也是鳳毛麟角。那時的中央廣播電臺，「除了一位男播音員黃天如先生外，幾乎無固定的合格的國語播音人員，張三李四都可以去湊合一陣。於是，每日從那高聳入雲的鐵塔天線上播散四方的常常是『吳語普通話』、『江淮普通話』等等。而當時記錄新聞占的比例很大，各地收音員不僅要聽，而且要記。由於方言的阻隔，他們常常為之困惑，叫苦不迭，每每寫信呼籲。有一次，竟讓總務科長陸以灝播音，他說的是一口地道的江蘇太倉話，還夾帶一些方言俚語。聽眾譁然，批評的信函紛至沓來。顯然，這對作為堂堂『中華民國』喉舌的中央廣播電臺，可謂大煞風景。」〔註 20〕

看來，早期的中國無線電廣播電臺，無論是官辦的大臺還是民營的小臺，國語廣播的語音都沒有做到符合標準、可作規範。京、津及東北地區的國語廣播，雖然比較接近標準國音，或者相當一部分廣播就是標準國音，但這些廣播電臺還不足以成為國家電臺。播音員入職時，對國語語音的要求也沒有進行過嚴格的公開考試。甚至最初的中央廣播電臺也概莫能外。1932 年 11 月，中央廣播電臺擴建安裝的 75 千瓦大功率發射機投入使用，廣播電波無遠弗屆，以標準國音廣播，事關國家形象，影響遠及海內外。因此，通過公開考試，選拔能以標準國音講讀文章的播音人才，就成了當時中央廣播電臺的一項重要工作。

1933 年暑假期間，中央廣播電臺在北京舉行了選拔國語播音員的公開考試，這是中國第一次為國家電臺選拔播音員進行的公開考試。如果此前為民營或地方公營電臺播音的播音員，可以稱為「史前播音員」的話，那麼以能講標準國音為前提，通過公開考試選拔出來的第一批國家電臺播音員，或許就可以稱為「元始播音員」了！

〔註 19〕汪學起、是翰生《第四戰線——國民黨中央廣播電臺掇實》第 23～24 頁，中國文史出版社，1988 年 7 月。

〔註 20〕汪學起、是翰生《第四戰線——國民黨中央廣播電臺掇實》第 23～24 頁，中國文史出版社，1988 年 7 月。

第一章　元始播音員的誕生

現在，我們就來講一講元始播音員的誕生，也就是有關第一次選拔國家電臺國語播音員公開考試的有關情況。

既然標準國音是以北京音為標準的，那麼要尋找能以標準國音講讀文章的優秀人材，就應該到北京去，從那些長期講北京話、甚至從小到大都是講北京話的人中間去挑選。北京當時叫北平。中央廣播電臺雖然只計劃招三名女生，但也決心面向全北平公開招考。只要報名，來者不拒，來多少考多少，優中選優。其過程很有點像後來的「海選」。

主持中央電臺 75 千瓦大功率的廣播發射臺建設的無線電工程師馮簡，當時在北平大學工學院電機系當教授。也許是出於方便，中央廣播電臺決定由他當主考官，負責這次選拔播音員的考試，他當時也還兼任中央廣播電臺的總工程師。

圖 1-1　主考官馮簡（照片來源：互聯網百度）。

馮簡，字君策，江蘇嘉定人。早年畢業於南洋公學，1920 年赴美國入康奈爾大學攻讀無線電通信工程，獲碩士學位。曾到德國柏林大學深造，在美國和德國的公司工作過。1924 年回國後在南京工專、蘇州工專等學校執教。北伐勝利，國民黨定都南京。馮簡協助北伐軍總司令部創設短波通信，後進入中央廣播電臺，負責過中央電臺大功率發射臺等重大項目的建設。據說在大功率發射臺建成後，馮簡被告知：要麼立即參加國民黨，要麼離開電臺。他毫不猶豫地選擇離臺，應聘去東北大學當教授。但電臺又捨不得讓他完全脫離，仍兼著總工程師。東北淪陷時，他到北平大學工學院電機系任教授，〔註1〕他的語言並非北京話。曾在東北大學機械繫就讀的金錫如回憶說：「馮老師講江蘇話而且很快，第一堂課下來，大多數同學未得要領。只得知一點概念『無線電是不經過電線而輸送的』，大有神秘之感」。〔註2〕由一位「講江蘇話而且很快」的人來主持選拔國語播音員考試，考察播音員講的國語是否標準，這或許很有趣。

這一年夏天，學校剛放暑假，中央電臺招考播音員的消息傳出，一時轟動。報紙一登出招考廣告，許多女青年就紛紛報名，北平、天津乃至從外地長途跋涉趕來報名應試的人也不少，據傳有兩、三千人！

剛從北平師範大學附中高中畢業的女學生吳祥祜立刻報名應考，並從數千考生中脫穎而出，被錄用為中央廣播電臺第一批國語女播音員。她曾在自傳裏詳細地記錄自己從報名到筆試、口試、被錄取的親身經歷——

> 有一天，在家裏見報紙上登有南京中央廣播電臺在北京招考女播音員的廣告，在那以前我還不知道電臺是什麼。播音員又是什麼也根本弄不清。不過見廣告中的條件我都夠（女性，高中畢業，年齡，說北京話等）就去報名。報名時，負責報名的人見我不是國民黨員，告訴我考取後一定要入國民黨。那時我對各種黨派根本毫無印象，只想考取能有工作，就一口答應了。〔註3〕
>
> 考試那天我真洩氣了，考場設在西長安街電訊局內，偌大的一

〔註1〕本章所述馮簡的事蹟，主要來自陳貽芳的《察電子之微妙、探宇宙之奧秘》一文，載朱隆泉主編的《思源湖，上海交通大學故事擷英》第 353～359 頁上海交通大學出版社，2006.03。

〔註2〕金錫如《回憶馮簡老師二三事》，見《沙坪壩文史資料》，第 16 輯第 94 頁，2000.10。

〔註3〕引自吳祥祜手稿《吳祥祜 1955 年寫的自傳》。

個院子上上下下全是人，看到這麼多人投考心都涼了，但是既報了名也不能退，還是鼓起勇氣進入考場。〔註4〕

江蘇學者汪學起、是翰生在《第四戰線——國民黨中央廣播電臺掇實》一書中，比較具體地描述了這次考試的盛況，情形與吳祥祜的回憶大體相同——

消息一經見諸報端，平津一帶青年趨之若鶩，全國各地跋山涉水前往應試者也大有人在。設在西長安街電信局的偌大考場竟為二三千考生擠得水泄不通。〔註5〕

具體的考試分為筆試和口試——

筆試除了歷史、地理、國文、數學，還加一項頗為新穎的內容：通篇用拼音字母寫一行文流暢的文章。這成了考生們難以通過的隘口。〔註6〕

不過這項考試對長期生活在北平、學過國音字母的考生來說並不很難。比如一位名叫劉俊英的考生，不僅「各科成績俱佳，用拼音字母寫的那篇文章，行文流暢，頗具文采，使人拍手稱妙。」〔註7〕吳祥祜也覺得很容易——

第一堂考語文，出了一個作文題，但是要求用國音字母（即漢語拼音）寫文章。題目不難，國音字母我在初小就學過，倒能很順利做出。第二堂考數學我也都能答出。〔註8〕

劉俊英是北平女子師範大學的二年級學生，是學歷比較高的一位考生。而吳祥祜雖然只是高中畢業，但她有寫作實力，學過國音字母。她們輕鬆地通過了「用拼音字母寫一行文流暢的文章」這一難關，證明她們是能掌握和運用標準國音的，所以都能輕而易舉的通過了筆試。

但是，口試之難卻出乎意料之外：口試不僅要求考生能正確回答問題，也包括考察考生的長相、氣質以及嗓音、語言等等。據《第四戰線——國民黨中央廣播電臺掇實》一書的描述——

口試，這是更難逾越的障礙。主考人馮簡，早年南洋大學機電

〔註4〕引自吳祥祜手稿《微信圖片．報考中央廣播電臺播音員經過》。

〔註5〕汪學起、是翰生《第四戰線——國民黨中央廣播電臺掇實》，第24～25頁，中國文史出版社，1988.7。

〔註6〕汪學起、是翰生《第四戰線——國民黨中央廣播電臺掇實》，第24～25頁，中國文史出版社，1988.7。

〔註7〕汪學起、是翰生《第四戰線——國民黨中央廣播電臺掇實》，第24～25頁，中國文史出版社，1988.7。

〔註8〕引自吳祥祜手稿《微信圖片．報考中央廣播電臺播音員經過》。

系畢業，美國康奈爾大學電機碩士；曾任東北大學教授，是位知識淵博之士。他在文、史、哲、地領域內廣泛提問，弄得不少青年大汗淋漓。〔註9〕

多年以後，親身接受這場口試的吳祥祜，還清楚地記得整個考試的經過——

沒有想到口試可不簡單，口試要經過幾道詢問，前幾個人詢問的還簡單，最後到一個矮矮的小老頭，地理、歷史、各種常識他越問越緊，他問的緊我也答得快，最後他就要我出去了，還笑了一笑。我不知道這個是什麼人，為什麼提問題提得如此廣泛，出來一瞭解才知道，這個老頭是馮簡，是有名的科學家，就是這次的主考官。〔註10〕

考生們完全想不到口試這麼嚴格，這麼艱難。不僅僅是因為提問內容深奧，而是由於內容非常寬泛，天文地理、古今中外無不一一涉及。貌不驚人的主考官馮簡，學問淵博、提問聽答，一絲不苟、態度嚴肅，使考生吳祥祜望而生畏！

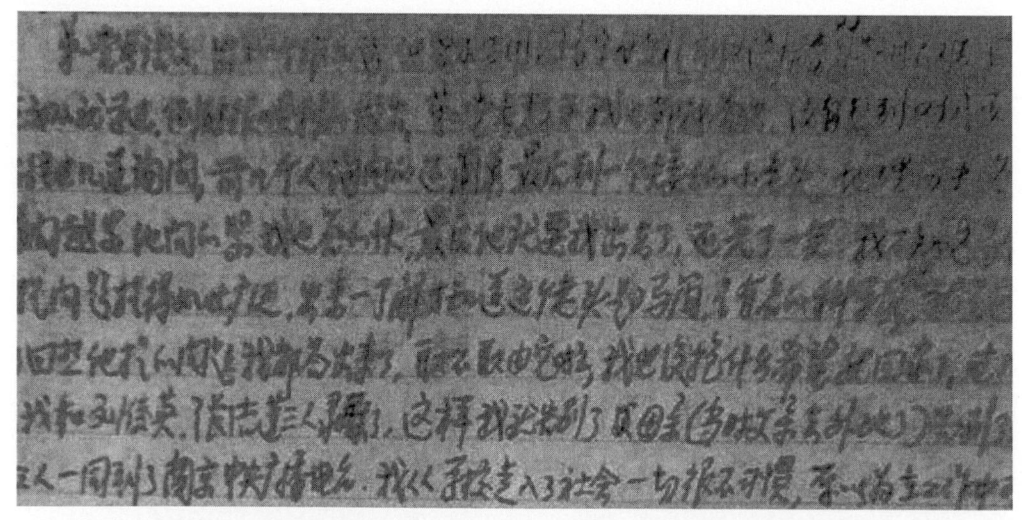

圖 1-2　吳祥祜在筆記本中記錄第一次播音員考試經過的文字。

這位馮簡，其實是一位著名的科學家，在無線電廣播技術工程和電離層科學研究方面有突出貢獻。抗戰時期，馮簡擔任重慶大學電機系教授，同時主持

〔註 9〕汪學起、是翰生《第四戰線——國民黨中央廣播電臺掇實》，第 24～25 頁，中國文史出版社，1988.7。

〔註10〕引自吳祥祜手稿《微信圖片．報考中央廣播電臺播音員經過》。

建設35千瓦的中國國際廣播電臺。他把電臺設計安裝在岩洞之中，日寇狂轟爛炸，莫奈之何，埋怨這座電臺是喋喋不休的「重慶之蛙」。馮簡還在重慶主持建立中國第一個電波研究所，在研究電離層對電波傳播的影響方面成就卓越，受到國際電波研究同行的重視。他曾到過日本、臺灣及內地很多省份採集科學數據和相關資料，是中國第一個到北極圈進行實地考察的科學家。他在北極圈與重慶成功進行長距離的通信試驗，首開世界超越極區通信的先例。馮簡閱歷深、見識廣，科研成果多，成就巨大。很顯然，像這樣渾身都散發著學問知識的科學大家擔任主考官，怎不使青年考生們仰之彌高、望之無涯、深不可測、令人敬畏喊難呢！

馮簡後來被國民黨脅迫去了臺灣，1962 年離世。作為一位知識淵博的科學家，馮簡對人態度和藹、親切。他常與年青人交朋友。對那些聰明好學的青年學生更是熱情關懷，愛護有加。據說在考試時，來自北平女子師範大學的二年級學生劉俊英，學問了得，筆試成績很好，口試時，無論考官怎麼問都能對答如流。馮簡很賞識面前這位青年女子的才華、氣度和素養，問答之間竟互相切磋、共同探討起來，似乎把一場考試變成了兩位朋友的促膝談心、切磋學問了。結果，劉俊英不僅被錄取了，入臺後還常常得到馮總工程師的關懷指導。劉俊英在中央電臺也沒有辜負入臺恩師的期望，不久就名聲大噪，成為民國時期中國最著名的播音員。當然這是後話！

在今天看來，中央廣播電臺這次在北京選拔播音員的考試頗不平凡。其意義與以往各公營、私營電臺招聘一般職員完全不同。首先它是在追求現代民族國家語言語音統一目標的引導下進行的，有著深刻的社會背景。其次，它以國家規定、有全國通行基礎的新國音為標準，把應試者的語音是否符合標準、會不會運用拼音字母，作為能否通過考試的第一道門檻，這在中國歷史上恐怕是破天荒的第一次，具有首創的意義。第三，它是以國家中央電臺的名義進行招考，雖然主要是面向北京，但並不排斥北京以外的考生。任何地方的人都可以前來應考，事實上也有許多京外青年前來參加考試。考生來源與考試本身都具有全國意義。第四，這次選拔面向全社會，從報名、考試到錄用，信息完全公開、透明，擇優錄用，體現了公平公開原則。顯然，這樣的考試在以前是沒有過的。

由於這樣的考試在中國是第一次，引得不少學人的關注和研究。描述這次考試情況的文字，被著名廣播史專家趙玉明教授作為重要的廣播史料收入《新修地方志早期廣播史料彙編》一書，供人們研究。許多研究廣播史或播音學的學者，曾在不同的著述中大量引用，加以分析評論。研究中國廣播史和播音學的學者們普遍認為：中央廣播電臺這一次公開招考選拔播音員，考試正規，競爭激烈，幾乎是千里挑一。〔註 11〕他們從不同的角度對考試過程及幾位入選者後來工作情況進行了深入的分析。蘇州大學的祝捷博士認為：中央廣播電臺首次選拔播音員就從政治、語言、知識三方面提出標準：政治方面，要求思想進步，愛國意識強，同時要同意加入國民黨。在語言方面，要求能講流利的國語，語音標準，播讀流暢，而且要嗓音圓潤、悅耳動聽。在綜合知識方面，要求具有良好的文化素質，具備比較豐富的文、史、哲以及天文、地理、中外歷史等各學科領域的知識，多才多藝，富於文采。要求接受過良好的國民教育，最低學歷是高中畢業。〔註 12〕湖南師範大學的王永利教授認為：這次考試對入選者除強調報考者的政治傾向、政治素質和要求國語純正以外，還特別強調報考者的聲音條件及播音發聲的基本功，要求聲音純正、音色清朗，具備吐字發聲等基本技能等。〔註 13〕多年從事播音主持實踐與教學的錢鋒，從對播音主持人綜合素質的要求出發，認為這次考試的入選者不僅能夠勝任播報新聞、專題等各類型的節目，還要具備寫稿、歌詠、甚至演播話劇的能力。她們後來的實踐，也充分體現了優秀播音主持人的綜合實力。〔註 14〕

這次選拔國語播音員的考試新奇而特殊，成果顯著。其中最與眾不同的地方，就是要求考生講國語要語音標準、播讀流暢，要嗓音圓潤、悅耳動聽。雖然主考官不能講標準國音，但並不影響他測定考生所講國音是否標準。更不會影響他精心設置考題。比如要求考生「用拼音字母寫一行文流暢的文章」這道題，不僅要求考生具有一定的寫作能力，而且要求考生能掌握拼音工具，能正確拼讀，能將文字符號訴諸拼音字母。考生如果不掌握標準國音，所用文字的拼音字母必定出錯。考題設計之精巧，出乎一般人的想像。

這次選拔，兩、三千人應考，最後錄取三人，號稱是千里挑一。入選者無疑是幸運兒。她們分別是劉俊英、張潔蓮和吳祥祜。很多材料都說劉俊英是河北滄縣人，久居北平，在北平度過了小學、中學時代，又考進了北平女子師範大學攻讀教育學，當時已經就讀大學本科二年級，在三位入選者中學歷最高，年紀稍長。

〔註 11〕高國慶《中國播音學史研究》第 53 頁，九州出版社，2016.12。

〔註 12〕祝捷《中國播音主持評價標準體系發展研究》，第 66～68 頁，中國廣播電視出版社，2013.09。

〔註 13〕王永利《民國時期的廣播播音研究》，《青年記者》雜誌，2011.11。

〔註 14〕錢鋒《廣播欄目與廣播主持》，第 11 頁，暨南大學出版社，2012.08。

但在吳祥祜的記憶中，劉俊英原是黑龍江人，當時已經 25 歲，具有一定的社會經驗。她在考進北平女子師範大學之前就在黑龍江秘密參加國民黨了。〔註 15〕

劉俊英長期在北京生活，標準國音無可挑剔；她發音清晰，嗓音圓潤，十分動聽；她學識廣博，才思敏捷，文筆流暢，具有良好的文化素質；這使她能恰到好處地把握語言的輕重徐疾，抑揚頓挫，使聽眾為之神往；後來很快就成了民國時期蜚聲海內外的著名播音員。這說明中央廣播電臺這次選拔播音員考試，是公平公開，量才錄用的，真正發現了人才。

劉俊英在生活和事業上本來可以爆紅天下、飛黃騰達；但她自恃才高，性格剛烈，又身有頑疾，久治不愈；所以後來命運多舛，鬱鬱不得志。據肖之儀說，他在 1936 年考進中央廣播電臺當播音員時，「留在崗位上的原播音員只有三人，而且都是女的，她們是劉俊英、王素、吳祥祜。劉俊英性情傲慢，目空一切，離開深度近視眼鏡幾乎不能走路，當時曾有「南京之鶯」之譽。」〔註 16〕看來，劉俊英雖然學富五車，才高八斗，名氣很大，但給新加入播音員隊伍的肖之儀的印象，卻是一個並不可愛、也不太好接近的成功人士。

圖 1-3　三位入選者：從左到右為張潔蓮、吳祥祜、劉俊英（陳沅在晚年寄給吳祥祜的舊照片之二）。

〔註 15〕據吳祥祜手稿《微信圖片 · 吳祥祜 1959 年筆記中的劉俊英》。

〔註 16〕肖之儀《在國民黨廣播電臺裏的見聞》見《西安文史資料　第 3 輯》122 頁，中國人民政治協商會議陝西省西安市委員會文史資料研究委員會編輯出版，1982.12。

另一位入選者是來自哈爾濱的張潔蓮。她是一位進步青年，年齡比劉俊英小五歲。1930 年秋，張潔蓮考入東省特別區女中高中師範班，班主任是著名的共產黨人楚圖南。她在學校接受共產党進步思想的影響，在家向哥哥看齊，追求上進，熱愛文學。張潔蓮的哥哥就是大翻譯家金人，曾翻譯過蘇聯著名小說《靜靜的頓河》，在當時也是一位思想進步的文學青年。據東北淪陷時期的老作家陳隄先生說：張潔蓮是在校讀書的文學青年，她人長得很標緻，年齡不大，愛好詩歌、散文。印象中她和《國際協報》女記者關大為可能是朋友，和哈爾濱廣播無線電臺的播音員秦素有接觸，所以對播音有一定的瞭解。在當時的文學青年中很有些名氣。研究東北淪陷時期作家作品的專家劉樹聲先生也說：張潔蓮也叫潔蓮、弓長、弓長女士，是文學青年，歲數很小，印象中她們那些人年齡 16、17 歲就發表作品。據說在《東北淪陷時期作家與作品索引》中還能找到她當年發表的作品。曾主持《國際協報》副刊的共產黨人方未艾、曾任兆麟小學校長的沈玉賢，在解放後的回憶中也都提到過張潔蓮，說他是一位積極給《國際協報》副刊投稿、積極投身抗日活動的進步青年學生。1933 年張潔蓮離開哈爾濱去北平。當年 7 月 20 日的《哈爾濱五日畫報》上，還刊登有幾位友人送別張潔蓮去北平的照片。想來她報名應考中央電臺播音員的時候，應該就是剛從哈爾濱到北平不久。張潔蓮在政治上追求進步、又受過良好的新式教育、文學寫作才能和社會活動能力都比較強。她知識豐富，語音標準，考試成績出類拔萃，各方面都比較符合中央廣播電臺播音員的條件。所以最終被招聘錄用。

有一些研究廣播史的人說：張潔蓮是東北哈爾濱人，說她「痛恨亡國奴的生活，輾轉到了北平，有幸考入中央廣播電臺的大門」這「同她是哈爾濱人，語音普通話標準高，受哈爾濱廣播電臺播音員秦素影響，熱愛播音工作，同她才思敏捷，已是小有名氣的文學青年有很大的自身優勢相關。」可是又說「張潔蓮是大翻譯家金人的妹妹」。〔註 17〕

金人，原名張少岩，筆名金人、田豐等，是河北省南宮縣人。兄妹二人怎麼會一個是東北哈爾濱人，一個是河北省南宮縣人呢？

關於金人，方未艾的回憶說：他生於 1910 年 4 月 25 日，幼年喪母，在家鄉讀過兩年小學，以後跟隨父親輾轉蘇州、淮陰、北京各地，讀過小學、中學。

〔註 17〕本章對張潔蓮的敘述，主要來自陳爾泰著述的《中國廣播史考》第 126 頁～133 頁，中國廣播電視出版社，2008 年元月。

1927 年，他 18 歲時同全家到了哈爾濱。他的父親在東省特別區地方法院工作，他在這個法院就業當了雇員。「金人身材不高，有些發胖，穿著西裝，顯得敦實實的，橢圓的面孔，帶著度數很深的近視鏡，說話有些北京口音。他在哈爾濱同他的父親、繼母、妹妹住在南崗花園一座單門獨院的俄式房屋。他自己佔有一個很小的房間，一張鐵床，一張寫字臺，一把靠椅，到處堆滿古今中外書籍。」〔註 18〕

這裡所說的「妹妹」應該就是張潔蓮了，而「繼母」則是張潔蓮的母親。看來，張潔蓮與金人是同父異母的兄妹，關係相當密切。她進入中央廣播電臺當播音員以後，也曾給哥哥寫過信。後來被母親帶離南京，脫離中央廣播電臺，這是後話。

以上的情形說明：張潔蓮實際上是河北省南宮縣人。她們全家於 1927 年才到的哈爾濱。到哈爾濱時張潔蓮已經十三、四歲，說話應該也是有些北京口音了。看來，張潔蓮能考進中央廣播電臺做播音員，與她是不是哈爾濱人的關係並不大。倒是從對她哥哥的介紹中瞭解到張潔蓮另外的一些情況。

全國通行的標準國音是以北京音為基礎的。一般來說，北京人講話語音最標準，北方人又比南方人講得好。南方人講國語往往帶有比較重的方言口音。張潔蓮和劉俊英都是北方人，她們講話語音符合國音標準自是情理之中的事，這無疑也是她們入選的優勢條件。有意思的是：在千里挑一的三位入選者中，竟有一位南方人，她就是吳祥祜！

1986 年 11 月，南京金陵之聲廣播電臺《龍的傳人》節目曾採訪年逾古稀的吳祥祜老人。主持人聽說她是在北京報考播音員，被錄取後才第一次到的南京，隨即問道：「這麼說您是北京人？」沒想到吳祥祜迅速應答說：「我不是北京人，我是廣西人，當時在北京讀書。」〔註 19〕

廣西人講普通話不標準，這也是全國出了名的。中國首次公開選拔國語播音員，竟有一個「廣西佬」能在激烈的競爭中入選，豈非咄咄怪事？所以，在介紹吳祥祜時，慣於「地域黑」的憤子常常故意迴避「廣西」，說她「祖籍在江西，在北京出生」。而一些「本地控」的憤青又以此為例，誇耀說「廣西人

〔註 18〕方未艾《在哈爾濱成長的翻譯家金人》見《遼寧文史資料　總第 53 輯　歷史珍憶》，中國人民政治協商會議遼寧省委員會學習宣傳和文史委員會，本溪市委員會學宣文史委員會編，2004.04。

〔註 19〕引自金陵之聲廣播電臺《龍的傳人》播出的節目《訪原國民黨中央廣播電臺播音員吳祥祜》，1986 年 11 月 27 日。

有多麼了不起」。事實上，吳祥祜就是廣西桂林人，只不過她出生在北京，自幼在北京、遼寧、河北等北方地區生活、接受教育，直到 1942 年從昆明廣播電臺請假回桂林參加妹妹吳祥礽的婚禮時，才第一次回到家鄉。所以，吳祥祜雖然是廣西人，但卻是吃北方的飯、講北方的話成長起來的。她的確「能講一口流利的普通話」、是標準國音。吳祥祜在激烈的競爭中之所以能考取，並非如「本地控」或「地域黑」所說，而是有其特殊的情況。

吳祥祜的父親吳肇和（梅羹）先生，是一位老資格的法律工作者，曾供職於北京、瀋陽、大連的司法機關，當過遼寧省西豐縣的縣長。所以吳祥祜生於北京，小時候曾隨父母在西豐、瀋陽讀小學，後來寄居在唐山二伯父家讀完高小，再後來又寄居在北京的五叔家，考入北師大女附中。她初中和高中的學業都是在北師大女附中完成的。

1931 年發生了日本侵略霸佔我國東北的 9．18 事變。當時在瀋陽高等法院工作的吳梅羹先生連夜逃到北京，財物盡失，身無分文，吳祥祜家從此中落。父親後來雖然在西安法院謀得一份工作，但是待遇已大不如前，生活陷入了困境。這使得吳家人對日本鬼子十分痛恨。而吳祥祜小時候在東北生活，曾親眼看見日本鬼子蠻橫地欺負中國人的場景，幼小的心靈早就埋下了憎惡日本鬼子的種子。1932 年 1 月 28 日，日本侵略者突然向駐守上海閘北的第十九路軍發動進攻，中國守軍奮起抵抗，淞滬抗戰爆發。為了支持抗戰，當時在北平讀高中的吳祥祜脫下學生裝，報名參加北平婦女救護隊，到蘇州後方醫院救護傷員。1933 年初，在日本侵略者的魔爪從東北伸向華北的時候，中國軍隊進行了著名的長城抗戰，北平人民組織自衛隊奔赴前線支持。臨近高中畢業的吳祥祜又積極報名參加北平自衛隊婦女救護隊，隨抗戰部隊到石匣鎮、古北口一帶救護傷員。吳祥祜平時學習成績很好，原本計劃要考取北師大免費保送生讀大學的，因為在石匣鎮救護傷員的時間比較長，耽誤了功課，沒能考上。當時吳家經濟十分拮据，根本無力供她念私立大學。為此，吳祥祜頗為懊惱，又有幾分迷茫，不知如何是好！〔註 20〕

1996 年在專門給家人撰寫的自述中，吳祥祜寫道：

> 正在這時，中央日報登出南京中央廣播電臺招收三名女播音員的廣告，那時我不知廣播是什麼，播音員又是幹什麼的，全都不管。對誰也沒說、跟誰也不商量，就去報了名。廣告上寫：考取以後每

〔註 20〕據吳祥祜手稿《吳祥祜 1955 年寫的自傳》。

月有 60 元工資，但轉正以後必須加入國民黨，這些我都不管。瞎貓碰死耗子，雖然報名有兩千多人，我倒是被錄取了。〔註 21〕

吳祥祜能在數千考生中脫穎而出，自有其過人之處。後來考入中央電臺的新播音員肖之儀對她印象要比劉俊英好：「吳祥祜僅是高中畢業，但頗能寫作，她所播送的『小朋友』節目，一時曾得到好評。」〔註 22〕吳祥祜自幼就是家裏的乖孩子，學校的好學生。在北師大女附中時，她追求進步，熱愛學習，熱心助人，遇事敢拿主意，年紀不大卻常被人稱為「大姐」。她性格活潑開朗，愛好體育運動，常與男女同學一起打籃球、練習田徑；曾代表學校參加北京市的體育運動會，得過名次，是北師大女附中的著名校友。很顯然，吳祥祜接受過良好的新式教育，懂拼音、會數學，對地理、歷史、各學科常識瞭解掌握也不少。她的政治傾向、個人性格很符合當時對播音員的要求。可能由於年紀小、閱歷淺，面對主考人馮簡的提問不能像劉俊英那樣「似乎變成了兩位朋友的促膝談心和切磋學問了」。而是「小老頭」越問越緊，他問的緊我也答得快，最後考完出去時，贏得「小老頭」笑了一笑。完全是一副小學生接受嚴師拷問的樣子。出來了才打聽到：那矮矮的「小老頭」名叫馮簡，是科學家、主考官。那時吳祥祜沒能上大學，心情十分不好。家裏弟妹成群，經濟上入不敷出，所以特別看重廣告所說的：考取後每月有 60 元工資。那時她根本不知道廣播是什麼、播音員又是怎麼回事，是誰主考也不上心。可以說，吳祥祜是帶有幾分懵懂、幾分莽撞去參加考試的，能考取正說明她潛質非凡。

吳祥祜與劉俊英、張潔蓮一樣，十分幸運地成為「千里挑一」的入選者。她們三人雖然都有在北京和東北生活的背景，但在此之前互相併不認識。是播音事業把她們的生活聯繫到了一起！

〔註 21〕引自吳祥祜手稿《吳祥祜 1996 年給家人寫的自述》。

〔註 22〕肖之儀《在國民黨廣播電臺裏的見聞》見《西安文史資料　第 3 輯》122 頁，中國人民政治協商會議陝西省西安市委員會文史資料研究委員會編輯出版，1982.12。

第二章　最初的播音生活

考試過後，入選的名單通過報紙上向社會公布，大體相當於現在的公示吧。之後不久，劉俊英、張潔蓮、吳祥祜就接到入選通知書。按通知的要求，她們要在 1933 年 10 月 1 日到中央廣播電臺報到。於是，三位姑娘相約，一同乘火車前往南京。

三個人當中，已經讀了大學的劉俊英年紀最大，25 歲。張潔蓮和吳祥祜同齡，都是 20 歲，學歷只是高中畢業。三個人都是出過遠門、有了一些旅行經驗的。但女孩子出門帶東西多，行動遲緩，差點誤車。好在車站有「紅帽子」幫忙，才趕上了車。付了工錢、道謝之後。劉俊英又掏出一元錢來給這三位工人說，你們買杯酒喝吧，深得工人大哥的喜歡！僅僅從給小費這個小舉動就不難看出，劉俊英的見識、社會生活經驗，都要比張潔蓮和吳祥祜成熟一些、老練一些的！〔註 1〕

中央廣播電臺地址在南京丁家橋 16 號國民黨中央黨部後院的西南隅。當時臺內人員還很少，一共不過三十多人。在臺長吳保豐和副臺長吳道一之下，分設有總務、工務、傳音三個科。傳音科就相當後來的編輯部。傳音科內又分為徵集、播音兩個股。徵集股只有三個人，主要的工作任務就是選廣播稿，請名人來演講。播音股自然就是播音了。播音股的股長叫李秉新，他和王治隆都是國語播音員，不過他們所播講的國語卻不是很標準。其他專職的播音員還有播馬來語的陳英傑、播潮州話的王錦和、播粵語的女播音員胡烈貞等。全科合起來也不過十來個人。此外，還有兼職的客家話播音員和英語播音員。

〔註 1〕引自吳祥祜手稿《吳祥祜文稿五篇．往事回顧》。

圖 2-1　國民黨中央廣播電臺全景（原載《無線電月報》1928 年第 1 卷第 4 期，轉引自《民國時期的新聞廣播業》37 頁，艾紅紅著，花木蘭文化事業有限公司出版）。

傳音科的科長，就是中央電臺當時唯一能講標準國語的那位播音員，名叫黃天如。黃天如從事廣播工作比較早。據 1929 年《廣播無線電臺年刊》創刊號的記錄：黃天如與陸以灝等人那時就已是電臺組織機構的成員，並分任報告、文書等事務。1934 年，十九路軍發動抗日反蔣的「福建事變」，平息以後，中央廣播事業管理處負責接管福州廣播電臺，並派人赴閩考察設備、接管臺務、擔任臺長。當時派去任臺長的就是黃天如。1935 年，由於蔣介石對日本侵略者妥協，設在北平的河北廣播電臺被迫撤離，搬遷到西安，創建西安廣播電臺，中廣處派去西安當臺長的又是黃天如。1938 年秋，西安廣播電臺南遷漢中，黃天如才調回重慶中廣處。1943 年 4 月，甘肅廣播電臺籌備處主任蔡其瑤病故，要派得力的能人去當主任，負責甘肅電臺的建設和播音。中廣處派出的還是黃天如。1944 年夏，黃天如調任發射功率最大、覆蓋面最廣的昆明廣播電台臺長。解放前夕，又從昆明調往貴陽當貴州廣播電台臺長。總之，黃天如常常是在關鍵時刻被外派各省，獨擋一面。雖然他的播音國語標準，聲調清朗，句讀明晰，能打動人的心靈、激勵人的精神，但他絕非僅僅是一位普通的國語播音員，而是國民黨一位資深的廣播專家。當時劉、張、吳三位姑娘剛

到電臺，黃天如在她們的眼中，既是名聲赫赫的播音權威，又是莊嚴穩重的頂頭上司。望之令人生畏！〔註2〕

黃天如以長者、前輩的矜持接待了三位姑娘。向她們介紹了電臺的人員、工作和臺內其他情況，又把播音股股長李秉新介紹給她們。並說股長是她們的直接領導，以後有什麼事就直接找股長。李秉新沒說幾句話，就領著她們參觀播音室，給她們安排具體工作。第二天就讓她們跟班輪值，先是看老播音員怎樣播音，再叫她們聽記錄新聞，不幾天就要他們照老播音員的樣子練習廣播，很快就正式上崗實習，值班播音。播音值班時還要兼顧留聲機放唱片等工作。

南京中央廣播電臺的全稱，是「中國國民黨中央執行委員會無線廣播電臺」。三位播音小姐入臺時，尚未設有專職的編輯記者——

> 節目來源有賴社會，更有賴於各種官方機構。新聞來自中央通訊社和當日各大報社資料、稿件；通告來自中央黨部和國民政府；宣傳大綱由中央黨部交辦，報告決議案則為播送國民黨中常委、中央政治會議和國務會議、立法會議、行政會議等決議案；廣播演講則延請國民黨中央和國民政府各委員、各大學教授來擔任。特別節目的「總理紀念周」在中央黨部禮堂發音。音樂節目主要放唱片。因為有了收音網，所以開設「慢報新聞」「紀錄新聞」供各地收音員抄收，轉送當地國民黨黨部並出油印小報、黑板報和由報紙發表。〔註3〕

〔註2〕關於黃天如，筆者寫作時未查閱到完整的歷史資料，只是根據趙玉明，艾紅紅，劉書峰主編的《新修地方志早期廣播史料彙編》、汪學起，是翰生編著的《第四戰線——國民黨中央廣播電臺掇實》、《蘭州文史資料選輯》第19輯中的文章《蘭州第一座廣播電臺》及魏振東、余文閣編著的《西安之最》等著述的零星記錄。2023年12月8日，資深播音史研究專家、中國播音主持史研究基地特聘研究員一丁先生撰有《民國播音員黃天如》一文，比較具體地介紹了黃天如從事廣播工作的經歷。根據此文所述：黃天如，江蘇江陰人，生於1897年。原是一名中學體育教員。曾任國民黨鎮江市黨部黨員審查委員、清黨委員、鎮江市特派員。吳道一接徐恩曾任籌建電臺負責人後，於1928年7月將其調入，成為中央廣播電臺開播時的六名職員之一。最初負責發音工作和播報新聞，是國民黨中央廣播電臺第一位播音員。後任傳音科長，先後被外派擔任西安、福建、甘肅、昆明、貴陽等國民黨廣播電台臺長。1949年底貴陽解放，黃天如曾留任新中國貴州人民廣播電臺顧問。不久被調離。此文載「在中國播音主持史研究基地公眾號」，可作參考。

〔註3〕引自汪學起、是翰生《國民黨中央廣播電臺史實簡編》見《新聞與傳播研究》1988年第1期96～97頁。

圖 2-2　初到南京的吳祥祜。

劉、張、吳三位姑娘的播音生涯，從廣播「慢報新聞」即記錄新聞開始。入臺不久，吳祥祜就在播讀記錄新聞的時候遭受挫折，她後來回憶——

報到後見了科長、股長，就是練習播音。當時廣播也是初辦，誰也沒有經驗，只是叫我們跟著科長、股長學。〔註 4〕

播音股在我們三人沒到以前主要是李秉新、王治隆兩人播音，陳英傑兼管唱片，幫忙值班和放唱片（他不能講普通話），有時人不夠，王錦和（講南京話），甚至科長也講一通。我們到後先看一看他們怎樣播，後來就實習播音放唱片。我那時年輕好玩，一到中央臺就被很多男同事約出去玩，心也不在工作，更不去研究怎樣播得好，特別是記錄新聞更是播不來。我有時把呼號也報錯，〔註 5〕

吳祥祜的回憶不免有些謙虛和自責的成分，但這也是實情。年紀稍長、才華橫溢的劉俊英文化水平比較高，人也成熟老練，播音值班很快上手。三個月試用期滿，很快就獲得正式任用。相比之下，張潔蓮雖然年紀不大，卻也少年老成。在跟班學習的時候她靜心觀察，用心琢磨別人的播音技巧。很快也掌握了播音工作的一些規律，形成了平穩、得體、不快不慢的播音風格。她的正式任用也很順利。吳祥祜雖然年齡同張潔蓮一般大，卻遠不如劉、張二人成熟——

〔註 4〕引自吳祥祜手稿《吳祥祜 1996 年給家人寫的自述》。
〔註 5〕引自吳祥祜手稿《吳祥祜 1955 年寫的自傳》。

劉、張二人比我老成，專心向他們學習，我最年輕好玩，到了南京只想玩。練習的時候只是應卯，根本沒有抓得要領。轉眼三個月試用滿了，我還是老樣子。領導說三個月試用已滿，我不合格，退我回去。〔註6〕

科長把我們三人叫到一起，先和她們二人說試用期滿，從下月起正式任用，提一級工資。等她們走後就對我說我的播音不好，不能任用。〔註7〕

當時能進入中央廣播電臺當「播音小姐」是十分體面的。張潔蓮獲得正式任用之後，心情格外舒暢。她擅長寫作，在哈爾濱時就已經發表過一些文學作品。高興之餘，她不斷給身在塞外的哥哥寫信，以文學的筆調，述說見聞。她在信中描述自己工作的地方——

範圍是很大的，說它是一個花園也未嘗不可。因為那裏的建築物不是相毗連的，而是一所一所分開的；每處與每處之間，總夾著花圃、叢林、水池以及曲徑、柳岸或小亭等等。當夜色朦朧，月光從樹隙處窺人的時候，站在水池邊，會使你沉浸在遙遠遙遠的幻想裏，而忘掉現實的一切惡濁與污穢。

此時的心情相信是很恬適，所以便趕快握筆……是這樣的季節喲！四月的南國，在哈爾濱，最快也要到初夏才能有同樣的感覺。你看，梅花在兩個月前早已凋謝了。濃豔的桃花，此時也是清風吹來，落英滿地。風韻猶存傲岸地挺立於樹叢中的便是我的好友……紫荊了！

從張潔蓮優美的語言描寫中，人們不難感受到她的多情善感、文采飛揚的青春之美，感受到播音小姐新入職時的輕鬆與愉快。在信中，張潔蓮還講述了她一天的工作和生活的情形——

將近六點鐘時醒來急披衣下床，怕驚擾同房 miss 劉（即劉俊英）（她是值夜班的……這星期我值早班），開始播音是七點鐘。朝晨，我在「傳話筒」前沒多少工作，僅報 25 分鐘的簡明新聞，以後再報全國氣象就完了。此外便是開唱片，以及介紹各種節目，早晨播音，中間有一段休息時間。我到園子裏走走，空氣很好，草地上露珠還

〔註6〕引自吳祥祜手稿《吳祥祜 1996 年給家人寫的自述》。
〔註7〕引自吳祥祜手稿《吳祥祜 1955 年寫的自傳》。

未乾，我摘了兩枝花，一朵大的紫玉蘭和一枝海棠。……還有一些閑暇，看看報……眼巴巴地希望著郵差來，好有塞外故人的音信。

在張潔蓮的哥哥金人的眼中，妹妹的這些來信也都是優美的散文作品。他把其中一些涉及個人事務的文字刪去之後，以《從醉人的南國吹來的消息》為題，在《國際協報》的副刊上連載發表，為人們提供了當時中央電臺播音員的每天工作、生活的情形。成為後人研究中國早年播音工作的第一手資料。〔註 8〕

圖 2-3　吳祥祜初到南京在公園遊玩的情景。

在三位姑娘中，吳祥祜既不像張潔蓮那樣少年老成、靜心學習，更沒有劉俊英的才華橫溢，成熟幹練。她雖然國語語音標準、文化基礎不錯，但玩心太重，辦事處世很不穩重，幼稚得可愛，像個不諳事理的懵懂少女。又由於當時播音事業初創，在她們正式上崗播音之前，老播音員也沒有對她們進行所謂的「上崗培訓」，直接要她們跟班，模仿學習。人家怎麼播，她們就照葫蘆畫瓢、有樣學樣跟著播。徵集股提供的稿子有各種各樣，如新聞、常識、氣象報告、節目介紹等等。她們就有什麼播什麼。而其中最不好把握的就是播記錄新聞。因為記錄新聞是專門給各地收音員收聽抄錄而廣播的，由他們記錄給當地報紙刊登。播得太快人家記不下來，播得太慢又耗時過多，使人厭煩。所謂的「記錄速度」往往因人而異，很不好把握。吳祥祜過去從來沒有聽過廣播，更沒有

〔註 8〕引文及對張潔蓮播音生活的敘述，均引自陳爾泰著述的《中國廣播史考·張潔蓮考補》，中國廣播電視出版社，2008 年元月。

聽說過記錄新聞。見劉、張播讀很順利，她也拉不下面子去問，只是亂講一氣。語速時快時慢，各地收音員苦不堪言，有時甚至記不下來。大家意見很大，慢慢都集中反映到了副臺長吳道一那裏。試用期一滿，吳道一就決定：吳祥祜不能正式任用。〔註 9〕

這下可把吳祥祜嚇壞了，禁不住哇哇大哭起來。她慌忙向科長、股長求情認錯。股長李秉新見吳祥祜單純幼稚，又遠離父母，很同情她，對她好言相勸。科長黃天如對吳祥祜說：「你不能任用，我也焦急呀！我還是你的保證人呢。」中央電臺有個規矩，新員工入職報到的時候要填寫保證書，要請總幹事以上的老員工做保證人。吳祥祜的表兄鄭青士是國民黨黨部文藝科的幹事，在工作上與黃天如來往密切，彼此熟悉，關係很好，於是表兄就委託黃天如做吳祥祜的保證人。既有這層關係，黃天如對此就不能不管呀！於是，傳音科長親自出面，為吳祥祜求情！

圖 2-4　劉俊英（前左）張潔蓮（前右）獲得正式錄用後與傳音科同仁合影（陳沅在晚年寄給吳祥祜的舊照片之三）。

如前所說，這個黃天如可不是個普通的播音員，而是一位老資格的廣播專家。此人在生活上追逐新潮時尚、有些任性。1942 年 4 月 12 日，他以 45 歲的年齡，代表中央廣播電臺參加重慶傘塔跳傘表演，是當時年紀最大的跳傘表

〔註 9〕引自吳祥祜手稿《吳祥祜文稿五篇．往事回顧》。

演者。冒險敢創的勁頭十足，工作上敢作敢為，嚴肅認真。〔註10〕，他在當福州電台臺長期間，曾與《福建民報》經理蕭客生、《閩報》記者祝天齡等赴臺考察臺灣新聞與廣播事業。寫有《臺灣廣播事業之概況》一文，〔註11〕全面記錄臺北、臺南、臺中三大廣播機構的人員、管理、技術、播音以及全臺灣收音機分播的情況。內容翔實，學術性很強，為中國地方廣播發展史保留了一份不可多得的歷史資料。黃天如在政治上，是國民黨一名忠實黨徒，對國民黨的廣播事業貢獻不小。他又是傳音科的科長，播音權威，他的意見，吳道一不能不重視！

吳祥祜的去留，其實就看掌握中央電臺實權的副臺長吳道一怎麼決定。科長、股長都來說項，他多少得給點面子。更何況吳祥祜還動用了姨母鄭季清的關係。鄭季清與吳祥祜的母親是同胞姐妹，手足情深，關係很好。她當時在南京鐵道部裏當科員，雖然不認識吳道一，但她那位姓梁的男朋友在中央通訊社當秘書，與吳道一在工作上有聯繫，關係相當密切。聽說吳道一要把鄭季清的外甥女退回去，便抓住這個機會，向女朋友鄭季清獻媚討好：梁秘書一通電話打給了吳道一。吳道一終於以延長試用期的名義，把吳祥祜留下來繼續考察。

雖然如此，吳祥祜的播音水平仍不見有大的進步。那時，中央廣播電臺的節目都是要求播音員一字不拉地照稿念。吳祥祜對這樣的工作一點都不感興趣，總是敷衍了事，專研播音技巧也專不出個所以然來。播音仍舊不是很令人滿意。延長的試用期到了，還是被認為不合格。但吳道一也不便把「中央通訊社秘書」的關係搞壞，見吳祥祜的字寫得漂亮，就調她到臺長辦公室做文書、搞統計——

> 吳道一將我調去處長辦公室搞整理、統計傳音、工務科送來的各種表格及抄寫工作，同時還在傳音科播一部分兒童節目及值班人員不夠時幫忙值班，並沒有誰再提起我的工作不行。〔註12〕

如此一來，吳祥祜不僅留下來了，而且也沒有完全脫離播音工作。名義上雖然是在臺長辦公室，但一有空她就往傳音科跑，做傳音科的工作。范本中來當傳音科科長後，更是既讓她編播兒童節目，又要她編演廣播話劇。忙得不亦

〔註10〕據《抗戰時期陪都體育史料》第230頁，重慶市體委、重慶市志總編室編，重慶出版社，1989.01。

〔註11〕黃天如所撰之《臺灣廣播事業之概況》，載《無線電》雜誌，1936，第3卷第1期，56～63頁。

〔註12〕引自吳祥祜手稿《吳祥祜1955年寫的自傳》。

樂乎，成了傳音科不可或缺的工作人員。

1935 年 11 月 1 日，國民黨在南京丁家橋中央黨部召開四屆六中全會，汪精衛被刺。〔註 13〕為了配合破案，中央廣播電臺搬出中央黨部大院，到郊外的江東門發射臺，簡單布置了一個臨時的播音室繼續播音。劉俊英、張潔蓮、吳祥祜三位女播音員也搬進了江東門發射臺。那時每天只維持幾小時的播音，工作不多。三個人悠哉遊哉，盡享田園風光。吳祥祜好玩的勁頭來了，她走東串西，很快就熟悉了江東門發射臺各處各家，工程師、技術員都成了她的好朋友。閒來無事時，她常常望著那兩座 120 米高聳雲霄的鐵塔出神。有一天，工程師姚善輝激將吳祥祜：「你敢爬上去嗎？」工程師王三畏等人又接過話頭：現在正好停機，有膽就上去呀！吳祥祜連想都不想，順著梯子就「噌噌」地往上爬，三位工程師怕出事，趕緊跟著上去。到了大平臺，工程師們不讓吳祥祜再往上爬了，可是攔不住，吳祥祜堅持登上塔頂。從塔頂極目遠眺，雄偉壯麗的南京城和寬闊浩渺的揚子江盡收眼底，遠處江南平原莽莽蒼蒼，無邊無際！王三畏告訴她：你們廣播的聲音就是從這座鐵塔發送到天空、傳到世界各個角落的。你講的話好，全球的人都知道，你講錯一個字，全球人也知道。說者無心，聽者有意。吳祥祜忽然感覺到：電波無遠弗屆，廣播影響巨大，電臺播音遠不只是在播音室念念稿子那麼簡單。後來，她在回憶中曾多次提起自己對廣播工作認識的覺悟——

> 起初我不瞭解電臺的威力，後來知道中央臺 75KW 的電力，整個亞洲甚至歐洲的部分都能聽到我們的播音，我認識到我的廣播的每一句話，就是每一個字都是多麼的重要，加上後來我們試播廣播劇，每天多處寄來無數的表揚、鼓勵或批評信件，使我認識到我的工作的重要性，我也感到很自豪，很光榮。〔註 14〕

總之，這一次登塔遠眺對吳祥祜觸動很大。她彷彿一下子就成熟起來，頓悟了！從此工作、學習都特別認真、刻苦，進步很快！

〔註 13〕關於汪精衛被刺：1935 年 11 月 1 日，國民黨四屆六中全會開幕典禮畢，九時半在中央黨部第一會議廳門口攝影時，記者群中閃出一人，高呼打倒賣國賊，拔槍對站在第一排正在轉身的汪精衛連開三槍，槍槍命中，汪精衛雖未致命，但應聲倒地。後查明襲擊者是晨光通訊社的記者、愛國志士孫鳳鳴，他於 11 月 2 日凌晨死去。此事上海《申報》次日（11 月 2 日）有報導，張學良、陳公博回憶錄有詳細記錄。

〔註 14〕引自吳祥祜手稿《吳祥祜文稿五篇 · 往事回顧》。

第三章　南京之鶯的魅力

吳祥祜去了臺長室搞統計，並不是完全離開播音崗位。她在播音方面雖然有這樣那樣的一些小毛病，但畢竟是千里挑一選出來的，並非一無是處。而且那時中央電臺的人員不多，像她這樣語音標準、嗓音好聽的人更是屈指可數。所以，她還得參加播音值班。劉、張、吳三位姑娘以清脆響亮的嗓音，標準悅耳的國語播讀文章，使中央電臺的廣播，以特有的播音韻味，在紛亂繁雜、形形色色的電臺廣播中獨樹一幟，給聽眾以耳目一新之感。尤其是劉俊英的播音，不僅國內的聽眾愛聽，在國外也有不少粉絲，被日本記者稱為「南京之鶯」。

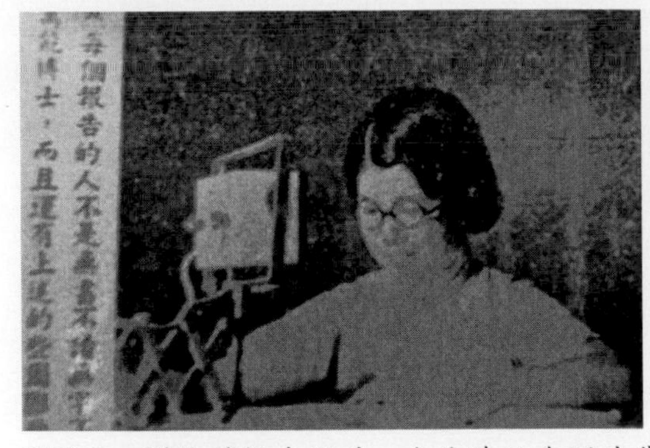

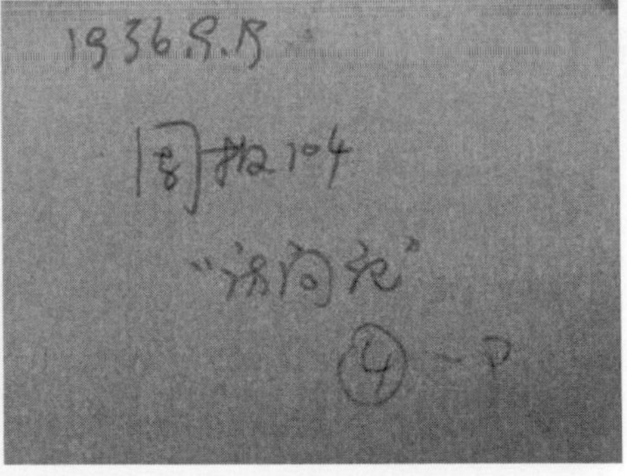

圖 3-1　劉俊英播音照片。右為陳沅在照片背面寫下的文字（陳沅寄在晚年寄給吳祥祜的舊照片之四）。

劉俊英大概是民國時期最著名的電臺播音員，曾一度是廣播聽眾經常談起的人物，影響深遠。2018 年，耄耋老人魏全德對《現代快報》的記者談起小時候收聽廣播的往事，還在不經意間說起劉俊英來。他說：小時候他家就住在南京下關，那裏收音機的信號特別好。當時有個女播音員叫劉俊英，人稱「南京之鶯」，給聽眾的印象特別深——

> 劉俊英剛來播音的時候，我十歲，剛剛吃了長壽麵。聽說她來自北平。當時，是南京這邊派人去北平招收女播音員的，報名的人特別多。她主持兒童節目，播講的歷史故事，不但小孩子喜歡，大人也喜歡。〔註1〕

中央電臺很早就開辦了兒童節目，最初很平常。三位女播音員接手播講以後，不久就受到聽眾的追捧，成為知名度很高的節目。吳祥祜曾回憶說——

> 兒童節目在我初初來的時候，她是在這裡跟各個小學都有了聯繫。比如說大新宮（音）小學啦，什麼逸仙桃（音）小學啦，都有聯繫。給他們每一個學校輪流這樣來我們電臺播音。讓小學生自己播。那個播，講話沒有什麼。多半都是唱歌啦、表演一點節目。但是有時候也有短短的講話。反正是小朋友嘛，那時候都是這個，沒有什麼別的。〔註2〕

三位女播音員按照傳音科的安排，對兒童節目作了改進。除了繼續廣播上述這些內容，又分成歷史、地理和廣播通信三個系列，隔日交叉進行廣播，並分別由劉俊英、張潔蓮和吳祥祜寫稿、由她們扮演成會講故事的小朋友播講。最先產生較大影響的，是由劉俊英編播的《中國歷史故事》。

劉俊英扮演成一位勤學好讀、博古通今的小朋友。她從堯、舜、禹、湯講起，講到少康中興、武王伐紂，從春秋戰國講到秦朝統一、漢唐盛世，從兩宋元明講到清朝興盛，又講鴉片戰爭、太平天國、黃花崗起義、國民革命，一直講到當時的國難危機。洋洋灑灑幾千年的中國歷史，被編成七、八十集故事，每天播講一集。在講故事的同時還結合當時救亡圖存的形勢，闡發愛國主義思想。激發人們的愛國熱情，引起了廣大聽眾的共鳴，比如在講完一則故事以後說——

> 我們中華民族是東亞文明的創造者，對於世界文明也有很多貢獻，所以我們的歷史，有著許多光榮的記錄……我們的祖宗既然很不容易地遺留給我們這樣大的產業，那麼，我們應該怎麼振作？我們應該用什麼方法保存這筆遺產，使它發揚光大起來，方才不辜負

〔註1〕據新聞報導《國民政府中央廣播電臺擴容幕後》，見《現代快報》2018年2月5日。

〔註2〕引自金陵之聲廣播電臺《龍的傳人》播出的節目《訪原國民黨中央廣播電臺播音員吳祥祜》，1986年11月27日。

先人創業的艱難辛苦？不然，我們就是不肖，有什麼顏面作黃帝的子孫呢？不料到了滿清的末葉，和外國訂了許多不平等條約，可惜我們的錦繡河山，竟然淪為次殖民地了……所以我們中華民族目前第一的急務，就是自求解放……現在我們用十二萬分的至誠和熱望，敬祝各位小朋友努力，努力前進！〔註3〕

由於劉俊英學歷較高、學養好，她在選編的歷史故事時，既兼顧到各朝各代文史知識，又突出那些流傳廣泛，內涵豐富的歷史故事。她才思敏捷，文筆流暢，在敘述重大事件、介紹愛國志士、講解歷史背景和發展大勢時，常常妙語連篇、趣味横生。又由於是自編自播，怎麼順口就怎麼寫，所以語言通俗、朗朗上口，特別的響亮、明快。她的聲音本來就像金玲般清脆響亮，悅耳動聽。每一次播講都娓娓道來，所以無論大人小孩都喜歡聽。

《中國歷史故事》足足講了七、八個月。從 1935 年 3 月開始，一直講到當年 11 月 7 日，盡把中國歷朝歷代的天下大事、歷史聞人、民族英雄等等，串連播講了一遍。聽眾在不知不覺中就播完了，人們都期待著繼續聽下去。於是在播講完《中國歷史故事》之後，劉俊英又接著播講《世界小史》。這部分甚至從更早的生命起源開始講述，描述了洪荒時代、魚蛇及遠古的鳥獸、最初的猿和人，講述了古代埃及、希臘、印度以及西歐國家的復興，1914 年的世界大戰、1917 年的俄國革命，後面又講了我國的推翻帝制和復興運動。最後還是落實到救亡圖存的愛國主義教育之上——

近百年來，我們的內政腐敗，外交失策，致使國際地位低落，遭受不平等條約的蹂躪，以致造成我們國家目前這樣多難。為了擺脫不平等條約的束縛，為了民族復興，我們必須造成一個有毅力，能吃苦耐勞，敢冒險且犧牲，沉著，堅韌，仁愛，禮讓，活潑，前進的民族……〔註4〕

《世界小史》之後繼續播講《中外名人的童年生活》，所講述的內容有孔子、孟子、安徒生、愛迪生等古今中外名人兒童時代的故事。有外國探險家冒險探尋的歷程，有發明家研究、發明的事蹟。比如講瓦特發明蒸汽機：說他在

〔註3〕汪學起、是翰生《第四戰線——國民黨中央廣播電臺掇實》第 36 頁，中國文史出版社，1988.7。

〔註4〕《廣播週報》第 102 期，轉引自南京師範大學學位論文《中央廣播電臺兒童節目的政治社會化功能考察——以《廣播週報》為史料》第三章第二節，作者：葛容，導師：鄒軍。

燒水時，看見水一開，壺蓋就被頂起來不停地振動，產生了好奇心。就又反覆觀察、研究，發現原來是水加熱以後產生蒸汽，蒸汽頂起壺蓋而振動。後來再經過反覆試驗，終於發明了蒸汽機——

一個人要有好奇心、有百折不撓的冒險犧牲精神去探尋研究，才能成就偉大的事業。小朋友，你願意有一件甚至數件偉大的事業是由你自己做的嗎？那麼鼓起你的勇氣吧！〔註5〕

當時，礦石收音機在南京剛剛興起，因為價格相對便宜，一般市民也能買得起，許多人為收聽廣播買了礦石收音機。有一個礦石收音機，戴上一副耳機，隨時隨地清晰地收聽中央電臺的廣播。75 千瓦的大發射機啟用後，廣播聲音效果更好，買礦石收音機聽廣播的人更多。所以那時候南京的廣播聽眾不少。劉俊英播講的歷史故事，雖說只是一個小孩的節目，但很多成年人也感興趣。這個節目每天在傍晚廣播，很多人家大人小孩就圍在一起收聽，有的一邊吃晚飯一邊聽。聽著聽著，很多人就成了劉俊英的「粉絲」。

動聽的聲音喚起了聽眾美好的想像。在許多人想像中，這位播講中外歷史故事的播音小姐一定長得很漂亮。人們在聽了廣播之後，還想知道廣播裏這位有學問、會講故事、聲音好聽的播音小姐是何方人士，姓甚名誰，長相是個什麼樣子。坊間議論紛紛，好奇的人們到處打聽。不少人寫信、打電話到中央電臺詢問，而中央電臺卻一直秘而不宣。於是一些人乾脆直接登門拜訪，希望一睹芳容，但總是懷著美好想像而去，揣著失望而回。原因很簡單：主持工作的中央廣播電臺的副臺長吳道一不讓女播音員在社會上拋頭露面，也不讓她們同聽眾會面。甚至不給記者採訪、拍照，不允許在報刊上報導、介紹。

廣播無遠弗屆。劉俊英的播音不僅在國內影響越來越大，也漸漸地在東南亞各國的華僑、華裔中產生了影響，影響到了東亞的日本。境外的聽眾，尤其是日本的聽眾，也都想瞭解這位聲音好聽的播音員。日本的廣播當時比較發達，有五座全國性的廣播電臺，每座電臺的發射功率都是 10 千瓦，在當時可謂是大功率電臺，可是五座加起來也不如一座中國中央電臺的功率大。中央電臺的發射功率有 75 千瓦。日本一些人當然有點不服氣，曾酸溜溜稱中央電臺是「怪放送」。不過儘管如此，很多粗通漢語的日本人也常常收聽中央電臺的

〔註 5〕《廣播週報》第 110 期，轉引自南京師範大學學位論文《中央廣播電臺兒童節目的政治社會化功能考察——以《廣播週報》為史料》第三章第三節，作者：葛容，導師：鄒軍。

廣播。劉俊英甜美的聲音也為很多日本人所喜歡，他們特別想知道這位說話好聽的「播音小姐」到底是誰，長得怎麼樣。於是，劉俊英也就成了日本記者追尋的採訪對象。1935 年春，日本《朝日新聞》駐南京的特派記者宮崎先生捷足先登，專程來到中央廣播電臺，採訪報導劉俊英。

這位宮崎先生口口聲聲說是代表聽眾來的，一定要面見那位聲音動聽的女播音員。可是刻板得近乎迂腐的副臺長吳道一的規矩一直很嚴，無論如何都不肯破例。他十分禮貌地接待了這位東洋記者，委婉地說明各種不便採訪報導的原因。最後，這位長於言辭的宮崎先生竟被弄得無話可說，失望地離開了臺長辦公室。

吳道一是上海人，早年就讀於南洋公學，曾在上海參加五四運動。1920 年畢業即進入交通部與美國西電公司合辦的中國電氣公司，製造共電式電話機。1927 年應邀到國民黨中央組織部工作。吳道一與創辦中央電臺的工程師李范一、籌備處主任徐恩曾以及後來的總工程師馮簡都是南洋公學的同學。1928 年，徐恩曾調任國民黨中央黨部秘書處總務科長，吳道一接任籌備廣播電臺事宜，從此進入廣播事業。以後由籌辦處主任而任副臺長、臺長、中央廣播事業管理處副處長、處長，一直掌管著國民黨的廣播事業，所以國民黨內有人尊其為中國廣播之父。他是受過現代高等教育的人，又多次出洋參加廣播界各種國際會議，照理應該是一位洋派十足、奉行「女性優先」的新潮人物。但他在骨子裏卻對女性並不看重。一直認為女的做不成什麼大事。對女播音員的播音，他也很不以為然——

> （吳道一）公開的說男聲比較雄壯，評論重要節目就只挑男播音員，女播音員只播一般節目和兒童節目等，實質上是看不起女同志。一般女同志是很要強的，決不願趕不上男同志，但是在相同的情況下，升級加薪多是男同志，女的留在最後，實在沒有辦法才加一兩個人，提級女的更是很難有份的，一般女職員都有同感。所以播粵語的女播音員胡烈貞說，我們到了總幹事（後來改為二等播音員）就是到頂了，女的是不會當科長（一級播音員）的，只能這樣。〔註6〕

對吳道一的這些做法，中央電臺的女性工作人員很反感，但大家都敢怒不敢言，只是常在背後發發牢騷。劉俊英是一位具有「婦女解放、男女平等」思想的知識女性，自幼就有很強烈的反抗壓迫意識。小時候，母親強迫她纏足，

〔註 6〕引自吳祥祜手稿《微信圖片・自立自強做好廣播》

她先是不願意，後來是表面應付，白天纏，晚上放。弄得家規很嚴的母親也拿她沒有辦法。在北平女師大讀書時，她十分景仰魯迅先生的人格與學問，接受魯迅先生的影響。她對社會上很多習以為常的流俗看不慣，絕不肯隨波逐流，逢迎拍馬。她對各種事情都有自己獨立的見解，敢於堅持已見，比如在工作中往往為一篇廣播稿的修改頂撞上司。她對什麼事情該做什麼事情不該做，都有著自己獨立的主張。在社會上、電臺裏有一些人看不起女職員、甚至認為女職員不過是「花瓶」，是點綴品，對此她很不服氣。吳道一認為女的做不成什麼大事、不允許女播音員播出重要稿件，限制女播音員的正當社交，對此她非常不滿。聽說日本記者來採訪自己，被吳道一拒絕了，她禁不住怒火中燒，下決定心要冒犯一下上峰，以此來表示自己的反抗。

劉俊英讓自己的情緒稍稍平靜一下，看著宮崎要離開，便立即把他叫住。在走廊裏落落大方地自我介紹起來，表示願意接受宮崎的采訪。宮崎喜出望外，又是拍照、又是提問，很快就完成了採訪。

南京の鶯と五十七組の鴛鴦
美聲の主捕へたり
麗しのアナ嬢
なるほど金鈴の聲

圖 3-2 《朝日新聞》刊登關於劉俊英的報導及側身照片（來源：謝鼎新《民國廣播事業史研究》384 頁，團結出版社，2021.07）。

不過，或許是出於對電臺領導人的尊重，或許是為了更好表現劉俊英的溫柔美麗，宮崎在報導中並沒有講到吳道一的阻攔的情形，更沒有講劉俊英在走廊把他叫住，作推銷式的自我介紹。在講述採訪過程時，報導說——

> 八號上午過了十一點，穿過中央黨部的大門，從正門進去向右第三條路，掛著「中央廣播電臺無線電臺管理處」的地方就是南京中央放送局，「南京的夜鶯」就住在那裏。我告訴了我的來意：「雖然我不知道她的名字，但是我想見一見那位有著絕妙美麗聲音的播音員。」對方馬上就說：「啊，您是要找劉俊英吧？」打開門，出現的人是一位二十四五歲的美麗的女性：「我就是劉俊英……」，果然是這聲音……〔註7〕

1935年4月15日，日本東京《朝日新聞》以醒目標題刊出《南京的夜鶯訪問記》，副題為《美妙動人的聲音，漂亮動人的小姐：果然是金鈴般的聲音》，並且配發了一幅劉俊英的半身側面照片。並作了這樣的文字說明——

> 南京有一位有著優美動聽聲音的女播音員，她的聲音美得好像金銀的樹葉飛舞飄落，又像春之女神擺動著金鈴的聲音。在聽取南京廣播的人們中間，常有人問起：這是怎樣一個女人？是叫什麼的女人？即使能聽見聲音，也看不見她的樣子。本文對南京的夜鶯的真實面目做了採訪。〔註8〕

在宮崎的報導中，劉俊英溫婉美麗，話語十分謙遜。她把東洋人稱讚自己聲音巧妙地轉移到稱讚國語北京音上來，絲毫沒有怒火中燒、盛氣凌人的樣子——

> 「您是說我的聲音在您的國家廣為人知？您太過獎了！」劉說著，臉上染上紅暈的樣子，是中國南方的女性難以見到的賢淑的態度，說起話來是優雅的純北平話。
>
> 「我被錄用在這裡工作已經一年半了。我父母是河北省滄縣人，可是我從小在北平念小學和中學，在北平女子師範大學學習教育專業，也並不是與音樂特別相關的專業。如果說我因為美好的聲音而受到喜愛的話，與其說是因為我天生下來的好嗓音，不如說是北平話所具有的悅耳的發音的原因吧。」她謙遜的話語同在電臺中聽到

〔註7〕謝鼎新《民國廣播事業史研究》386～387頁。團結出版社，2021.07。

〔註8〕汪學起、是翰生《第四戰線——國民黨中央廣播電臺掇實》第26～27頁，中國文史出版社，1988.7。

的金鈴般的美音別無二致。〔註9〕

《朝日新聞》的報導，揭開了那位講話好聽的「播音小姐」的神秘面紗。文稿和照片傳到國內，「粉絲」們這才知道她叫劉俊英。劉俊英面容姣好而白淨，姿態優雅而大方，戴著一副眼鏡，樣子斯斯文文，十分招人喜愛。「南京之鶯」的美譽很快就被廣大聽眾所認同，在南京城傳揚開了。當年人們追捧劉俊英的情況，從吳祥祜晚年回答靳邁各種提問的談話中也可見一斑——

三十年代中央臺裝起了75千瓦的大機器，這時城市的街頭和商店裏都裝有喇叭。75千瓦的大力發射，群眾只要有一個礦石收音機，戴一副耳機，到哪裏都可以清晰地聽到中央臺的播音。因此對每個播音員的聲音就好像聽自己家里人的聲音一樣非常熟悉。播音員上街去買東西，一聽你的說話就認出你了，上飯店吃飯會受到非常熱情的招待，去布店買布，店員一下子會給你拿來各種各樣的布給你挑選。〔註10〕

靳邁先生是跟隨吳祥祜學習播音為數不多的人之一。當時吳祥祜是重慶中央廣播電臺的播音股長，抗戰勝利的消息傳來，吳祥祜很敏感，及時安排靳邁作廣播的準備，正式消息一到就對外廣播，使重慶中央電臺成為發布抗戰勝利消息的第一家媒體。晚年，師徒二人通過書信交流廣播史料，吳祥祜在回答靳邁的種提問時寫下了上述這段話。通過這段話不難想像：三十年代的聽眾是多麼喜歡美麗的劉俊英，喜歡新潮的廣播。

日本《朝日新聞》對劉俊英的採訪報導，吳道一是很不滿意的，但生米已煮成熟飯，也只好無可奈何。那時，也有一些人議論說：劉俊英這樣做，就是要借助報紙的吹捧來揚名的！對於這種議論，劉俊英淡然以對，不作回應。可是當有人拿她的照片來做文章、搞宣傳的時候，她就堅決不幹了。據說在她名聲大噪之時，南京碑亭巷有一家照相館弄到了那張登在《朝日新聞》的劉俊英的相片，於是拿來放大著色，懸掛於櫥窗之內，配以溢美之詞。劉俊英得知，立即前往交涉，將相片收回，並當場撕毀。顯然，她是不希望借助那些淺薄、浮華的捧場來揚名的。〔註11〕

〔註9〕謝鼎新《民國廣播事業史研究》386～387頁。團結出版社，2021.07。

〔註10〕引自吳祥祜手稿《吳祥祜文稿五篇．答靳邁》。

〔註11〕據汪學起、是翰生《第四戰線——國民黨中央廣播電臺掇實》第27頁，中國文史出版社，1988.7。

劉俊英來自北平女子師範大學，是當時中央電臺屈指可數的女大學生。她知識全面，專業素質好，編稿、播講都是行家裏手。各種新聞報導、時事評論、機關文告、名人撰述她都播得不錯。她與張潔蓮、吳祥祜以播講故事的方式編播兒童節目，傳播科學文化知識，首開自編自播廣播節目的先河，創辦了早期中國廣播最有影響的對象性節目。她語音標準，嗓音甜美，文句及段落層次十分清楚，能恰如其分地表情達意。她是憑藉著自己紮實的播音專業實力成名，獲得聽眾喜歡的，也是第一位在國內外都具有較大影響的中國女播音員。她的出色的播音，對擴大廣播媒體的影響，提升廣播媒體的社會地位也都起到了很好的作用。

《朝日新聞》的報導傳播很廣，「南京之鶯」深得社會大眾的廣泛認同。劉俊英從此成了名滿天下的「播音小姐」，廣播電臺的紅人。但她並沒有因為一朝成名天下知而飛黃騰達。她自恃才高，性格孤傲、清高、倔強，她的生活其實剛剛開始，她在後來的事業與愛情上頗不平凡，折射出那一代廣播人生活道路的曲折與坎坷。

第四章　吳暄谷的故事

對兒童節目的改進，使「南京之鶯」名滿天下，同時也推出了另一位廣播明星吳暄谷。說起這位吳暄谷和「南京之鶯」，就不得不說說傳音科科長換人的事。中央電臺的傳音科，大體相當於後來的編輯部，科長就是編輯部主任了。劉、張、吳三位姑娘入臺時，傳音科長就是黃天如。1934 年，抗日反蔣的「福建事變」平息後，國民黨中央廣播事業管理處派黃天如赴閩考察電臺機器設備情況，並正式接管福州電臺，任命黃天如為福州電台臺長。如此，中央電臺的傳音科科長就換成了工程師范本中。

圖 4-1　傳音科科長、吳祥祜的頂頭上司范本中像。

這個范本中，在國民黨廣播系統中可是個人物。他與參加創辦中央電臺的籌備處主任徐恩曾，中央廣播事業管理處處長吳保豐、中央電臺副臺長吳道一、總工程師馮簡，都出身於上海南洋公學，是加拿大麥琪爾大學（McGill University）研究院的電機學碩士，在無線電通訊技術方面有著很深的造詣。他當時身兼中央電臺的工程師、收音員訓練班主任、國民黨中央組織部調查科主任、南京情報電臺主任等多個職務，負責收發重要的保密電報〔註1〕。改任傳音科科長，做節目編播工作，這對他來說是徹底的改了行。可是此人見多識廣，腦子靈活，對如何辦好廣播節目，與吳道一的想法不盡相同。吳道一秉承蔣介石、陳果夫的旨意，致力於宣傳國民黨的黨義、主張，認為廣播節目就是播講那些政治性的評論、嚴肅的文章、講話、文件。所以在黃天如當傳音科長時，中央電臺只有新聞、演講、兒童節目、總理遺教等幾個節目，除了播讀文字就是放唱片，內容顯得有些枯燥乏味、形式過於呆板，政治說教的意味很濃。范本中認為：廣播要想使人愛聽，節目就要生動活潑。他不像前任那樣完全按臺長意圖來編排節目。所以上任不久就借鑒歐美廣播的套路，對節目進行了較大的改進，這給劉俊英、張潔蓮、吳祥祜等年輕人發揮個人的聰明才智提供了廣闊舞臺！

那時，中央電臺有個不成文的規定，就是重要新聞以及評論、演講節目都必須由男聲播音。本來人手就少，黃天如去福州又帶走了一些男生，這樣傳音科編播力量就更顯不足了。范本中走馬上任，乾脆藉此招兵買馬，大量擴充傳音科的力量。他曾為中央電臺主持過三期收音員訓練班。訓練班的教師、學員都奉他為恩師，有不少還是他的心腹摯友。他一上任就直接把何柏身、黎子留兩位訓練班的教員一起調來。緊接著又從青島、長沙、天津調回收音員徐學凱、陳沅、陳濟略。把徐學凱提升為徵集股股長，指定黎子留、何柏身、陳沅播送重要新聞和評論節目。這幾個人的國語說得都不標準，他就向社會公開招聘了陳鏡秋、鄭崇武等一批男播音員。以後又陸續招考了一批具備大學程度的年輕人來當播音員：比如劉漢臣、丁秉成、錢韻、成錦、全詠端等。在不長的時間內，傳音科的人員就由十來人增加到近三十人。〔註2〕

在充實隊伍的同時，范本中對全臺的節目進行了系列化、系統化、正規化的改造。增加了播音時間和播音次數。在播音方面，一改以往一字不差、照本

〔註1〕據汪學起、是輸生《第四戰線——國民黨中央廣播電臺掇實》第28頁，中國文史出版社，1988.7。

〔註2〕據吳祥祜手稿《吳祥祜1955年寫的自傳》。

宣科的刻板方法，要求大家把話說得通俗口語、明白易懂。女聲既然被認為不合適廣播評論和重要新聞，范本中就安排三位姑娘播兒童節目。播兒童節目原來是不需編寫稿子的，范本中卻要求她們把稿子改成通俗化口語化的廣播稿，後來又要求她們自己寫稿編故事，要求她們怎麼順口就怎麼編寫——

> 范本中要大家寫稿子。兒童節目原來只是照書講，他要劉俊英、張潔蓮和我三人寫。我擔任寫地理部分，後來又跟小朋友廣播通訊。評論原來是剪報紙的，那時有的也要寫。男的就是寫評論稿。〔註3〕

如此自編自播，大家彷彿感覺到，原來被捆綁著的手腳都放開了。三位姑娘的特長從此得到發揮：劉俊英熟知古今中外、天文、地理等各門類的知識，寫稿、播音自然不在話下。張潔蓮本來就是東北地區小有名氣的文學青年，已經在報刊上公開發表過作品，寫稿、播音都是其所長。吳祥祜雖然只是高中畢業，但她不僅能寫能播，而且還擅長唱歌和表演話劇。過去她被那種一字不差的播讀、裝腔作勢的宣講害得不輕。如今自編自播，同樣的故事怎麼順口就怎麼來，真可謂是如魚得水，沒有一點顧慮——

> 她們按照范本中的要求，以談天說地的形式闡揚我中華古老文化和輝煌歷史，勉勵孩子們奮發好學、自強不息。而貫穿其中的內核，則是救國圖存的愛國主義思想。此外她還讓娃娃們成為節目的主人，去講、去唱、抒發自己的見解和感情。〔註4〕

像劉俊英扮演小朋友講歷史故事一樣，張潔蓮和吳祥祜也扮演一位遊歷祖國大好河山的小朋友「某童」，輪流給小聽眾講地理遊記——

> 內容為某童旅行記，他由南京出發，乘津浦路火車至北平，出居庸關，經察哈爾、山西、折回河北、天津，搭海輪至青島，經山東、濟南，江蘇、河南，陝西、四川、湖北、湖南，抵漢口，入江西，過安徽，回到首都。又由南京出發，遊歷大江南北及浙閩等省，皆屬富庶文物之邦。〔註5〕

「某童」彷彿是一位廣見博聞的導遊，每到一地，就把那裏的風景、物產、

〔註 3〕引自吳祥祜手稿《吳祥祜 1955 年寫的自傳》。

〔註 4〕汪學起、是翰生《第四戰線——國民黨中央廣播電臺掇實》第 35～38 頁，中國文史出版社，1988.7。

〔註 5〕《廣播週報》第 24 期，轉引自南京師範大學學位論文《中央廣播電臺兒童節目的政治社會化功能考察——以《廣播週報》為史料》，作者：葛容，導師：鄒軍。

習俗詳加介紹。諸如上海的繁華，靈隱奇境，海寧觀潮、天潼記勝、桂林山水、嶺南形勝、高原風光以及各地物產交通、人文地理等等，經「他」用親切的話語娓娓道來，美不勝收，趣味盎然，令人神往。女播音員標準的國語音韻，稚嫩的聲音，似女聲又似童聲，播讀出來的優美文辭，更是給人一種特殊的美感。比如在遊嘉興時說——

> 自楓涇前進，即到嘉興。城南數里，有鴛鴦湖，又名南湖，數十里水面如鏡，春柳、夏荷、秋月、冬雪，四季景物之宜人。湖中竹編魚柵，湖畔漁船畫舫，清靜樸素更勝西湖。〔註6〕

「某童」由南到北，從東到西，幾乎走遍了中國所有的省份，每到一處介紹勝景寶藏，還不斷提醒聽眾：祖國河山壯麗，廣袤無垠，物產豐富。以此抒發興亡感慨，振奮復興民族的精神。比如在遊歷全國回到南京之後談感想——

> 不遊遍全國，不知中國的偉大。中國的偉大，在於含蓄藏之豐厚雄偉，我國礦山地利，取之不盡，用之不竭。如果奮發圖強，舉辦各業，則祖國富強，立等可以實現。諸位同學，願我們大家負起這重大責任，共同努力，創造我中國復興強盛之基。〔註7〕

地理遊記不僅遊歷國內，也作世界環遊。從朝鮮開始，先後遊歷了日本、美國、加拿大、古巴、埃及、英國、德國、法國等歐美亞非國家，介紹與中國不一樣的山川形勝、異域風情。在講世界各地的趣聞、各國衰敗興革時，又把最後的落腳點放在古老的中國。比如在美國參觀完了煤市和鐵城，內心發出很大的感慨——

> 回想我們的煤礦和鐵礦，蘊藏之富，絕不下於美國。但是我們有一個像維爾克斯巴拉的煤市嗎？有一個像匹茲堡的鐵城嗎？這真使人痛心，為什麼天賦予我們的寶物，不把它開發出來應用，使它為我們造福生利呢？一個國家想要富強稱雄，煤和鐵是必不可少的。我們有富國強兵的條件，只要我們大家肯努力，相信將來能趕得上美國，成為世界上一等強國的。〔註8〕

〔註6〕《廣播週報》第28期，轉引自南京師範大學學位論文《中央廣播電臺兒童節目的政治社會化功能考察——以《廣播週報》為史料》，作者：葛容，導師：鄒軍。

〔註7〕《廣播週報》第51期，轉引自南京師範大學學位論文《中央廣播電臺兒童節目的政治社會化功能考察——以《廣播週報》為史料》，作者：葛容，導師：鄒軍。

〔註8〕《廣播週報》第60期，轉引自南京師範大學學位論文《中央廣播電臺兒童節目的政治社會化功能考察——以《廣播週報》為史料》，作者：葛容，導師：鄒軍。

在講到「日本的勃興」這一節時，「某童」動情地說——

各位小朋友，你們瞧，一個地小民貧的島國，只要上下一心，也能轉弱為強，何況我們地大物博，歷史悠久的中國？只要我們四萬萬人能精誠團結，睡獅終有怒吼的一天！親愛的小朋友，我們努力準備吧！準備這隻睡獅怒吼吧！〔註 9〕

無論是講中國的還是講世界的地理故事，兒童節目都洋溢著強烈的愛國主義思想，基調是鼓舞人們奮發向上的。「某童」跟爸爸滿世界遊歷，在各處認識的許多小朋友。遊歷歸來，老是思念這些親愛的人們，不禁流淚哭泣。媽媽安慰他：你的日記本不是記了很多地址嗎？你為什麼不同他們通信呢？通了信不就等於見了面嗎？受到媽媽這些話的啟發，「某童」開始不斷給各地小朋友寫信，在兒童節目裏廣播。這就是著名的《與全國小朋友的通信》。

圖 4-2　吳祥祜播音工作照（陳沅寄在晚年寄給吳祥祜的舊照片之五）。

根據范本中的安排，這個廣播通信節目在每週的星期天廣播一次。他給這個節目規定的任務就是負責回答聽眾提問，與聽眾互動。聽眾問什麼她就講什

〔註 9〕汪學起、是翰生《第四戰線——國民黨中央廣播電臺掇實》第 37 頁，中國文史出版社，1988.7。

麼，內容十分廣泛。「就是隨便什麼題材，就不限於是歷史或地理。是機動的。比如說現在有什麼新的事情就可以選在這一天講。比如兒童節那一天你就可以講兒童節的事」〔註 10〕因為是通信節目，就得有個通信的對象。范本中就給這個通信的對象起了個男孩子的名字，叫「吳暄谷」，並指定吳祥祜來扮演。「吳暄谷」之名就是這麼來的，說到底，吳暄谷就是吳祥祜。後來節目出了名，竟有人把吳暄谷說成是吳祥祜的筆名，當然這是後話。

吳暄谷在《與全國小朋友的通信》中，既講歷史，又講地理，也談各種杜會問題，所以有些人又把這個節目叫做談心節目。聽眾有什麼疑惑，她就作針對性的解疑釋惑。她談自己的看法，也請小朋友寫信把自己的看法告訴她，她負責廣播給聽眾。吳暄谷回答問題很直率、坦誠，從不閃爍其詞。有時又以商量、交流的口吻與聽眾探討，態度十分誠懇。很多小朋友將她引為至交，紛紛給她去信。小朋友們在來信中提出的問題，又拓展了她的談話內容，增添了談話的針對性。她經常選播一些小朋友的來信，使通信節目成了各地小朋友交流思想的平臺。比如有一封信提出暑假安排的事情——

> 諸位小朋友，不知你們暑假的生活情形怎樣？有工夫希望你們告訴我，可以彼此做個參考。我的暑假工作表你們看了有什麼意見，也希望你們告訴我好嗎？〔註 11〕

在講地理時，有一封來信希望討論領土——

> 有小朋友說他有幾句話要我轉達給全國的小朋友知道：保護國家領土完整，每個國民都有責任，我們都要為國出力。〔註 12〕

《與全國小朋友的通信》在全國引起了強烈的反響。各地小朋友紛紛寄來回信。有一封是東北小朋友寄來的，他在信中訴說了關外的境況，傳達出東北局勢危急，喚起全國小朋友對國家的關心，表達愛國憂國的思想感情——

> 你告訴我那麼些快樂狂歡的消息，我也告訴你一點我這兒的消息怎樣？我們這兒想要找一點快樂的消息是沒有的。所有不值得高興的事，硬是要去慶祝，要去裝著快樂，你想，這不是很滑稽的事

〔註 10〕引自金陵之聲廣播電臺《龍的傳人》播出的節目《訪原國民黨中央廣播電臺播音員吳祥祜》，1986 年 11 月 27 日。

〔註 11〕引自南京師範大學學位論文《中央廣播電臺兒童節目的政治社會化功能考察》第三章第四節，作者：葛容，導師：鄒軍。

〔註 12〕引自南京師範大學學位論文《中央廣播電臺兒童節目的政治社會化功能考察》第三章第四節，作者：葛容，導師：鄒軍。

嗎？但我卻要在這種環境中過活呢。你在收音機中，連續讀了三封小朋友給你的信，有兩封描寫春光春景的。我知道在這個時候，你所收到的信差不多都是這一類吧。的確，現在春天來了，我們應該去盡情享受，但是我們東北這兒，為什麼沒有春天呢。〔註13〕

中央電臺這個由歷史、地理及通信構成的兒童節目，每天都安排在晚飯後的「黃金時間」播出。節目包含有豐富的歷史、地理知識，又不脫離當下時局，內容饒有趣味，既適合少年兒童開闊眼界，也能使大人們學習娛樂。節目的思想性很強，蘊涵著愛國主義的情懷，對聽眾陶冶情操，樹立正氣不無裨益。在播講形式上，主持人彷彿是一位熟悉的朋友與聽眾隨意聊天。娓娓道來，語調平和而親切。尤其是那標準的國音，既清晰響亮又圓潤流暢，給人以耳目一新的愉悅感覺。聽眾的信件紛至沓來，有小聽眾的，也有大聽眾的。

兒童節目的成功改進，改變了中央電臺活潑不足、嚴肅有餘的刻板印象，在聽眾中反響十分強烈，使三位女播音員深受鼓舞。尤其是差點被辭退的吳祥祜更是名聲大振。兒童節目改變了她的命運，從此再也沒有人說她播音不好。直到晚年，她在回憶起當年的情形時，言語中仍流露著興奮與自豪——

科長安排我們三人播兒童節目，叫我負責編播星期天的跟小朋友通訊。播音時我把我自己當做主持人，與小朋友談心。既講各種常識、講故事、也講時事，語言通俗也不拿腔拿調，不久就和小朋友們成了朋友。有的小朋友來信，我也熱情回答。幾個月後我和小朋友、甚至大朋友都成了朋友，他們有什麼事也來問我，這樣這個節目受到大小朋友的歡迎。幾年以後有的人還來聯繫。〔註14〕

社會反響強烈，聽眾讚揚不絕於耳。好奇的人們都想瞭解這三位聲音甜美、不同尋常的孩子到底是誰，長得怎麼樣。在追捧「南京之鶯」的熱潮過後，又形成了尋找吳暄谷的浪潮。電臺幾乎每天都收到聽眾的來信或電話，要求介紹這位問不倒的、親切可愛的小朋友，不少人還提出要登門拜訪，要見見面，索取紀念照片。這些來信或電話，有小朋友的，也有成年人的。但聽眾的熱情卻把中央廣播電臺難住了。

〔註13〕《廣播週報》第119期，轉引自南京師範大學學位論文《中央廣播電臺兒童節目的政治社會化功能考察——以《廣播週報》為史料》，作者：葛容，導師：鄒軍。

〔註14〕引自吳祥祜的手稿《吳祥祜1955年寫的自傳》。

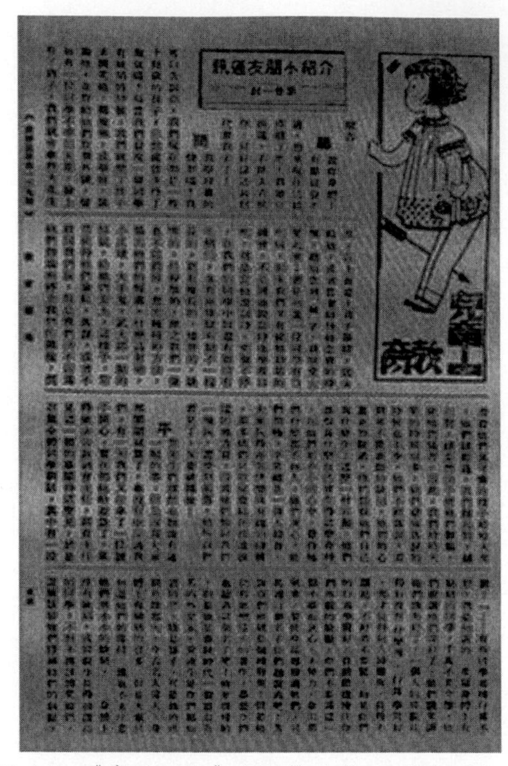
介紹小朋友通訊

圖 4-3 《廣播週報》139 期介紹小朋友通訊節目，刊登有小朋友給吳暄谷的來信。

主持中央電臺日常工作的副臺長吳道一，歷來認為女播音員們只會招蜂引蝶惹麻煩，在中央電臺做不了什麼大事。為了避免麻煩，他明令禁止三位播音小姐：不能私下會見聽眾，不許接受記者採訪，不可到處拋頭露面。兒童節目影響之大，這可是他料想不到的。他更想不到聽眾來信這麼多，不少人還要來訪。如實介紹嗎？不符合吳道一的規矩，置之不理又似乎不妥。拒絕日本記者採訪劉俊英的教訓使他不得不認真處理聽眾的要求。他想出了一個辦法：先在廣播中預告說：請大家不要來訪，播音員的照片以後將刊登在《廣播週報》上，請大家留意——

> 1936 年 9 月 26 日的《廣播週報》上果真登出了一張吳暄谷的照片：留著平頭，一對並不神氣的眼睛，尤其令人驚訝的是，流暢動聽的語調竟出自那厚厚的、並不靈巧的嘴唇。噢，吳暄谷原來也是個平常的小男孩。〔註 15〕

〔註 15〕汪學起、是翰生《第四戰線——國民黨中央廣播電臺掇實》第 38 頁，中國文史出版社，1988.7。

看著這樣一張極為平常的照片，觀眾不免有些失望。事實上這並不是吳暄谷的照片。傳說是吳道一小兒子的，不知真假。有人推測：吳道一可能以為：反正誰也不認識吳暄谷，隨便登一張，就說這是吳暄谷，應付了事。人們看了照片雖然有些失望，但也信以為真。只是假的終究真不了。過了不久，「粉絲」們終於得知真相，也只報以無奈的一笑！

不過，吳道一的假照片絲毫不影響人們對吳暄谷的追捧。其實吳暄谷就是吳祥祜，吳祥祜就是吳暄谷，知道內情的人有時就直接用吳暄谷來稱呼吳祥祜。由於往來通信，吳暄谷交往的小朋友最多，影響範圍最大，影響時間長達數年。1936 年 10 月，吳暄谷在少年兒童中仍有很強的號召力——

> 從第一次通信到現在已經三個多月了，在這三個多月中，我收到了許多小朋友的來信。聯合全國的小朋友救國。現在我們的國家非常弱，我們現在要奮發求學，盡我們的力量做一點對國家有益的事情。我們打算捐錢購買飛機送給國家，幫助我國國防增加力量好不好？親愛的小朋友們，你們如果贊成，請捐錢來，趕快辦成功，這樣不但對國家有幫助，並且還可以表現我們小朋友合作、愛國的精神。〔註 16〕

吳暄谷如此在節目中一號召，全國的小朋友熱烈響應，紛紛將零花錢節約下來匯到電臺，結果集腋成裘，真募集了不少的款項。吳祥祜在後來的回憶中也曾提到——

> 八一三上海抗戰爆發。那時我擔任小朋友通信，發起小朋友節約糖果錢捐獻慰勞前方戰士，收聽這個節目的小朋友很多寄了錢來，後來集中交總務科去捐獻。〔註 17〕

數年之後，中央電臺已經轉到大後方，吳暄谷主持兒童通訊節目的影響仍餘波未息。早年收聽這個節目的小朋友，都憑添了幾歲，但還是對它念念不忘，居然還給中央電臺、給吳暄谷寫信。比如 1939 年 1 月 20 日，一位叫雁君的聽眾給電臺來了信說——

> 暄谷：看不到你給小朋友的通信快要兩年了。這兩年中的變化，是怎樣的緊張而又嚴重！我想在每人的心裏，一定有許多感覺和懷想……從前我在通訊裏認識了您，知道您是一位多情善感而又善於

〔註 16〕引自南京師範大學學位論文《中央廣播電臺兒童節目的政治社會化功能考察》第三章第四節，作者：葛容，導師：鄒軍。

〔註 17〕引自吳祥祜的手稿《吳祥祜 1955 年寫的自傳》。

啟發我們思想的朋友，是時代中的衝鋒號，是黑夜中的一顆星。可是現在聽不到號聲了，見不到星光了、難道大時代的激蕩，沒有震撼著您的意緒嗎？難道大時代的艱苦，已經毀壞了您的精力嗎……起來，在這時代中，請您喚起小朋友，來發表各人的感想，聯合起來，為時代的創造者。更希望您在小朋友隊裏繼續作我們怒吼的領導者！〔註 18〕

這是一封熱烈的信，誠懇地呼喚「吳暄谷」重新在廣播中出現。另一封信則是深沉而感人的，是一位叫松齡的聽眾在 1939 年元月 22 日寫的。他說：「暄谷；兩三年前看見您的全國遊記，使從未離開過故鄉的我，無時不心馳神往，願為黃鵠奮翅高飛。」日寇入侵，故鄉慘遭蹂躪，這位松齡被迫離開故鄉，走遍了大半個中國，但這不是旅遊，而是因戰爭所逼而背井離鄉。此時強烈的「思鄉」之情，同當年想出遊的情感完全相反。在信的最後，他說——

暄谷，喊青年們起來吧，趕快起來奪回我們的故鄉。時間已經告訴我們，故鄉的一切破碎不堪了，再因循，就完了。莫徘徊、空悲切！〔註 19〕

由三位女播音員主持的這個兒童節目，不僅在當時對聽眾產生過深刻的影響，也開啟了廣播主持人自編自播節目的先河。有研究者認為：廣播節目主持人的共同特徵一是深度參與節目，節目的構成及最終成型都參與其中；二是以「我」為主進行傳播代言，強調「我」看到的、思考的；三是突顯個性化色彩，語言、觀點獨樹一幟；四是脫離文稿可以獨當一面，參與採編工作。早年三位女播音員主持的兒童節目正是這樣，她們都深度參與節目採編製作，都是以極具個性化的語言和觀點，以「我」的所見所聞所思為主進行傳播代言，這些對後來集採、編、播合一的廣播主持人節目，無疑是有著開創性的意義。〔註 20〕

這個兒童節目的編播實踐，也具有傳播學的理論意義。傳播學理論認為：受眾並不是消極地接受媒介的內容，而是積極地尋求自己喜歡、能為自己所用的信息。信息傳播的過程就是滿足受眾興趣與需求的過程，受眾往往在接受信

〔註 18〕汪學起、是翰生《第四戰線——國民黨中央廣播電臺掇實》第 40 頁，中國文史出版社，1988.7。

〔註 19〕汪學起、是翰生《第四戰線——國民黨中央廣播電臺掇實》第 41 頁，中國文史出版社，1988.7。

〔註 20〕據錢鋒著《廣播欄目與廣播主持》暨南大學出版社，2012.08，第 14 頁。

息的過程中，通過反饋與媒介雙向互動交流參與傳播。受眾交流反饋越積極，其傳播效果就越好。三位女播音員主持的兒童節目，尤其是星期天吳暄谷主持的廣播通信專欄，由主持人吳暄谷即吳祥祜，以男性小朋友的身份出現，虛設跟父親去各省考察，遊歷祖國大好河山，在內憂外患的背景下設置愛國話題，引得聽眾紛紛來信參與討論。主持人一路上廣交朋友，常常用廣播給各地小朋友發表公開信，與大、小聽眾互動，坦誠交流，又針對來信中的有關話題，講歷史、談地理、評論各種社會問題和救亡時局等等，引人思考，形成了向善向上向好的社會輿論。而且節目在聽眾中影響越來越深，歷久不衰。傳播效果出奇的好。

中央電臺改進兒童節目很成功，但仍不能改變吳道一先生輕視女性的觀念。不過，他從此不再說吳祥祜播音不合格，工作不好了。吳祥祜名義上還是在臺長室搞統計，可實際上卻整天泡在傳音科裏！

第五章　廣播劇舞臺

范本中認為：電臺不能只廣播那些嚴肅的政治性評論和枯燥乏味的黨派文告，也要多廣播人們喜愛的各種文藝節目，才能吸引聽眾。比如應該多廣播一些音樂、歌詠、話劇等等，才能使廣播節目活潑可愛、為聽眾喜聞樂見。所以，在改進兒童節目取得成功的同時，范本中也在思考著如何改進其他文娛節目。

范本中雖然是個理工男，但平時思想活躍，思路開闊，善於從微小處發現新趨勢。當時，傳音科有一些文藝愛好者，有人能彈奏樂器、有人能唱歌，他們自發組織起來，成立了一個廣播歌詠隊。廣播歌詠隊本來只是自娛自樂，後來覺得演唱演奏都不錯，竟安排在中央電臺的文娛節目中播出。

圖 5-1　中央電臺廣播歌詠隊，前左四為吳祥祜、左五為劉俊英、左六為陳沅（圖片來源：謝鼎新《民國廣播事業史研究》399 頁，團結出版社，2021.07）。

廣播歌詠隊的演唱演奏節目，從自娛自樂到公開廣播，范本中不僅不干涉，反而高調鼓勵，後來又因勢利導，在傳音科內組建音樂組——

> 民國二十四年中央廣播電臺成立音樂組，對「國樂」大加闡揚，並出現本臺同仁演奏的音樂節目，發起人為甘濤。音樂組初創時期，廣播廣東音樂、江南絲竹、華北吹管樂以及自己創作的小型器樂曲。〔註1〕

接著又乘勢網羅名人來電臺演奏廣播音樂。如請著名音樂家金律聲來擔任指揮，請小提琴演奏家馬思聰、琵琶能手衛仲樂、古琴專家楊葆元、二胡名流陸修棠、甘濤榮等等來為廣播演奏樂曲。提升廣播音樂節目水平，活躍中央電臺的文娛節目。吳祥祜是臺內文體活動的積極分子，工余之暇或周末假日，她常和男同事一起打球、唱歌、看電影。她還積極參加歌詠隊、音樂組的活動，與胡烈貞、陳濟略、喬吉福、高子銘等人演奏彈唱娛樂。她的性格活潑好動，為人隨和，人緣很好。她還特別喜歡旅遊，這點與范本中很相似——

> 范本中平日從不言笑，吃齋念佛，但好旅行。1935 年以後遇到星期日，他常帶起全科的人（除值班的以外），有時也連短波臺的一起，到南京附近去旅行，偶而也是去他家〔註2〕

圖 5-2　吳祥祜與廣播電臺同仁在南京郊外野餐（陳沅在晚年寄給吳祥祜的舊照片之六）。

〔註1〕趙玉明、艾紅紅、劉書峰主編《新修地方志早期廣播史料彙編》上，中國廣播影視出版社，2016.03，第 604 頁。

〔註2〕引自吳祥祜手稿《吳祥祜 1955 年寫的自傳》。

那時，國民黨中央黨部經常搞周末晚會，每次搞晚會都邀請中央電臺的員工去一顯身手。這些活動自然少不了三位年輕漂亮的女播音員。尤其是吳祥祜。她總是有請必到，樣樣參加，而且樣樣出色。在中央黨部大院內可真是出盡了風頭——

我那時年輕好玩，中央黨部內有各種運動和練習唱戲的地方，科中男同事又多，我常常與電臺的男同事們一起去打球等。胡烈貞、陳濟略除了好運動，也喜歡音樂，我那時也愛好唱歌。胡烈貞、陳濟略他們常常拉上我和他們一起在電臺唱歌。我又愛好話劇、電影，看過回來有時和黎子留、葛世傑等談話劇怎樣怎樣。〔註3〕

大約是在 1934 年初，唐槐秋領導的中旅劇團到南京陶陶大戲院演出四幕話劇《梅蘿香》大獲成功，名氣很大。中旅劇團是 1933 年 11 月在上海成立的民間職業劇團。團長唐槐秋和他的妻子吳靜、女兒唐若青都是主力演員，其他演員卻很少，角色稍多就人手不夠。所以在南京演出話劇《英雄與美人》時，就請吳祥祜去臨時客串。當時吳祥祜因播音受挫，想離開中央電臺另謀職業。她本想先到戲劇學校話劇特別班學習，然後去演話劇。表哥鄭青士社會關係廣，認識的人多，於是就把她介紹到唐槐秋的中旅劇團臨時客串，這樣吳祥祜就跟這個劇團有了聯繫——

他們臨時拉我去參加排戲。我和唐若青、舒繡文、吳茵她們一起演出《英雄與美人》，從輿論看，這次演出是很成功了。可是副臺長吳道一知道了，把我叫去大罵一頓，說我不該到外面去演話劇。這樣只好不去中旅了。〔註4〕

中央電臺副臺長吳道一雷霆震怒，驚動了傳音科長范本中。他由此想到，吳祥祜平時常與黎子留、葛世傑、何柏身等人結伴去看話劇、看電影，看過回來還議論長短，評論一番。既然吳祥祜能登臺表演，他們應該也能。於是他把大家發動起來，一起搞來播音話劇，準備在中央電臺的節目中廣播。

播音話劇在當時很是時髦。最初在英國出現時就受到聽眾追捧；很快就傳遍了歐洲、美洲、亞洲許多科學發達的國家，成為一種世界性的新潮、前衛的劇種。1925 年，上海有人在雜誌上最先介紹這種新興戲劇。那時，這種新的戲劇還沒有統一的名稱，有人直接就稱之為話劇，也有人叫它無線電話劇、播

〔註 3〕引自吳祥祜手稿《吳祥祜 1955 年寫的自傳》。
〔註 4〕引自吳祥祜手稿《吳祥祜文稿五篇．答靳邁》。

音劇、廣播話劇、播音話劇，後來廣播界才把它定名為「廣播劇」。1933 年，中國出現第一部廣播劇，就是上海亞美廣播公司蘇祖圭創作的《恐怖的回憶》。這部廣播劇以「一・二八」事變為背景，通過揭露日本法西斯背信棄義、屠殺中國人民的殘暴罪行，激發民眾對日寇的仇恨，喚起中國人民的抗戰決心。劇本先在 1933 年 1 月 5 日出版的《中國無線電》雜誌上刊登，1933 年 1 月 27 日下午 6 時，即紀念「一・二八」事變、十九路軍奮起抗戰一週年的前一天，在私營的上海廣播電臺直播〔註 5〕。這時還不叫「廣播劇」之名。

據說，「廣播劇」的名稱出現於 1936 年。這一年 9 月，著名戲劇家洪深在《戲劇・電影》月刊上發表廣播劇《開船鑼》，當年 11 月 1 日在交通部上海廣播電臺播出。這部劇講的是：兩個漢奸被七名士兵押送去廣州接受懲治，上船時卻有 20 多個人來送；大太太、姨太太都來了，另外有四五個人陪伴著，還帶了個老媽子，準備一路上照應、侍候。這哪裏是要懲治這兩個漢奸，分明是在保護他們。這部早期中國廣播劇通過集中的場景、人物的對話和環境音響（船上起重機的轉動聲、工人搬運貨物聲、小販叫賣聲、撤弔橋聲、機器聲、水聲、開船鑼聲等），形象、生動地告訴人們：開船鑼響，漢奸卻未受到懲治！由於戲劇主題深刻、故事生動，表達了人民群眾對當時政府的強烈不滿，影響巨大而久遠。當時這部劇就叫廣播劇。此後，越來越多的人們就用「廣播劇」之名取代「播音劇」「播音話劇」等各種名稱。〔註 6〕

中國的廣播劇誕生在內憂外患的特殊年代，是伴隨著抗日圖存、挽救民族危亡的呼聲成長發展起來的。在三十年代，上海的左翼作家、愛國人士和進步

〔註 5〕關於中國第一部廣播劇的有關情況，可參閱祖文忠編著的《上海廣播劇史話》第 1～4 頁，劇本全文見該書第 140～147 頁。

〔註 6〕關於廣播劇名稱的由來。祖文忠在《上海廣播劇史話》一書中說從洪深的《開船鑼》開始，在中國確立了廣播劇這個劇種名稱。但主持國家教育部 2009 年度人文社科研究規劃項目《中國廣播劇文學史》的劉家思認為不準確。他在論文《論抗戰初期的廣播劇理論建設》（載《紹興文理學院學報（哲學社會科學）》2011 年第 2 期）的第一條注釋中說：洪深只創作了一部廣播短劇《開船鑼》，發表在 1936 年的《電影戲劇》月刊第 1 卷第 2 期，當時標明的是無線電播音劇本。他認為：首先給廣播劇正名的是陳大悲的文章《談談無線電的話劇》，文中說無線電話劇，亦稱廣播劇，是由無線電廣播的話劇，這是我國最早提出廣播劇這一名稱的理論文章。陳文發表在 1939 年的《上海無線電》雜誌。但文中第 2 條注釋又有：董每戡的論文《廣播劇論》於 1938 年 4 月 6 日的《抗戰日報・戲劇與電影》第 7 期起連載，至 5 月 30 日第 15 期完畢，共分 9 次載完。這說明董每戡提出廣播劇的名稱比陳大悲早差不多一年。廣播劇究竟何時得名，迄今尚無定說！

的藝術家就有不少人拿起筆來編寫廣播劇，宣傳抗日救亡思想和愛國主義精神。如熊佛西寫了《臥薪嚐膽》，洪深寫了《開船鑼》，于伶寫了《以身許國》，夏衍寫了《「七・八」那一天》，還有孫瑜的兒童廣播劇《最後的一課》等等，這些進步的廣播劇對喚起民眾參加抗日救亡運動都產生過積極的影響，也是中國早期廣播劇中較有影響的優秀作品。〔註 7〕

圖 5-3　老上海電臺演播室內現場錄製節目的場景（趙玉明、艾紅紅《中國廣播電視圖史》14 頁，南方日報出版社，2008 年 9 月）。

國民黨中央廣播電臺的廣播劇，也是在全國人民抗日救亡的聲浪中產生的。該臺的第一部廣播劇題為《苦兒流浪記》，內容是說：「九・一八」東北淪陷後，日本鬼子到處濫殺無辜。家住瀋陽的少年華興罹遭大難，父親、母親、姐姐都被鬼子殺害，可憐的華興也被擄去當苦工，受盡欺凌。日本侵略軍被義勇軍打散，華興才虎口逃生，隨難民流落關內。華興在北平得知招募義勇軍，就立即報名參軍，隨軍奔赴東北打擊日寇，為家國報仇雪恨。這個劇本反映了當時人民群眾的抗日情緒，發表後立即引起社會各界人士的廣泛興趣，同時也

〔註 7〕據朱寶賀、宋家玲《廣播劇選》中國戲劇出版社，1981 年 12 月，第 427 頁。

驚動了國民黨上層。有關當局迅速下令不准電臺廣播。人們後來才知道：日本侵略者在發動「九・一八」事變之後，步步進逼華北，而當時的國民政府卻忍辱退讓，壓制反日情緒，妄圖以此求得和平。《苦兒流浪記》因為有「反日行為」，被認為有礙國交，不合時宜，所以不准播出。那時，儘管聽眾紛紛來信催促，中央電臺也始終沒有廣播這部廣播劇。

《苦兒流浪記》劇本發表在 1935 年 1 月的《中國無線電》雜誌上，作者署名「柏身」。但實際上這並不是「柏身」的個人作品，而是由范本中主導、組織傳音科同仁集體創作的。范本中下決心把話劇引入廣播，可是沒有劇本，他就把傳音科有寫作能力的人都召集到一起，先授以劇本故事的要旨，然後分工，你寫一段，我寫一段，最後由何柏身統編合成。當時大家的熱情很高，想不到的是：劇本發表之後卻不能表演廣播。〔註 8〕

吳祥祜酷愛話劇，范本中發動大家搞廣播劇正合她心意。她從一開始就以極大的熱情參加創作。大家見第一部廣播劇因宣傳抗日而夭折，積極性受到了很大打擊，但吳祥祜沒有。她想：既然直接講抗日太敏感，那就講個古代的故事吧。她想來想去，搜索枯腸，覺得《孔雀東南飛》這個故事不錯。於是向范本中推薦。這個故事人物、情節比較簡單，對話多，動作少，場景集中，很適合改編，演播起來也比較容易。故事的內容為廣大人民群眾所熟知，不會受到當局的干涉和阻撓，容易獲得通過。范本中接受她的意見，劇本很快寫成了，最初起名叫《同衾鴛鴦》，後來才正式定名為《孔雀東南飛》。這時候吳祥祜還在臺長辦公室工作。范本中也叫她去參加排練，正式演播時又安排她扮演劇中的女一號劉蘭芝。

那時的廣播劇沒有錄音，全是直播。吳祥祜既是這部劇的倡導者、又是主演，所以她在演播時格外用心。她認真琢磨劇情、分析人物，反覆排練。以使幾個角色、相關工種能夠密切配合，力求演播成功——

> 1935 年 2 月 23 日，中央電臺第一次播出廣播話劇《同衾鴛鴦》（後改名《孔雀東南飛》），W（吳祥祜）演女主角劉蘭芝極為成功，播出的第二天起聽眾的來信似雪片般飛來。〔註 9〕

《孔雀東南飛》播出效果之好，完全出乎意料之外。當時一些人聽戲入了

〔註 8〕汪學起、是翰生《第四戰線——國民黨中央廣播電臺掇實》第 43 頁，中國文史出版社，1988.7。

〔註 9〕據吳祥祜手稿《吳祥祜文稿五篇・自我回顧》。

迷，竟在來信中替劇中人劉蘭芝打抱不平，甚至聲稱要打劇中的惡婆婆。播出後連續好幾天，每天都收到大量的聽眾來信。有時候一天就有上百封。

吳祥祜首倡並主演《孔雀東南飛》一炮走紅，為中央電臺的廣播劇立了頭功，深得范本中的喜歡。所以又要求她繼續參加播音話劇工作。那時的吳祥祜，名義上雖然不在傳音科，但她大多數時間都在做傳音科的工作。她既播新聞，又播兒童節目，又參加廣播劇演播，晚間有時還要值播音班，不值班就給小朋友覆信。總之她每天都安排得很滿。工作如魚得水，日子愉快而充實。這時候的吳祥祜「大大起勁，整天在傳音科來來去去，她好像已忘記了處（臺）長辦公室的工作，處（臺）長見她的播音大受聽眾歡迎，也不去管她。」〔註 10〕

圖 5-4　中央電臺灌製唱片的情形（趙玉明、艾紅紅《中國廣播電視圖史》14 頁，南方日報出版社，2008 年 9 月）。

演播廣播劇使吳祥祜過足了戲癮，聽眾的強烈反響又給她以極大的鼓舞。直到晚年，吳祥祜在給家人撰寫的個人回憶時，字裏行間仍洋溢著興奮之情——

> 在我播兒童節目一年多之後，傳音科在我的倡導之下，開始了試播話劇，不料一炮打響，我們第一個播了《孔雀東南飛》，第二天竟來了一大捆的聽眾來信，多數都是鼓勵我們每週都播話劇。話劇是舞臺上的東西，廣播起來有時不容易聽懂，於是我們又開始改編，使它適合於廣播。後來索性自己試編廣播劇。那時我真是發瘋了，

〔註 10〕據吳祥祜手稿《吳祥祜文稿五篇．自我回顧》。

日夜在考慮廣播劇。〔註11〕

在今天看來，演廣播劇就是演廣播劇，播音就是播音，二者對語言的要求是不一樣的。但在廣播劇誕生之初，人們只看到演廣播劇和播音都是語言的藝術，至於二者的區別，卻不那麼深究。那時，許多電臺的播音員都是請演員充任，許多廣播劇也是由播音員來演播。比如舊上海的大明星周旋就當過播音員，是「從電臺播音而漸漸跨到歌唱的首席，而奠定了明星的歌座。」〔註12〕，所以，中央電臺的播音員，自然就把演播廣播劇當成自己的份內工作。在三十年代考入中央電臺的新播音員肖之儀，在回憶最初參加播音工作的文章中也說到——

我們還播出了一些廣播劇，有改編的也有自寫的，在這方面，吳祥祜、何柏身均做過較多的工作，我只是擔任一些念稿本的工作。在《岳飛》《文天祥》和《吳王夫差》等劇目中，一直給我留有極深刻的印象。〔註13〕

通過歷史的故事表達愛國思想，這是當時文化人對抗國民黨當局壓制抗日情緒的一種巧妙方法。吳祥祜為此也作了大量的工作。主持國家社科基金2013年度項目「中國廣播劇文學發展流變研究」的劉家思在論文《論20世紀30年代初期的廣播劇》中寫道——

直到1936年西安事變以前，國民黨面對日本入侵，都是推行消極政策。因此，激憤的抗戰文藝作品，當時不允許播送，羅家倫的《抗敵歌》施誼的《四十年的憤怒》前發的《打回老家去》等歌曲被禁播。但廣播劇作家沒有被束縛，而是積極突破其限制。其中，許多作者通過對歷史的書寫，宣揚著抗日的主張，誕生了《臥薪嚐膽》《一去不還》《木蘭從軍》《文天祥》《史可法》《抱石投江》《笙簫緣》《西施》等一批優秀之作。

劉家思的文章大體反映了當時的真實情況，所作評論也是比較恰當的。文中所列舉的這些廣播劇作品，有不少就是吳祥祜參與創編演播的——

其中，吳祥祜的《費宮人》堪稱代表作，宣揚了愛國氣節，表現了精忠報國的主題。該劇描寫李自成攻入北京，16歲的費貞娥與

〔註11〕引自吳祥祜手稿《吳祥祜1955年寫的自傳》。

〔註12〕據陳定山著《春申續聞．陳大悲與周璿》，海豚出版社，2015.07。

〔註13〕肖之儀《在國民黨廣播電臺裏的見聞》見《西安文史資料第3輯》，122頁，中國人民政治協商會議陝西省西安市委員會文史資料研究委員會編輯出版，1982.12。

長平公主互換衣裳，自己假成長平公主，與李自成的部將，綽號一隻虎的羅將軍結婚，洞房花燭之夜，費宮人拔出喝醉酒的羅將軍的劍，殺死了這隻虎，然後自刎。該劇通過對比和細節來描寫人物，場景描寫始終為人物性格描寫服務，音響配置恰當，全劇劇場性很強，聽覺效果很好。在日寇侵佔我東北，對中原大地虎視眈眈的時候，此劇顯然有明顯的針對性，意義重大。這個廣播劇與徐籲的《費宮人》和白雲鵬的《費宮人刺虎》並稱費宮人愛國三劇。抗日廣播劇中的歷史劇，不僅以特殊的方式宣傳了抗日，而且使中國現代戲劇的歷史敘事從20年代到40年代自然順接起來了。〔註14〕

作為一種新興的、前衛的藝術，廣播劇被很多追新潮、趕時髦的人追捧收聽。他們紛紛寫信、打電話要求中央電臺多播廣播劇，有的甚至明確提出：要至少每週播一部。雖然中央電臺作了很大的努力，但也很難滿足他們的要求。可要是有一個星期六沒有廣播劇播出，他們就會不斷打來電話詢問，質問信也紛紛寄來。聽眾追捧廣播劇，給范本中帶來了強烈的成就感，他把全科的人員都動員起來，或編劇、或演播、或做其他。經過努力，後來竟能做到一周播出兩次——

每週六播出一次，後在星期三加播一次。並規定星期三為短劇，約20～30分鐘；星期六為較長劇目，約1小時；多幕劇則分幕分日連續播出。最初的播音話劇，舞臺味很濃，加之當時配樂、配音技術處於初期階段，所播劇目又是直播，故效果欠佳。其後，逐漸加進解說詞，趨向廣播劇模式。〔註15〕

二十世紀三十年代初期中央電臺的廣播劇，「其宗旨是：發揚民族精神，鼓勵生產建設，闡揚固有道德，鞭笞『現有罪惡』」〔註16〕，內容題材十分廣泛。既反映愛國救亡，也有其他。如有奉勸世人戒嫖、戒賭、戒煙的，有宣揚傳統道德、家庭倫理關係的，有鼓勵青少年發憤讀書學本領的，還有指導衛生、提倡互助、賑濟災民的。各種各樣，應有盡有。不過最能引起了民眾思想共鳴

〔註14〕劉家思《論20世紀30年代初期的廣播劇》載《中國現代文學叢刊》2015年第9期。

〔註15〕趙玉明、艾紅紅、劉書峰主編《新修地方志早期廣播史料彙編》上，中國廣播影視出版社，2016.03，第604頁。

〔註16〕汪學起、是翰生《第四戰線——國民黨中央廣播電臺搜實》第43頁，中國文史出版社，1988.7。

的，還是那些反映愛國救亡主題的劇目。中央電臺為了通過審查，往往將這類題材裹上歷史的外衣，採取迂迴方法，既宣傳愛國，又不「有礙國交」。如講荊軻刺秦王的《一去不還》（又名《易水別》），講岳飛故事的《風波亭》，講蘇武出使匈奴的《塞上別》，還有《木蘭從軍》《文天祥》等等。這一類型的廣播劇，以古代的愛國故事暗喻抗日救亡，在當時的聽眾中反應都很強烈。由吳祥祜主演的《英雄與美人》，講主人公拋卻纏綿的愛情，舍生忘死，共赴國難的故事。播出後聽眾反響很強烈。如有一位名叫吉尹壽的來信說：「前尊處所播《英雄與美人》話劇，綺麗悲壯，振起消沉之民氣不少……」〔註 17〕

大量播出廣播劇，這給中央電臺的工作增加了很大的壓力。當時由於受技術條件限制，舞臺劇的意味還很濃。在直播時不僅劇中人都實時參加表演，配樂、擬音等等人員也要同時在場，各個行當都要密切配合，有序進行。這樣一來，演播的場面就比較龐雜、各工種的配合難度也不小。那時，傳音科也不是人人都能講普通話，遇到劇本中人物比較多時，南腔北調的同仁也都得披掛上陣、粉墨登場，吳祥祜很自然就成了不可缺少的骨幹。晚年在接受採訪時，她說——

> 我起初的時候是做播音員。後來又做這方面的工作，又做那方面的工作。還演話劇，就是現在的廣播劇。演廣播劇需要的人多，一個人兩個人演不了。那時候還沒有條件錄音，就是直接對著話筒，直接就演，直接就是這樣播了。播兒童節目、播新聞、播哪一個節目都是在電臺直接播。〔註 18〕

表演話劇是吳祥祜的所愛，所以她的參與特別投入。她常常擔任主演，當然不能只是「念稿本」不出錯，而且要把角色「演」活。每接到一部新劇，她都花大量時間認真閱讀劇本、琢磨戲劇情境、把握人物的性格、情感，在排練時更是一絲不苟，全神貫注地投入。演播的時候更是使出渾身解數，把念臺詞、講故事、播新聞的看家本領都拿了出來。所以她主演的廣播劇，每一部都獲得成功。越是成功演播的任務就越多。中央電臺在 1935 年播出的廣播劇，大部分都是吳祥祜主演的。雖然這在當時也屬於播音員的本職工作，但她的傾力付出和取得的成就也深為中央電臺的同仁們所贊許。

〔註 17〕汪學起、是翰生《第四戰線——國民黨中央廣播電臺掇實》第 43 頁，中國文史出版社，1988.7。

〔註 18〕引自金陵之聲廣播電臺《龍的傳人》播出的節目《訪原國民黨中央廣播電臺播音員吳祥祜》，1986 年 11 月 27 日。

在主演《孔雀東南飛》《英雄與美人》之後，吳祥祜接著主演《西施》。這部廣播劇是根據著名戲劇家陳大悲編劇的樂劇《西施》改編的。樂劇是通過改革歌劇而創立的一種新的戲劇樣式。強調戲劇的完整性，重視管絃樂隊的作用，試圖將詩、劇和音樂融為一體。樂劇《西施》講的是吳越春秋的故事，表達的是愛國救亡的精神，全劇場面恢宏、悲壯，主調昂揚，高潮迭起。把這部舞臺劇改編成廣播劇，演播場面的規模也比較大，參演人員多，有的場面僅演員就多達二、三十人。當時缺乏專業隊伍，不論表演、音響、伴奏，均為傳音科的同仁，人員還不夠，就把一些家屬子女也請來義務勞動。為了使表演、音響、伴奏的配合做到天衣無縫，就必須在正式播出之前反覆演練。吳祥祜作為主演，當時還有新聞值班、編播兒童節目等其他工作任務，但她不惜加班加點，花了大量時間作準備。在演播時更能以極具個性的聲音來塑造西施美女的愛國形象。語言乾脆、清晰，堅毅之中又有女性的柔美，聲音語調極具個性，很好地塑造了西施為復興國家赴湯蹈火的正面形象，把西施這位古代美女的愛國情懷表現得淋漓盡致，感動了無數聽眾。其中有一位名叫沈天頻的合肥聽眾聽了廣播後，在 1936 年 1 月 2 日來信說：「以此劇寓意之偉大，劇情之壯烈，不但深合我國目前局勢，足使甘心為漢奸者為之警惕，且喚起一般沉醉的心靈，為之覺悟，愛國的觀念，亦不禁油然而生了，誠不啻在此國難聲中給予大眾一服興奮劑……」〔註 19〕

吳祥祜主演的廣播劇還有很多。比如《木蘭從軍》《笙簫緣》《文天祥》等等。那時中央電臺的廣播劇，有一個最大的困難，就是缺乏劇本。社會上的刊物有一些現成的話劇劇本，這固然可以拿來編輯修改使用，但並不是所有的劇本的劇情都適合廣播需要。話劇是舞臺上的東西，廣播是看不見的，動作太多的戲，聽眾又很難聽懂，必須多用人物的對話來推動劇情發展。對此，社會上的劇作家熟悉的也不多。有的人寫了一些不錯的舞臺劇本子寄來，但不改編也不適合廣播用。所以要每週都播廣播劇，劇本根本不夠用。搞工程技術出身的范本中，對改編、創作都深感吃力。他只好發動員大家一齊來編故事、做編劇。他看見吳祥祜有時在報紙上發表過一些小品文，也要求她寫劇本。吳祥祜在他的鼓勵下，自然是興趣大增，一連寫了《刺虎》（又名《費宮人》）和《笙簫緣》等幾個劇本。其中，《笙簫緣》的人物對話寫得比較好，演播時又配以真實的

〔註 19〕汪學起、是輸生《第四戰線——國民黨中央廣播電臺掇實》第 43 頁，中國文史出版社，1988.7。

音效來表現典型環境，烘托氣氛，取得了很好的戲劇效果。據說《笙簫緣》是中國第一部採用實音效果配音的廣播劇，開啟了實音效果進入廣播劇的先河〔註20〕。這部劇播出後反響也很大。劇本被登載在《廣播週報》上，各大報紙也紛紛報導、評論，有的報刊登出劇作者吳祥祜的名字和照片，還特別說明劇作者就是中央臺的播音員。

圖 5-5　吳祥祜與廣播電臺同仁在南京，前坐黑衣者是吳祥祜（陳沅在晚年寄給吳祥祜的舊照片之七）。

很顯然，這違反了吳道一的規矩。吳道一重申電臺播音員不准同報界聯繫，不准給報紙投稿的規定後，又把吳祥祜狠批了一通。不過，廣播劇的聽眾反響太強烈，來電來信很多，有的表態支持廣播劇，有的點播以前播過的廣播劇，有的寄來自己寫的廣播劇。這使得范本中下定決心，進一步擴大廣播劇製作！吳祥祜雖然因登報吃了吳道一批評，但她為廣播劇作出的貢獻卻得到了范本中和中央電臺同仁們的肯定。

廣播劇巨大的社會影響，引起一些「黨國要員」、高層人士注意，以致於直接參與創作或干預播出。比如曾創編過戲劇，出版過劇本集的「黨國元老」陳果夫，對廣播劇就十分關注。據說中央電臺曾播出一個劇，說某人甘作漢奸，

〔註20〕據《江蘇省志．廣播電視志》278 頁。江蘇省地方志編撰委員會編，江蘇古籍出版社出版 2000 年。

他的妻子和兒子激於民族大義就將他殺死。結果在播出這部廣播劇時，陳果夫聽到一半，就忍不住打電話命令停播。陳果夫認為：「母與子合謀毒殺父親，其父雖為漢奸，可殺，但殺於家庭，不可也，暗殺方法尤不可也。照民族主義，忠孝應兩全，不能盡忠而反孝道也」〔註 21〕。陳果夫是中央電臺的建臺元老，被國民黨人尊為「中國廣播事業保姆」，主張不同就下令中途停播，這樣的事情雖然有些極端，但也從一個側面反映了廣播劇影響很大、社會對這種新興劇種的關注程度是很高。

廣播劇還驚動了足踏政壇和文壇兩界的「黨國才子」張道藩。他興之所至，揮毫寫了一個廣播劇劇本，轉到中央電臺，要求安排演播。人們都知道張道藩是國民黨 CC 派的骨幹分子，蔣介石的心腹，但不一定都知道他是戲劇大家。他早年在英國、法國留學八年之久，雖然主修的是美術，卻對戲劇有著十分濃厚的興趣。他觀賞過莎士比亞、易卜生、蕭伯納等世界名家劇作的大量演出，潛心研究過戲劇理論、編劇技巧。1926 年回國後，曾創作、改編、翻譯過十多部戲劇、電影作品。比如國民黨中央第一次攝制描寫北伐戰爭的電影《密電碼》，劇本就是由他編劇的。後來有《張道藩戲劇集》等作品集行世。1934 年 9 月，張道藩曾自編、自導話劇《自救》，在南京公演，引起轟動。陳立夫、徐悲鴻、儲安平等人撰文給這部劇評價很高。1935 年，張道藩新創作的五幕話劇《自誤》公演，再成熱門話題。於是他又在舞臺話劇的基礎上將這部劇改編成同名廣播劇，直接送到中央廣播電臺要求廣播。張道藩當時擔任國民黨中央執行委員、交通部常務次長。傳音科自然不敢怠慢，決定擇日安排演播。沒想到，張道藩競不滿足於編劇，還要親自到話筒前參加演播。這是一部戀愛題材的戲，頗有鴛鴦蝴蝶派生離死別的味道。張道藩自告奮勇扮演劇中的男主角，和一位女播音員搭檔主演。此事當時在政壇、文壇傳播甚廣，在坊間也是茶餘飯後的談資。這說明，廣播劇在那個時候的影響之廣泛，惹得「黨國要人」也趨之若鶩，不能免俗〔註 22〕。

廣播劇這種新興的現代戲劇，在中國日益受到人們的重視，是街談巷議的話題，高層人士關注，聽眾來信很多。這些都使傳音科的同仁們「殊感榮幸」。不久，范本中在傳音科成立話劇組，專司廣播劇之事，使這種嶄新的廣播節目、

〔註 21〕汪學起、是翰生《第四戰線——國民黨中央廣播電臺掇實》第 43 頁，中國文史出版社，1988.7。

〔註 22〕汪學起、是翰生《第四戰線——國民黨中央廣播電臺掇實》第 43 頁，中國文史出版社，1988.7。

新奇的劇種得到了較快的發展，呈現出繁榮的景象——

> 南京國民黨政府中央廣播電臺，從 1935 年 1 月 19 日到 1936 年 5 月 23 日一年多時間裏，就播送了廣播劇 77 個。〔註 23〕

廣播劇的繁榮，給年輕的播音員們提供了一個嶄新的用武之地。尤其是酷愛話劇的吳祥祜，她忘情地投入其中，在廣播劇的舞臺上如魚得水。她主演的廣播劇幾乎是演一部就火爆一部，幾乎是中央電臺廣播劇的名角。

吳祥祜在中央電臺廣播劇的創編、演播等方面都作了大量的工作，她既編又演，還兼管其他。是名副其實的臺柱子、骨幹分子。抗戰爆發以後，中央電臺播音工作十分繁重，她作為主力播音員，有時嗓子都喊啞了，仍然堅持播音崗位。儘管如此，她對廣播劇的熱情一直沒有中斷，撤退到重慶以後，在繼續廣播新聞、兒童節目的同時又承擔起話劇股股長的重任。抗戰勝利還都南京，吳祥祜擔綱家庭節目，又以廣播劇的形式，編演形形色色的家庭故事，都取得較好的收聽效果。吳祥祜在舊中國從事廣播十六年，編演廣播劇活動幾乎貫穿其始終。顯然，她在這個特殊的播音崗位上，為這種嶄新的戲劇藝術是作出了貢獻的。

〔註 23〕劉家思《論 20 世紀 30 年代初期的廣播劇》載《中國現代文學研究叢刊》2015 年第 9 期。

第六章　張潔蓮一走成迷

中央電臺的節目內容越來越豐富，節目形式也越來越活潑，三位通過公開考試招來的播音小姐，獲得了更多施展才能的機會。她們善播音、能寫稿、會歌詠，也能演播話劇。她們的聲音，既清脆、響亮，又帶有女性特有的溫柔，形成了一種前所未有的播音韻味，使中央電臺的廣播給聽眾帶來耳目一新之感。知識分子、高層人士喜歡，普通的市民百姓也喜歡，小孩子愛聽，大人也愛聽，可謂是老幼皆宜。

劉俊英、張潔蓮、吳祥祜三位姑娘原來並不相識，因為同時考取中央廣播電臺播音員，結伴從北平到南京報到時才走到一起。1933 年 10 月 1 日。她們按錄用通知要求趕到南京，帶著行李直奔丁家橋，進入國民黨中央黨部大院，很快就找到了中央電臺。大機關裏肅穆安靜，一點聲音也沒有。一位小夥子領著幾個人幫她們扛著行李，把她們迎到會客室。尚未落座，突然不知從哪裏來了一大幫人，既不進屋也不說話，就在門窗之外用異樣的目光看著她們。過一會又吱吱喳喳起來，毫無顧忌地對三位姑娘評頭品足。弄得姑娘們好不難為情！心生惡感：國民黨中央電臺的人怎麼這般無禮呀！太沒規矩了！好在傳音科的陸以振女士匆匆趕來，帶她們去安排住宿，這才解了圍。陸以振告訴她們：那些圍觀她們的人是來修房子的，不是電臺的人。這才使三位女孩子對中央電臺沒有那麼反感。〔註 1〕

三位姑娘從北平遠道而來，不僅播音好聽，平時說話也總是京腔京韻，圓潤悅耳，人又長得漂亮，十分招人喜歡。涉世未深的高中畢業生張潔蓮和吳祥

〔註 1〕據吳祥祜手稿《吳祥祜文稿五篇．自我回顧》。

祜，正值豆蔻年華，亭亭玉立，給人一種天真純潔的青春之美。師大肄業的劉俊英，當時已是國民黨員，有了一些社會政治經驗。雖然年齡稍大，但依然年輕。她外表俊俏優雅，賢淑動人，洋溢著知識新女性特有的魅力。她們在中央電臺出現，彷彿是在滿眼綠色的百草園中綻放出三朵鮮豔的大紅花，格外引人注目。很快，鮮豔的「大紅花」引得群蝶狂舞，群蜂來採。在高級機關中央黨部的大院內，一些不速之客常來糾纏她們。有些人雖不相識，卻徑直走進她們的辦公室，用貪婪的目光盯著她們，有一句沒一句地跟她們搭訕。文明一點的則守候在門前窗下，耐心地靜候，待機獻花。也有個別性子急的半路攔截，不分場合地向她們表達景仰和愛慕。這其中還有一些是已有家室的男子。對此，三位姑娘非常厭惡、不勝其煩！

圖 6-1　活潑開朗的吳祥祜被男同胞們寵著，圖為與同事到郊外遠足，坐者左 1 是吳祥祜（陳沅在晚年寄給吳祥祜的舊照片之八）。

三人之中的劉俊英是頭號目標。劉俊英已經 25 歲，尚未婚配，按當時的婚齡標準，已屬大齡女青年。在舊社會的職場上，拋頭露面出來工作的女青年不多，知識婦女更是寥若晨星。獨身美女來到電臺工作，這本來就很惹人注目，當婚未婚，人又文雅漂亮，這就更引起了一些無妄之徒想入非非了。這些人有事無事總來找她說好話、套近乎。個性孤傲的劉俊英十分厭惡這些前來獻媚討好的人，常常不予理睬，甚至以冷眼還報媚眼。

帶刺的玫瑰往往是最誘人的。劉俊英越是高傲就越是被人糾纏。有一次，劉俊英還在播音，某位頗有地位的高官竟置「播音重地」的警示牌子於不顧，直接闖進播音室！劉俊英氣極了，迅速結束工作，奪門而出。也不問對方來頭，轉身就把門扣上，把那人鎖在播音室內。那人捶門呼喊，劉俊英根本不理，揚長而去！那些多情多事的男士們欲採玫瑰卻屢屢被刺扎手，次數多了才慢慢地收斂了一些。〔註2〕

與劉俊英的成熟美麗不同，略顯青澀的吳祥祜則表現出天真無邪、單純浪漫的少女天性。她喜歡文藝，愛好旅遊，性格活潑而又貪玩，很可愛，大家搞什麼活動都喜歡帶上她。在她的晚年，身在美國的老同事陳沅先生寄來了不少當年的照片，其中有一些就是中央電臺的同仁在南京郊遊時所留下。從這些照片可以看出：少女時代的吳祥祜是多麼的美麗，多麼受到男同胞們的寵愛。

吳祥祜雖然青春年少，但也到了談情說愛的年紀。打她主意的男人也不少，而且有些還是有了家室的男人。想不到的是，吳祥祜竟然人小鬼大，虛與蛇委。大哥哥私下表白，她既不答應也不張揚，總是有分寸、有禮貌地拒絕。有時甚至利用男人愛美獵豔的心理來為自己辦事。中央廣播事業管理處處長辦公室有位姓虞的秘書，人不壞，很能幹，最大的毛病就是鍾情女色。只要是女的、年輕的，他就套近乎、獻殷勤，甘心服務效勞，即使是吃虧上當也毫不在意。像吳祥祜這樣的純情少女，更是他獵豔的目標。吳祥祜就利用他這一弱點，表面上對他熱情，讓他替自己辦事，但又堅持原則，守住底線。〔註3〕有一位收音員出身的男同事，姓黎，因與科長關係密切，在傳音科很受重用。此公貪戀吳祥祜的年輕美貌，常常放下架子，私下向她表白示好，甚至抓住吳祥祜貪玩的個性，每每邀約相伴郊遊。但他自己又總是失約。原來此公早已有了家室，老妻風聞之後，對他嚴密監視，使他根本無法單獨赴約。抗戰爆發，吳祥祜撤到長沙播音，這位同事奉命來長沙臺視察。擺脫夫人監管之後竟不顧戰時繁忙，又單獨邀約吳祥祜相伴遊玩。這時的吳祥祜當然不便拒絕了，只好熱情赴約。她耐心地陪伴此兄在茶館裏坐著，光天化日之下，只是一杯接一杯地喝茶。各有心事，話不投機，興味索然，就以工

〔註2〕據汪學起、是翰生《第四戰線——國民黨中央廣播電臺揭實》第28頁中國文史出版社，1988.7。

〔註3〕引自吳祥祜手稿《吳祥祜1955年寫的自傳》。

作的名義走開了。〔註 4〕還有一位姓徐的同事，也是已有家室的人了。但在日寇侵略撤離南京的時候，竟不顧逃難途中的緊張和不安，在路上就直率地表白愛意，並且信誓旦旦，口口聲聲要與原配離婚，與吳祥祜結婚。弄得吳祥祜不知所措，好不尷尬！〔註 5〕

1936 年 11 月，吳祥祜在南京中央路被大卡車撞了，傷重住院，同事都來探望。有一位姓何的同事特別殷勤，問寒問暖之中常常透露出濃濃的柔情。遠離家人的少女身受重傷，對來自老同事的關懷自是感激。可是這位何大哥不顧小妹妹正處在傷痛難耐之中，竟赤裸裸地表白情愛，惹得吳祥祜生氣起來，這一下可把多情的何大哥嚇壞了！因為這位何大哥早已是有婦之夫，在電臺裏又是學問了得、地位頗高、上峰重用的紅人。後來也確實得到提拔，當了科長的。他有這樣年紀、地位和眾人的好口碑，竟私下裏向小女孩表白愛情，是很丟面子的。若把事情宣揚出去，你讓他情何以堪？但吳祥祜畢竟不是劉俊英，看何大哥被驚嚇得不輕，便忍住心中怒氣，先是婉言拒絕，接著又一再表示不向任何人透露表白之事，希望他以後能像大哥哥照顧小妹妹一樣對待自己。這位何大哥畢竟也是知書達理之人，見吳祥祜願意替他保密，反而心存感激起來。此後，只要吳祥祜有求於他，他都不拒絕。他當科長以後，吳祥祜辦些什麼事需要報告呈簽時，只要找他，準能簽批下來。〔註 6〕

來自東北的姑娘張潔蓮，娟娟姣好、嫵媚多情。她與吳祥祜一般年輕，但她思想比較成熟，為人熱情活潑而又大方持重。她皮膚白皙，面容端正，平時語言不多，溫婉靦腆，是一位人見人愛的嬌媚女子。在中央黨部大院，她敏銳地感覺到從四周投來的熾熱的目光。她知道：簡單的拒絕或來者不拒都不好，不如就在眾多的熱情目光中尋找自己的所愛。不久，她悄悄看上了一位同行：就是馬來語播音員陳英傑。陳英傑本是馬來亞華僑，「九・一八」事變後，懷著一顆熾熱的愛國之心回到祖國，投身中央廣播電臺，用馬來語向海外廣播，同時兼管各種唱片。他身材魁偉、相貌堂堂，風度翩翩，原本就是一位多情公子，三位女播音員的到來，自然也使他怦然心動。他的優雅帥氣和充滿柔情的目光，很快也引起了張潔蓮的注意。兩個人雖然播音語種不同，但也常在一起值班。心有靈犀，不久就公開建立了正式的戀愛關係。

〔註 4〕引自吳祥祜手稿《吳祥祜 1955 年寫的自傳》。
〔註 5〕引自吳祥祜手稿《吳祥祜 1955 年寫的自傳》。
〔註 6〕引自吳祥祜手稿《吳祥祜 1955 年寫的自傳》。

圖 6-2　張潔蓮與朋友在北京西山，右 1 站立者為張潔蓮（陳沅在晚年寄給吳祥祜的舊照片之九）。

名花有主，其他人也就休得再來窺覷打擾了。這一下，張潔蓮倒是省去了被無端糾纏的煩惱，但是另一種麻煩卻生了出來：母親不允許寶貝女兒背著自己在南京找對象！本來，張潔蓮的父親、哥哥都是現代知識分子，她的家庭應該是一個開明之家。可她是母親的獨生女、掌上明珠、心肝寶貝。母親平時對她管教很是嚴格的。母親雖然也鼓勵她上學讀書，贊同她跟隨哥哥參加各種進步的社會活動，但她就是不允許女兒自由戀愛。她雖然遠在哈爾濱，對女兒在南京同南洋華僑私訂終身的事，卻是知道得清清楚楚。她堅決反對這樁婚事！1936 年 4 月，她匆匆忙忙從哈爾濱趕來，只跟副臺長吳道一打了個招呼，便不由分說，把張潔蓮帶走了！〔註 7〕

僅僅是因為自由戀愛，張潔蓮就被母親帶走了。這似乎與一位受過良好教育、有思想、有追求、有個性的知識婦女格格不入，但張潔蓮確實就是被母親帶走了！於是，便有好心人替她找別的理由說，張潔蓮身體有病，她是被母親帶回哈爾濱治病去的。也有人說張潔蓮根本沒回東北，只是去了北平，1942 年的時候曾有人在北平見過她。其實張潔蓮到底是回了哈爾濱，還是去了北平，或者是先回哈爾濱後又去北平，卻誰也說不清楚。有人分析：張潔蓮是一位有

〔註 7〕據汪學起、是翰生《第四戰線——國民黨中央廣播電臺掇實》第 39 頁中國文史出版社，1988.7。

文化、有思想的人，她回到那個實為日本殖民地的「滿洲國」，無異於跳入火坑，必定是前途多舛，她不可能回哈爾濱！還有人推測說：張潔蓮思想進步、眼界開闊，愛國意識很強，在抗日救國活動中始終很活躍，她的哥哥金人後來也離開哈爾濱去上海了。以她的家人和朋友的背景、當時的情勢以及她的性格，她即使不去北平，也不會返回哈爾濱的。但也有人堅持說張潔蓮就是回了哈爾濱！

圖 6-3　張潔蓮與朋友在北京長城，前右 1 站立者為張潔蓮（陳沅在晚年寄給吳祥祜的舊照片之十）。

總之，張潔蓮就是跟著母親走了！她這一走，竟如泥牛入海，渺無音訊。她再沒有跟中央電臺的任何一位同事聯繫過，中央電臺的同事也沒有人能聯繫到她。據說，國民黨中央廣播電臺到臺灣以後寫臺史，只寫了劉俊英和吳祥祜，張潔蓮因為工作時間太短，竟不被提起，不知是真是假。在大陸最先說起張潔蓮的，是江蘇廣電史專家汪學起、是翰生。他們不但在檔案館查閱了大量原始檔案，而且訪問了許多歷史當事人、見證者，如與張沽蓮一起做播音工作的吳祥祜等。吳祥祜曾經在 1986 年 8 月重訪金陵，給他們介紹過張沽蓮的情況。汪、是二位先生後來在《第四戰線》一書中介紹張潔蓮考入中央電臺以及她在中央電臺的種種情況。並說：張潔蓮被母親帶回哈爾濱後，就「一切不得而知」了。

黑龍江廣電史專家陳爾泰先生在廣播史調查中，訪問到一些知情人，如東北淪陷時期的老作家陳隄先生、研究東北淪陷時期作家作品的專家、作家劉樹聲先生，查閱了大量的文字資料。陳爾泰先生瞭解到：張潔蓮是進步的文學青年，人長得很標緻，愛好詩歌、散文。十六、七歲就發表作品。在年輕的文學青年中很有名。她同哈爾濱廣播無線電臺的播音員秦素等人有接觸，所以對播音有較深的印象。陳爾泰先生瞭解到的幾乎都是張潔蓮考上播音員以前的情況，至於被母親帶回哈爾濱後如何，就只是「印象中 1940 年還在哈爾濱。後來情況就不清楚了。」〔註 8〕

進入中央電臺之前，張潔蓮是東省特別區女中高中師範班的學生，在抗日救國和進步文學活動中十分活躍。對此，《黑龍江省志・婦聯志》中記載說——

> 為了學救護知識，沈玉賢、張潔蓮、崔敬賢等通校生搬到學校住宿，集中學習，進行包紮練習。時刻準備著，一旦祖國發出號召，立即奔赴前線。〔註 9〕

當事人沈玉賢在回憶文章《抗日怒潮中的女學生》說——

> 我和張潔蓮（金人的妹妹）等搬到學校住宿，跟王坤范、劉俊民等同班同學天天晚飯後熱情地參加學習救護知識。一天晚飯後，我與潔蓮在操場散步，忽然在草叢中發現了一捲紙，拾起來一看，是一打藍色油印的傳單。內容是共產主義青年團報導工人、學生的抗日愛國運動情況，宣傳抗日救國的革命道理。〔註 10〕

張潔蓮的文學活動大概跟著名作家蕭軍也有些關係，許多研究蕭軍的著述也提到她。如王科、徐塞在《蕭軍評傳》中講到蕭軍、蕭紅等投入民族解放鬥爭的東北作家群時，就提到張潔蓮〔註 11〕。秋石在《呼蘭河的女兒》《我為魯迅茅盾辯護》等著作中也說：蕭軍因常在報刊上發表文章，結識了很多反滿抗日的朋友，在這些反滿抗日的朋友中也能找到張潔蓮的名字〔註 12〕。方未艾在《〈國際協報〉漫記》說：在他負責副刊工作時，常寫稿的人有蕭軍、蕭紅，還有張潔蓮〔註 13〕。總之，進入中央電臺之前，張潔蓮在哈爾濱是十分活躍

〔註 8〕據陳爾泰《中國廣播史考・張潔蓮考補》第 126～133 頁，中國廣播電視出版社，2008.01。

〔註 9〕《黑龍江省志・婦聯志》，黑龍江人民出版社，1995 年 09 月第 1 版，第 36 頁。

〔註 10〕引自沉玉賢《抗日怒潮中的女學生》見《黑龍江婦女的抗日鬥爭》第 86 頁，黑龍江人民出版社，1990 年 03 月。

〔註 11〕見王科、徐塞著《蕭軍評傳》第 56 頁，重慶出版社，1993 年 09 月。

〔註 12〕見秋石《呼蘭河的女兒》第 100 頁，百花洲文藝出版社 2011.12。秋石《我為魯迅茅盾辯護》第 178 頁，文匯出版社，2009.11。

〔註 13〕據方未艾《〈國際協報〉漫記》見《哈爾濱文史資料》第 6 輯，第 139 頁，1985 年 06 月。

的。她離開哈爾濱去北平的時間大約是 1933 年 7 月，幾位友人前來送行，照片登在 7 月 20 日的《哈爾濱五日畫報》）上〔註 14〕。顯然，她是到北平不久就參加播音員考試的，10 月 1 日就到南京報到去了。按規定進入電臺要參加國民黨的，但她一直拖住不入，而且勸吳祥祜不要入。可就是這樣一位善於獨立思考、有活動能力的知識婦女，在母親的壓力之下離開電臺後，竟渺無音訊、不知所終。她究竟去了哪裏，一生如何度過，結局如何，一直都是一個迷。

張潔蓮是第一位離開麥克風的元始播音員，她的去向自然受到研究廣播史的人們注意。人們從文字資料中找不到她走後的蹤跡，通過尋訪她的親友或許能瞭解。如前面說到的：張潔蓮有一個同父異母的哥哥，就是大翻譯家金人。金人是一位知名度很高的文人。張潔蓮考入中央電臺後還給哥哥寫信講述在南京的播音生活，可見他們是兄妹情深的，在張潔蓮離開電臺後不會沒有來往。金人在 1935 年曾翻譯蘇聯作家左琴科的短篇小說《退伍》等作品，寄到上海，在魯迅先生主編的《譯文》雜誌發表，與魯迅關係頗為密切。據說魯迅在給蕭軍和蕭紅的信中，曾 13 次提到金人的名字。金人在 1937 年離開哈爾濱去了上海，擔任過教師，翻譯了蘇聯著名作家肖洛霍夫的長篇小說《靜靜的頓河》。1942 年去蘇北解放區，做過編輯，當過蘇中行政公署司法處處長，蘇中行政委員會法制委員會主任。日本投降後，到東北任中共地下黨瀋陽市委書記。1946 年被捕，1947 年以後與被解放軍俘獲的長春市長趙君邁交換獲釋，回到哈爾濱，任東北文協研究部副部長、出版部部長。從 1951 年起，金人先後在北京時代出版社、人民文學出版社做編譯工作。1971 年 8 月 13 日逝世於文化部五七幹校丹江分校。作家韋君宜曾描寫在幹校勞改被迫害致死的 10 個人，其中第七位就是金人〔註 15〕。張潔蓮的哥哥金人雖然已經離世，但兄嫂、

〔註 14〕照片見陳爾泰《中國廣播史考・張潔蓮考補》，第 133 頁，中國廣播電視出版社，2008.01。

〔註 15〕關於金人，著名作家韋君宜在《抹不去的記憶——憶向陽湖畔十個無罪者》一文中寫到：「第七個是金人，這一位翻譯家，本來並無什麼罪狀，在社裏又和大部分群眾水米無交。他之所以作為『反革命』被揪出來，是由於造反派普查人們的歷史，查出了他當年原是共產黨員，還是瀋陽市的負責人。蘇聯部隊和國民黨部隊進瀋陽時，把他找出來，不知叫他辦了個什麼手續，這下子把黨籍弄掉了。他自己對此從不隱諱，本無可鬥，但還是循例鬥了，戴上帽子，趕到向陽湖。他年齡既老，身體又壞，造反派手中沒材料，本來就對他沒多大興趣，於是讓他跟一群老弱病殘去丹江。丹江是我們幹校喪失勞動力的人的收容處，免了這群老弱病殘的生產任務，卻讓他們自己種菜、拉煤、做飯。中年

侄兒之類的親人應該還在，或許就在北京。如有條件作一番採訪調查，對張潔蓮走後的情況興許是可以弄個水落石出的。

張潔蓮與吳祥祜同齡，雖然比劉俊英小五歲，但在進入中央電臺的時候，也已到了談婚論嫁的年齡，姑娘年輕漂亮受人追求也是情理中事。遺憾的是，劉俊英、吳祥祜的追求者，多是些已有家室的大齡男子，這彷彿預示了她們在感情婚姻道路上會有波瀾起伏，這在後面的敘述中我們還會講到。張潔蓮與陳英傑年齡相當，經常在一起值班播音，帥哥美女，出雙入對，東北南洋，兩情相悅，結局本來應該是很美好的，無奈竟遭遇棒打鴛鴦，才子佳人揮淚離別，從此分隔渺茫，張潔蓮也因此完全脫離了電臺播音工作，不知所終。闖過重重考試，在「千里挑一」的嚴苛選拔中脫穎而出的元始播音員，從此三缺其一，這無疑是中央電臺、中國播音史的損失，也是張潔蓮終身的遺憾。

人都不去。誰知道他們怎麼幹的？反正金人就死在那裏了。」這篇文章曾在1994 年《中國作家》雜誌第 3 期發表。另外，方未艾在《湖南工人報》2016 年 12 月 28 日發表《我與翻譯家金人的難忘交往》一文中亦提到此事。

第七章　撤離南京到重慶

1937 年 7 月 7 日，日本鬼子發動全面侵華戰爭，中國軍民奮起抵抗，全國大大小小的無線電廣播電臺一改注重娛樂和廣告宣傳的內容風格，進入戰時狀態——

> 播音界進入了戰時狀態，平劇、大鼓、蹦蹦戲這一類的唱片不再播送了，代替的是救亡歌曲；風花雪月情調的開篇也沒有了，代替的是有關抗戰的新的東西；什麼桂圓大王，什麼化妝品的宣傳也沒有了，代替的是時事消息和慰勞品募集的成績報告；講解《古文觀止》也停止了，代替的是防空防毒等常識的演說。〔註 1〕

中央廣播電臺作為國家的喉舌，實行戰時宣傳體制，元始播音員和全體同仁面臨著殘酷戰爭帶來的生死考驗——

> 七七事變起，即在南京新街口中央通訊社布置臨時發音室，派員隨時播報前線戰況，取消節目表中平劇、雜劇、歌曲諸項，改用軍歌及警策語。〔註 2〕

抗戰之初，中央廣播電臺對戰況的報導都很簡潔，一條消息常常只有幾十字、一兩百字，但對人們及時瞭解戰況，鼓舞鬥志卻是不可或缺的。親歷抗日戰爭的白永達老人，在晚年的回憶中，曾談到當年在老家通過收聽廣播瞭解戰況的情景——

〔註 1〕茅盾《對於時事播音的一點意見》載《現代中國廣播史料選編》第 135 頁，趙玉明主編，汕頭大學出版社，2017 年 5 月。

〔註 2〕吳道一《中廣四十年》，引自趙玉明、艾紅紅主編《中國抗戰廣播史料選編》79～88 頁，中國廣播影視出版社，2017.05。

戰爭中，外地報紙來不了，消息閉塞。我從北平回來，即在房頂架起天線，用自裝的單管（晶體管）無線電收音機的耳機，每晚收聽南京中央廣播電臺 XGOA（呼號）的新聞，天天收到半夜（白天收不到），邊收邊用鉛筆記錄。父親、哥、弟與妹妹都守在旁邊等著看。記錄稿家人看過，第二天父親還帶出去給鎮上的人們傳看，像一份手抄的小報。南京中央電臺的新聞播音員劉俊英女士，是北師大畢業生，大姐的同學。她語言清朗動聽，號稱「南京之鶯」。〔註 3〕

1937 年 8 月 13 日——

八・一三淞滬保衛戰開始，中央電臺立即像 21 年 1 月 28 日滬戰（指 1932 年上海一・二八事變——作者注）時一樣，由播音同仁，不斷力竭聲嘶，呼籲國人提供財物，慰勞前線浴血將士。〔註 4〕

吳祥祜就是這樣一位力竭聲嘶，呼籲國人提供財物，慰勞前線浴血將士的「播音同仁」。8 月 14 日，侵略者的飛機飛臨南京，大肆轟炸。年輕的劉俊英、吳祥祜克服了大轟炸帶來的各種困難和心理恐懼，冒著炸彈硝煙，頑強地堅守播音崗位。傳音科的人本來就少，於是就把吳祥祜正式調到傳音科擔任播音值班。那時的吳祥祜除了值班報告新聞，還以「吳暄谷」的名義堅持編播廣播通信，通過節目發動小朋友節約零錢，捐獻出來慰勞前方戰士，收聽這個節目的小朋友很多都把錢寄給吳暄谷。這些錢後來集中到總務科去捐獻，體現了無線電廣播強大的組織動員能力。

日本侵略者十分憎恨中央廣播電臺這座「怪放送」，他們的飛機從一開始就把這座電臺作為轟炸的重要目標。為了粉碎敵人的陰謀，中央廣播電臺早早就做好偽裝，擾亂鬼子的視線，避免敵機轟炸——

「江東門的壯觀機房亦塗上一層醜陋的灰黑色，並在四周圍以高和繕齊厚逾一丈的土牆，以防彈片。」「機房內所有重要發射機部分，搭起堅固的架子，安放一寸半厚鋼板和一尺半厚沙包各三層，以抵抗直接擊中的中小型炸彈。」「八月十四日午間，首都雨花臺軍區，被日機木更津隊初次轟炸，江東門電臺亦於數天後被襲。大約敵人技術欠佳，投炸命中率極低，僅僅炸斷曠地內所埋銅線若干根，

〔註 3〕白永達《望九瑣憶》第 47 頁，山東畫報出版社，2007 年 6 月，第 47 頁。
〔註 4〕吳道一《中廣四十年》，引自趙玉明、艾紅紅主編《中國抗戰廣播史料選編》79～88 頁，中國廣播影視出版社，2017.05。

損失輕微，毫不影響播音。」〔註5〕

但是戰爭很殘酷！中央電臺打算把短波電臺的機房轉移到中山陵靈谷寺森林中隱蔽，年輕的工程師蔣德彰奉命前往執行。「八月二十四日夜間，敵機借明朗月色，空襲首都東郊軍區，中山陵園亦遭波及，主持靈谷寺短波機工作的蔣工程師，在工地被彈片擊中頸部，昏迷倒地。」終以流血過多，不幸以身殉職，這是抗戰中第一位犧牲在工作崗位上的廣播人。〔註6〕

9月19日，兇殘的日軍第三艦隊司令官長谷川清下令所屬第2聯合航空隊對南京市區進行「無差別級」轟炸。數天後，江東門電臺再遭空襲，敵機的炸彈十分猛烈，傳輸線路被炸斷，機件受損。南京的中央電臺所屬各個臺、站，各種設施，甚至架設線路的電杆，都遭到了敵機的狂轟濫炸！

那時，在丁家橋中央黨部內挖有防空洞，傳音科的辦公室也有一個，上面放了兩張鐵板和幾袋沙包，一有警報，大家就躲了進去。警報一過就又正常工作。9月25日，96架敵機從早上9點半到下午4點半，輪番轟炸南京。敵機投下數百枚炸彈，所轟炸的目標多為文教衛生機關與普通民宅。中央通訊社中彈三枚，房屋全被炸毀，多人被炸傷，中央黨部內的中央電臺也挨了不少炸彈。大轟炸山搖地動，躲在那簡陋的防空洞裏，就像一個大人坐在嬰兒的搖籃裏一樣，岌岌可危。大家都知道兩塊鐵板是頂不了多大的事，不免心生恐懼！不過，「在日軍飛機連續轟炸中，中央臺雖略有損失，但未中斷播音。」〔註7〕

為了避免敵機轟炸造成停播，中央電臺把播音臺分設在三個地方。一處搬到新街口范本中的商鋪中益號，由劉俊英和范本中在那裏負責一切。一處在新街口附近的中央通訊社，由一位名叫翟任的男播音員在那裏播音。因為這兩處都在新街口，所以傳音科多數人都到了新街口。還有一處留在丁家橋中央黨部內，就是原來的播音室，留下吳祥祜和陳英傑在那裏，一方面負責值班播音。另一方面就是放唱片和組織演播團體節目。

那時，除了廣播抗戰的新聞和動員抗戰的演講，中央廣播電臺還通過廣

〔註5〕吳道一《中廣四十年》，引自趙玉明、艾紅紅主編《中國抗戰廣播史料選編》79～88頁，中國廣播影視出版社，2017.05。

〔註6〕吳道一《中廣四十年》，引自趙玉明、艾紅紅主編《中國抗戰廣播史料選編》79～88頁，中國廣播影視出版社，2017.05。

〔註7〕趙玉明《中國抗戰廣播史略》見《「勿忘歷史：抗戰新聞史」學術研討會文集》第37頁，哈豔秋主編，中國廣播影視出版社，2016年7月。

播激越鏗鏘的軍歌軍樂，激勵軍民與日寇浴血奮戰。那時中央電臺的唱片也不多，只有《義勇軍進行曲》（即現在的國歌）等少數幾首。恰好在這個時候——

> 平、津流亡同學會宣傳股歌詠隊到了硝煙彌漫的南京。他們來自北中國，親眼目睹國土淪喪和日寇的殘暴，懷著切膚之痛和與敵不共戴天的深仇大恨，一路南下，用抗日歌聲喚起民眾。一到南京，他們就廣為宣傳，到處歌唱。〔註8〕

他們創作演唱的新歌還來不及灌製成唱片，中央電臺就把他們請來播音室演唱救亡歌曲，並把他們演唱的歌曲都作了錄音，反覆廣播——

> 9月11日，他們第二次來到中央廣播電臺——中央黨部大院。此時，這個大院已是一片悄悄然，一處處防空工事提醒人們，這個城市正在經受生與死的考驗；中央廣播電臺已經實行分散播音。可是就在這大演播室裏，卻是另一番景象：人們嚴肅而又忙碌，彷彿不是演播歌曲，而是舉行一場悲壯的儀式；歌聲飽和著淚水升起來了……聽，趙啟海的《松花江上》，張瑞芳的《牧童歌》，譚興樞的《九．一八小調》，雄渾的大合唱《打回老家去》《前進歌》《救國軍歌》等等。這歌聲，飛向千家萬戶，飛向喋血戰場，飛向防空掩體，使多少中華兒女拋下激憤的熱淚。〔註9〕

那時，新街口那兩處播音室都是臨時設立的，不能放唱片，更不能播放團體節目。中央電臺的播音室還在丁家橋原處未動，團體的、大型的歌唱的節目就只能在丁家橋原來中央電臺的播音室裏演播。任務落在吳祥祜和陳英傑的肩上。為了組織錄音，他們不得不冒著被轟炸的危險，在南京的大街小巷往來穿梭！

由劉俊英和范本中負責的中益號播音室、由翟任負責的中央通訊社播音室困難也很多。有時供電不正常。可是只要機房有電、能傳輸、能發射，播音就堅持著！那時為了防空，南京全城進行燈火管制，有電也不能開燈。中益號不是正規的播音室，地方狹小，在燈火管制時，劉俊英只能點著小蠟燭，

〔註8〕引自汪學起、是翰生《第四戰線——國民黨中央廣播電臺掇實》一書，分別見第23頁。中國文史出版社1988年7月。

〔註9〕引自汪學起、是翰生《第四戰線——國民黨中央廣播電臺掇實》一書，分別見第23頁。中國文史出版社1988年7月。

借助一點亮光來看稿播音。她本來眼睛就不好，在日寇的狂轟濫炸中，每天在昏暗的燈光下看稿廣播，眼睛發炎了。在殘酷的戰爭條件下，她的工作環境根本得不到改善，長時間連續工作，也得不到應有的休息，治療更談不上。目疾惡化，越來越嚴重，經常紅腫、流淚、後來更發展到視力減退，雙目近乎失明。但即使是這樣，那充滿感染力、號召力的「南京之鶯」的聲音，也一直也沒有停止！

11 月 2 日，淞滬保衛戰失敗，上海淪陷，日本侵略軍沿滬寧線向西進攻。僅半月，就進逼宜興、無錫，南京告急！國民黨軍政機關及人員大部分只好移駐武漢。11 月 20 日，中央電臺奉命廣播《國民政府移駐重慶宣言》，也就是著名的遷都宣言——

> 所有黨政人員，大都乘輪西上。中央電臺雖仍照常維持工作，但節目來源漸告枯竭，經留京的中央常務委員陳立夫先生批准，於二十三日夜子時起停止播音，所遺任務由長沙電臺接替。〔註 10〕

11 月 23 日深夜，中央電臺又為自己作了一次《告別南京書》的廣播，內容大致是：隨著時局發展，奉中央之命，中央廣播電臺即日起停止播音而西遷！

按照原來的計劃，中央電臺的播音是要堅持到最後才撤離的，劉俊英要堅持到最後。當局也給計劃最後撤離的范本中、劉俊英、陳沅三人和工務科的少數技術人員準備了汽車。11 月 23 日下午，吳祥祜接到了撤離的指示。她拿到第二天開往長沙的長途汽車票後，晚上來到中益號，想與劉俊英告別。正好遇上劉俊英在廣播《告別南京書》——

> 到了晚上，我去中益號想和劉俊英告別，當我推門進去，只見一燈如豆，劉姐正在昏暗中廣播，眼睛紅紅的，一邊流淚，一邊廣播。沒有想到這竟是南京之鶯最後的一天廣播。由於她正在播音，我無法在播音時久停。小聲的講了幾句話，就回到中央黨部，回到辦公室打開收音機一聽，原來她正在廣播與聽眾告別，我這才知道原來今天起中央臺停播了！〔註 11〕

這一次廣播，在吳祥祜的記憶中是刻骨銘心的！但她和劉俊英當時都未

〔註 10〕吳道一《中廣四十年》，引自趙玉明、艾紅紅主編《中國抗戰廣播史料選編》79～88 頁，中國廣播影視出版社，2017.05。

〔註 11〕引自吳祥祜手稿《吳祥祜 1996 年給家人寫的自述》。

曾想到：這一次廣播，不僅是中央電臺離別南京前的一次廣播，也是「南京之鶯」的最後一次播音。這次廣播後，劉俊英雖然一直還在中央電臺工作，但由於眼疾得不到有效的治療，後來不斷惡化，幾乎失明；此後就再也上不了播音臺，而是改行做了其他力所能及的工作。受殘酷戰爭的摧殘，美麗的「南京之鶯」最終折翅難飛！

劉俊英與范本中，陳沅等人也沒能夠按計劃在南京堅持到最後，而是奉命隨中央電臺的隊伍一路向西，撤往武漢。到武漢後，范本中又奉命折返南京，拆運機器。中央電臺將南京拆運來的廣播機件分批轉運到重慶。當時國家中樞機關暫住武漢，需要有電臺對外發聲，於是留下一部分設備在武漢，由范本中擔任漢口辦事處主任，主持建立了一座發射功率只有 250 瓦的短波電臺，與漢口市政府原設在中山公園的五千瓦中波機聯合播音，臨時作為中樞對外發言的喉舌。凡是重要的消息、評論、國家文告和領導人的指示，都由這個臺播發，再由在重慶的中央臺與長沙臺、貴州臺等中波臺進行收轉。由於劉俊英眼病越來越嚴重，已經不能再播音了，只好在武漢招了一位名叫竇瑞蔭的男播音員代替。劉俊英則忍著病痛，從武漢溯江而上，一路向西，撤往重慶。

1937 年 11 月 24 日，吳祥祜和徐學鎧、劉漢臣、楊葆元、屠雙等人擠上了江南汽車公司的長途汽車，走京杭國道，從陸路向西，直奔長沙。原本是打算到了長沙再走粵漢鐵路去漢口會合，乘船去往重慶的。但到了長沙，吳祥祜就被留在長沙電臺播音——

> 國民黨中央廣播電臺在西遷而停止播音的時期（1937 年 11 月 24 日至 1938 年 3 月 9 日），長沙廣播電臺與當時尚未淪陷的武漢廣播電臺即相輔運用，暫時代行國民黨中央廣播電臺的使命。為此，長沙電臺傳音科配有粵語、英語、日語播音員，分幾個語種播出。其廣播的內容主要為國民政府政令、地方政令和進行國內外時事、抗日宣傳。新聞節目是摘編中央通訊社新聞和各報刊文章，同時自辦「簡明新聞」和「記錄新聞」（供各地收音室抄收、轉發），電臺還邀請軍政界人士到電臺播音室講演和請名演員到電臺直接演播。〔註 12〕

〔註 12〕引自鍾鎮藩《抗戰時期的湖南廣播》載《「勿忘歷史：抗戰新聞史」學術研討會文集》，第 60 頁，哈豔秋主編，中國廣播影視出版社，2016 年 7 月。

長沙電臺人手不夠，吳祥祜正好路過長沙，就把她留下負責國語新聞播音。後來胡烈貞、劉海崙等也陸續到長沙，又留下他們播粵語和英語節目。國際宣傳處還派日語播音員林忠到長沙臺專門廣播日語節目。長沙電臺從 11 月 24 日起，就全盤承擔起中央電臺的廣播任務。吳祥祜一到即投入到緊張的工作之中。

長沙電臺接替中央電臺廣播後，除范本中等十人留在武漢工作，大部分人員都溯長江向西而行。從南京拆運出來的廣播器材也分批陸續運往重慶。在重慶，中央廣播事業管理處把上清寺中央黨部新址范莊附近的聚興村六號租下來，作為辦公室用地，「在離辦公室南面八百尺外的丘陵上，重慶牛角沱陶瓷職業學校原址側屋內，先行裝配十千瓦中波機一座，費時 55 天，於 3 月 10 日恢復中央電臺的播音。呼號仍為 XGOA。」每天播音七小時。〔註 13〕

中央電臺恢復播音後即拍來電報，命令吳祥祜趕往重慶。吳祥祜在長沙臺協助播音長達半年，當然實際上也是為中央電臺播音。5 月，她奉命離開長沙去武漢乘船。中央電臺漢口辦事處全是男的，到漢口時，新加入中央電臺的播音員竇瑞蔭託吳祥祜帶他的妹妹竇瑞蘭去四川讀書，經辦事處人員介紹，吳祥祜認識了竇瑞蘭。又按辦事處的安排，一起到黎子留的親戚史濟平處暫住。史濟平那時在漢口讀書，住女青年會。史濟平、竇瑞蘭二人比較年紀輕，吳祥祜把她們當小妹妹般看待，三人相處很是融洽。以後就都成了很要好的朋友。竇瑞蘭因為她哥哥竇瑞蔭的關係，高中畢業後也進了中央廣播電臺工作，成了吳祥祜的同事，又一同奉派到昆明電臺工作。史濟平解放以後在廣東湛江醫學院工作，與在南寧的吳祥祜距離不遠，有機會還互相來往。在戰爭年代結下的友誼一直延續到晚年！

劉俊英隨隊向西，一路奔波。緊張、勞累、動盪不安使得她身心俱疲。她的眼病嚴重惡化，雙眼蒙上了白翳，視力急劇下降。這個毛病在當時還是難症，在南京時就曾去過中央醫院治療，尚未治癒，戰爭就來了。惡劣的戰爭環境摧殘了她的健康。到重慶之後，環境更加艱苦，根本得不到有效治療。她無法正常工作，更上不了播音臺，只好做一些輔助性的資料工作。緊張的播音值班工作，最初只是由吳祥祜和男播音員楊葆元、劉漢臣三個人來擔任。

〔註 13〕吳道一《中廣四十年》，引自趙玉明、艾紅紅主編《中國抗戰廣播史料選編》79～88 頁，中國廣播影視出版社，2017.05。

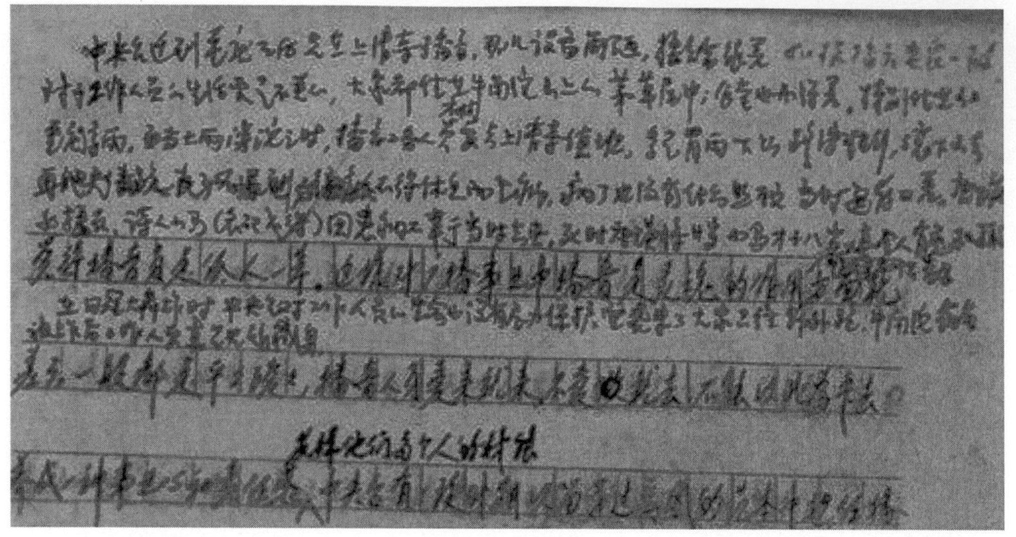

圖 7-1　吳祥祜修改文章時加上在重慶廣播的文字。正文為程灝抄寫，添加文字為吳祥祜手跡。

初到重慶的時候，傳音科的人很少，為了確保中央電臺的聲音不中斷，僅有的三位播音員只能夜以繼日，輪番上陣。不久，超負荷的播講使吳祥祜的嗓子都喊啞了。可是人手不夠，啞了也得堅持著。後來，連聽眾都聽得出來：播音員的嗓子壞了。有聽眾甚至寫信給臺長，要他注意保護播音員的健康！

戰時的重慶常常遭到日機的空襲。不過重慶山多，可以挖防空洞，甚至可以把機器裝在山洞裏廣播，敵機來了也不怕。只是山洞裏潮濕悶熱，不能在裏面播音。所以播音室還是設在房子裏。警報一來人就躲進防空洞，警報一解除就又繼續播音。後來被稱為「重慶之鶯」的女播音員劉若熙，經常在半夜向淪陷區播送紀錄新聞。她在回憶往事時，描述了那段在躲警報、蹲防空洞之後又進行廣播的經歷——

> 還要躲警報和疲勞轟炸，在防空洞六七小時，別人都回家休息或吃飯，我卻帶著麥克風進發音室，值幾小時班，可以立將敵機肆虐情形播告世人。〔註 14〕

那時的播音都是直播。播歌曲音樂則用留聲機放唱片，值班時除了播音還要給留聲機上弦，翻換唱片。只要機房有電，廣播就不能停止！

在敵機頻繁空襲的時候，傳音科曾把播音室分設到普通群眾的家裏。一處遭到轟炸了，就換到另一處又接著播音。在一些人家，環境十分簡陋，又髒又

〔註 14〕轉引自張小航《抗戰八年廣播紀》103 頁，重慶出版社，2015.11。

亂又嘈雜。有時不小心，竟把人家的雞叫聲也都播了出去。重慶的老鼠多、膽子大、來回竄，嘰嘰喳喳亂叫，非常猖獗。有一回，男播音員楊葆元在播音的時候，竟有老鼠鑽進他的褲兜裏。他一把逮住老鼠，一邊使勁捏著，一邊正常播音。等播完音再看，那老鼠已經被他捏死在褲兜裏了。這樣的情景，在和平年代是無法想像的。

在上清寺播音的時候，大家都住在牛角沱山上的茅草屋中。重慶多雨，當遇上大雨滂沱之時，播音人員、工務人員夜間要去上清寺值班，多是冒雨下山。路滑難行，跌倒翻滾下山是常有的事。有時為了不遲到，就乾脆順勢翻滾到山下，爬起來再跑。一些人生病了，也得不到休息，不少人常常帶病堅持工作。戰時物資奇缺，供應不足，食堂辦不好，填飽肚子就不錯，營養根本談不上。即使是病了也得不到什麼照顧，更談不上有效治療。身體一些好的扛過去了，身體虛弱的，把命都丟了。才華橫溢的詩人小馬，就是因為病情太重，得不到治療而死的，去世時才十八歲，翩翩少年，正是青春年華，令人哀歎惋惜。

吳祥祜的好朋友、女播音員唐瑛，也是因為病重得不到治療而去世的。唐瑛貌美如花，活潑秀麗，播音甜潤清晰，很受聽眾喜歡。在重慶中央電臺工作的時間不長，但對工作認真負責。她身體比較弱，營養又差，敵機的不斷轟炸，她根本得不到休息，在艱苦的環境中播音，最終積勞成疾，不幸一病不起。當時在昆明電臺工作的吳祥祜得到消息，急忙趕回重慶探望。趕到重慶牛角沱時，昔日年輕漂亮的美女已經氣若游絲，奄奄一息了。吳祥祜忍著眼淚喊她的名字。她微微睜開眼睛看著吳祥祜，喊了一聲「吳姐」就離開了人世。為了民族抗戰，為了播音工作，她獻出了年輕的生命，死的時候都不到二十歲。〔註 15〕

總之，在重慶那些年，轟炸多，動盪不安。睡又睡不著，生活無規律，供應又不足，營養更談不上，境遇極為艱難。但只要人在，機器在，廣播就照常進行。敵機一來就停、就躲，敵機一走，就開機、就廣播。日本人的狂轟濫炸也奈何不了重慶的廣播。他們的報紙常常把重慶的廣播蔑稱為「重慶之蛙」，抱怨為什麼「重慶之蛙」還在叫呢？

〔註 15〕女播音員唐瑛和詩人小馬之死，楊漢臣播音時遇老鼠襲擊情節，均來自吳祥祜手稿《吳祥祜文稿五篇．自我回顧》《吳祥祜文稿五篇．答靳邁》。對詩人小馬，吳祥祜在《吳祥祜文稿五篇．答靳邁》中括弧注明：名字記不得。

後來，范本中等一批人從武漢撤退到了重慶，一些疏散回家的同事也陸續到重慶復職，同時又招收一批男女播音員，有七、八人，這樣播音值班的人多了起來，情況才有了一些好轉。1938 年 5 月，中央廣播事業管理處「接收前南京市政府樂隊 21 人，及管絃樂器 43 件，加入中央臺音樂組，從事訓練，參加演奏，因之中管處工作人員增為 205 人，而節目方面，占 67 人。同時在聚興村對面名叫火燒坡地段，價購小丘一處，計劃興建廣播大廈，以供發音及辦公之用。」〔註 16〕，范本中到後，將傳音科的音樂股劃分出去，成立相當於科的音樂組，派陳濟略為組長，招收大批音樂人才。音樂組內有管絃樂隊、國樂隊、歌詠隊等。傳音科內還設有一個話劇股，原來的股長是黎子留，在武漢時已經離開廣播事業管理處。到重慶後話劇股就只剩有一個戲劇學校的學生佘師龍，很難開展工作。1939 年，吳祥祜嗓子恢復得比較好的時候，范本中就安排她擔任話劇股長。繼續負責編播廣播劇。

范本中受歐美廣播節目的影響比較深，對辦好廣播節目有自己的一套辦法。「撇開別的因素不說，他確實施展了自己的聰明才智。他廣見博聞，勤於思考，以歐美的廣播套路全面革新了中央電臺的節目編排，對該臺節目的系統化、系列化、正規化作出了貢獻。比如，把話劇搬上廣播而成為『播音話劇』（即廣播劇），當為自他開始。」〔註 17〕，他革新節目取得成功，也離不開劉俊英、吳祥祜等幾位播音員的密切配合、實踐探索。所以他對劉俊英和吳祥祜很信任，工作上十分倚重她們，互相關係很好。尤其是在南京撤退前，范本中與劉俊英負責中益號商鋪播音室，同在一處工作，才子佳人擦出了愛情的火花，兩人竟談起戀愛來了——

> （范本中）身高面瘦，鼻樑上架著一副眼鏡，成天擺著嚴肅的面孔，態度傲慢，威勢凌人。大家見之生畏，連他的老同學、中央臺負責人吳道一也得讓他三分。那一口濃重的蘇南口音，老是把一些不愉快的批評塞到別人的耳朵裏。劉俊英對他就是不買帳，兩人時有齟齬，還經常為一篇稿子的修改弄得面紅耳赤。但時間漸長，劉俊英發現這位理工碩士不乏文采，在這方面倒與自己興昧相投，

〔註 16〕吳道一《中廣四十年》，引自趙玉明、艾紅紅主編《中國抗戰廣播史料選編》79～88 頁，中國廣播影視出版社，2017.05。

〔註 17〕引自汪學起、是翰生《第四戰線——國民黨中央廣播電臺掇實》一書，分別見第 23～28 頁。中國文史出版社 1988 年 7 月。

再則，他工作上要求很嚴，並不是無事找事。

劉俊英心生好感，不知不覺愛上了范本中，這或許也可以說是由來已久。「九・一八」事變後，日本鬼子侵佔我國東北，激起了范本中的義憤。他開始吃齋，用筆名「存素」，並聲稱要到抗戰勝利之日才開葷。這事流傳頗廣，劉俊英得知，大有好感！淞滬保衛戰開始，日軍頻頻空襲南京，為了防空，確保播出，中央電臺分設三個播音室，設在新街口的中益號電器公司商鋪樓上的播音室，就由劉俊英與范本中負責。兩位浪漫而富有才情的人，長時間同處一室，戰火硝煙中朝夕相處，彼此親近，寫稿播音，耳鬢廝磨，更增添了好感。往日固執己見的爭論變成了互相切磋的細語，彼此間脈脈含情的雙眼放射出柔美的愛意。據說，多情的范公子與嫵媚的劉才女表達愛情也是很特別、很浪漫的：甜蜜愛意從不直說，眉目傳情卻是心有靈犀。「雖然同在一處，兩人經常以情書往還。與其說是情書，不若說是各人的文學作品，以文交友。於是，海誓山盟，願結同心。」

然而，問題恰恰就出在這充滿柔情蜜意的情書之上！

原來，「范本中這個世家子弟是早有妻室的人，乃是父母之命、媒妁之言的產物，關係一直不諧。」范妻雖然文化很低，但情書還是看得明白。生活的積累又養成了她沉著冷靜、理智應對的處事風格。對丈夫的作為，她看在眼裏，明白在心，卻不動聲色，只是暗暗注視事態發展，伺機反擊，以作出自衛。她悄悄地將其十數封情書取到手，又設法儘量阻隔兩人的接觸。中央電臺撤到重慶之後，范妻瞅準機會，精心安排了一場晚宴，請來了中央廣播事業管理處的正副處長吳保豐、吳道一，還有劉俊英的「入臺恩師」馮簡總工程師等。他們都是范本中的同學、校友和上司，生活中多有往來。席間，范妻猝不及防地發作起來，演出了一場令人瞠目的鬧劇。她把事情抖了出來，恰到好處而又不傷感情地數落了自己的丈夫，而將鞭子重重地打在劉俊英身上。范妻強烈的義憤，恰當的反擊，贏得了范本中的同學、校友們的同情。尤其是吳道一，他沒有過多地責備自己的老同學，而是將責任一股腦兒加在劉俊英身上。他認為范本中原本是已有家室，而劉俊英尚為姣姣處子，本不應插足其間。更何況，這又是嚴重違反了他對女播音員管理的規矩的。所以他態度鮮明地站在范妻一邊，譴責劉俊英。後來，范妻又不停地糾纏著吳道一，要他運用行政權力，阻隔范、劉來往，以斷絕他們相思相戀之念。當時

中央廣播事業管理處管轄的電臺有一些在外省。吳道一同情范妻，把劉俊英調離重慶的機會並不難找。〔註 18〕

1938 年 3 月，在中央電臺恢復播音之後，國民黨當局為了「堅固播音壁壘」，對日寇和偽軍實施有效的攻心宣傳，爭取更多的國際同情與支持，決定利用英國提供的 35 千瓦的廣播設備，在重慶建立國際廣播電臺，向海內外廣播新聞、評論、演講等節目。與此同時，又在昆明和貴陽建設設大功率的廣播電臺，以擴大戰時輿論宣傳。1938 年 4 月，貴州廣播電臺籌備處成立，不久就完成了傳送和發射設備的購買、安裝和調試，1939 年元月 1 日開始播音。一個月後，設在重慶的短波發射機也很快安裝調試完成，2 月 6 日，國際廣播電臺正式成立，開始播音。中央廣播事業管理處在為這兩座電臺調配人員的時候，由吳道一兼任國際台臺長，馮簡兼任總工程師。范本中也同時兼任著中央電臺和國際臺的傳音科長，掌握著兩臺的編播大權。位高權重，威風八面。與范本中相反，劉俊英則被調離重慶，「發配」到偏僻的貴陽。由於健康不佳，劉俊英只能做一些輔助性的工作，貴州廣播電臺的工作並非一定需要她。調去那裏完全是為了把她和范本中隔離開來！

劉俊英是舊中國名氣最大的廣播電臺播音員，她品貌雙全、個性鮮明，又受過良好的大學教育。她鍾愛播音工作，雖然她能從事播音實踐的時間算起來並不是很長，但在短短幾年內就內外稱好，名滿天下。她十分幸運，遇到了善於慧眼識英才的主考官馮簡先生。正是馮先生把她從紛紛攘攘的人群中選拔出來，使她成為兩、三千考生中拔得頭籌的頂尖的播音新秀。她又十分不幸，在工作中遇到了作風嚴謹、治臺極嚴卻滿腦子輕視女性的吳道一先生。吳先生欣賞她的工作，卻汲汲於她叛逆不羈的個性，尤其不能見容於她以處子之身同有婦之夫談情說愛，就把她調到條件更加艱苦的貴陽。環境艱險，天涯孤旅，性格倔強的劉俊英深情渴望愛情卻飽受詬病。本來就羸弱不堪的身體，痼疾未除。精神和疾病的雙重打擊，更使她身心俱疲，黯然神傷。命運多舛的弱女子，最終只好無助地去了貴陽！

劉俊英到了貴陽，「范劉之戀」仍有餘絮。劉俊英認為「愛」是自己的權利，與范本中相愛並沒有什麼錯。到貴陽後，感情上仍舊與范本中藕斷絲連，

〔註 18〕關於「范劉之戀」，資料及引文主要來自：汪學起、是翰生撰寫的《第四戰線——國民黨中央廣播電臺掇實》第 28～29 頁以及吳祥祜手稿《吳祥祜 1955 年寫的自傳》。

私下裏還商量計劃著，要尋機到香港去結婚。只是機會一直不來！據吳祥祜的回憶——

> 范本中在南京撤退前後與劉俊英談戀愛，到漢口後決定到香港結婚，為他的妻子所阻未能成功。後來她的妻子央求吳道一等人硬將劉俊英調去貴州。從此范本中在管理處威信掃地，再象以前那樣做也沒有人聽他的了。〔註19〕

范本中雖受重用卻口碑欠佳，從此辭職不幹，專做無線電生意。劉俊英孑身一人，遠在貴陽。兩人久不相見，熾熱的感情也就慢慢地冷淡了下來。最終，劉俊英對范本中正式斷絕來往，並且發誓此生不再戀愛結婚！

〔註19〕引自吳祥祜手稿《吳祥祜1955年寫的自傳》。

第八章　昆明來去

在抗戰時期，昆明廣播電臺主要是面向東南亞進行輿論宣傳，其重要性僅次於重慶的中央廣播電臺和國際臺。它的發射功率比重慶的中央臺和國際臺都大。它的主要設備來自廣州和香港，建設過程也比貴州臺和重慶的國際臺要複雜一些，開播也比較晚——

> 民國二十四年，李濟深將軍主持廣東省政時，曾囑建設廳於二月十八日，向美商西方電器公司，用十年分期付款方式簽訂合同，購買強力中波廣播電臺一座，並在廣州市東郊石牌地方興建規模宏偉的機房。未及一年，粵省府改組，繼任者無意續辦，除付過美商5800 磅英金，裝就一小部分機器於石牌外，該案懸而未決。〔註1〕

這部中波發射機功率很大，那時還放在香港。國民黨中央廣播事業管理處就與西方電器公司協商，分四期付清餘款，把這些設備都買下，取海路經越南海防轉運到西南大後方去，建設一座大功率的廣播電臺。昆明地處雲貴高原，靠近西南邊境，由於地勢高，對緬甸、越南、泰國、印度及南洋各地廣播效力比較好。於是，當局決定把這座大功率的廣播電臺設在昆明——

> 1940 年初，機房辦公室的建築基本上完成後，由香港運入的機件全部運到，開始安裝，工程師俞日尹、工務員劉迪二人共同合作，製成一部一千瓦的短波廣播機，此時亦裝置完備，與 50 千瓦的中波機聯播，補助中波機有時產生的缺點。〔註2〕

〔註 1〕吳道一《中廣四十年》，引自趙玉明、艾紅紅主編《中國抗戰廣播史料選編》79～88 頁，中國廣播影視出版社，2017.05。

〔註 2〕張迪青《解放前雲南的廣播事業》載《雲南文史資料選輯》第 7 輯第 275 頁，政協雲南文史資料研委會編，1965 年 3 月。

昆明廣播電臺的中波廣播和短波廣播合起來不止 50 千瓦，是抗戰時期發射功率最大的中國廣播電臺。國民黨高層對昆明電臺的建設十分重視，1939 年 3 月，國民黨中央廣播事業管理處（簡稱「中廣處」）處長吳保豐和總工程師劉振清親自到昆明勘察籌建。又增撥資金，趕在日軍侵入越南，封鎖滇緬公路之前，將主要機件迅速運到昆明。劉振清親自督陣，全體人員夜以繼日，至 1940 年 4 月底將全部設備安裝、調試完畢。5 月中旬開始試播，到內地及境外的印度、緬甸、越南、泰國各個監測點收聽，效果令人滿意。

圖 8-1　昆明廣播電臺舊址（圖片來源：《雲南省志．廣播電視志》）。

大功率的電臺建好了，可是在昆明當地找不到熟悉廣播業務的編播人才。

昆明是大西南人文薈萃的名城，雲南省的政治、經濟、文化中心，但無線電廣播的基礎卻很薄弱。據張迪青回憶：昆明早在 1924 年就有無線電臺，但那時的無線電技術與廣播業務都壟斷在總工程師的手裏。總工程師是法國人，電臺工作一直不准中國人予聞。1931 年，雲南電信局換了局長，改聘中國人趙沈完擔任總工程師，重新建了一座雲南廣播電臺。這座電臺只有 250 瓦，最初因為好奇，不少人自動參與廣播，過些時候新鮮感沒有了，又沒有經費，僅靠電信局的節餘開支。所謂職員也只有兩個工務員、一個報告員，而且都是由

電信局的職員兼任的。做過廣播工作的人少之又少，熟悉編播業務的人寥若晨星，屈指可數。〔註3〕

「中廣處」任命何柏身為昆明電臺的事務科長。帶隊前往昆明培訓隊伍，何柏身就來動員吳祥祜——

> 1940年6月底的一天，何柏身來同我說：上級要昆明臺在八月一號播音，那裏沒有傳音的人，管理處派我、劉俊英、竇瑞蔭、竇瑞蘭去昆明，八月一號先播起音來，在昆明訓練一批人後再回來，時間大約三個月。問我有沒有意見。〔註4〕

吳祥祜是個愛好遊玩的人，戰時在重慶天天挨轟炸、跑警報，生活十分憋悶，她當然願意換到另一個地方去工作，更何況調動一下又可以升職加薪呢。所以一聽說去昆明她就很高興！

經過一番緊鑼密鼓的張羅，七月初，吳祥祜就跟隨著何柏身以及竇瑞蔭、竇瑞蘭、高義等中央電臺的編播人員前往赴任。到貴陽要停下來，重新找一輛車，還要捎上劉俊英。此時的劉俊英，孤身一人，蝸居貴陽，早已心灰意冷，落落寡歡，往日的浪漫與瀟灑已蕩然無存。借著老同事相聚帶來的一絲歡愉，她四處活動，找到了一輛車，就愉快地一同前往！

昆明是雲南軍閥龍雲的地盤，對國民黨中央派去昆明的辦事機構和人員，並不是很歡迎。據說在籌建昆明電臺之前，《中央日報》社駐昆明辦事處就被當地人搗毀了。〔註5〕，為了免生枝節，中廣處特聘雲南當地人張迪青來協助臺長劉振清建臺。張迪青是昆明的地頭蛇，黑白兩道都吃得開。他與劉振清合作還不錯，電臺建設安裝十分順利，所以電臺建成後中廣處就任命張迪青為傳音科科長，成為劉俊英、吳祥祜的頂頭上司。在前往昆明的路上，何柏身一再提醒劉、吳與其他同行的人：昆明不像重慶，人事關係很微妙。張迪青與昆明各路各派的人都很熟，得罪不起，大家在工作中一定要處理好同張迪青的關係。大家雖然點頭稱是，可心裏總不免把張迪青當作一個外行人來看。在一個外行人手下工作，心裏顯然是不爽的。

「張迪青因初到廣播電臺任職，對於節目的編排、徵集及播出，尚不熟習，

〔註3〕據張迪青《解放前雲南的廣播事業》載《雲南文史資料選輯》第7輯第269～270頁，政協雲南文史資料研委會編，1965年3月。

〔註4〕引自吳祥祜手稿《吳祥祜1955年寫的自傳》。

〔註5〕據吳祥祜手稿《吳祥祜1955年寫的自傳》。

是年六月隨劉振清到重慶中央廣播電臺參觀學習。」〔註6〕，回來後就正式就任傳音科科長。張迪青因為協助建臺有功，深得上峰信任，心裏自是得意，但對中廣處派人來掌控播音工作心有不滿，他並不怎麼把重慶來的人放在眼裏——

> 昆明廣播電臺在一九四一年八月一日正式成立，並開始正式播音，重慶中央廣播事業管理處派來劉俊英、吳祥祜、高義三人分任傳音科徵集、播送、音樂三組組長，實際掌握了傳音科的一切事務。徵集組主管播音材料的徵集及外來節目的聘請，既名之曰徵集，顧名思義，可知播講稿件，無須自己撰寫，而是由報刊雜誌選剪而來。因為是選稿而不是撰稿，工作人員就不需要有較高的水平，全組幾乎沒有一個是大學畢業生。播送組主管播音，播音員只能照稿子念，不許妄加解釋，以免曲解或發生錯誤，不利於政府的宣傳。音樂組有十幾個人，主管並不內行，全組沒有一個可以獨奏的音樂人才，搞了將近十年，沒有搞出什麼名堂來。〔註7〕

張迪青並不覺得中央電臺的人有多高的專業水平，對他們很不買帳！雙方相處雖然表面謙恭，內心卻互相藐視，矛盾爆發不過是遲早的事。令人想不到的是：激烈的衝突在開播第一天開始了。

圖 8-2　昆明電臺開播儀式（圖片來源：抗戰廣播歷史紀錄片《和平之聲》）。

〔註 6〕引自張迪青《解放前雲南的廣播事業》載《雲南文史資料選輯》第 7 輯，第 275 頁，政協雲南文史資料研委會編，1965 年 3 月。

〔註 7〕引自張迪青《解放前雲南的廣播事業》載《雲南文史資料選輯》第 7 輯，第 275～276 頁，政協雲南文史資料研委會編，1965 年 3 月。

1940年8月1日，中央廣播事業管理處處長吳保豐親自到昆明主持電臺開播儀式。雲南省不少頭面人物應邀出席，省主席龍雲、西南聯合大學常委、北京大學校長蔣夢麟在廣播中致辭，可謂盛況空前。劉俊英和吳祥祜等人按照中央電臺的做法，編定了一個節目播出表，由吳祥祜、竇瑞蔭、竇瑞蘭各管一個播音室，已經商定好的各種節目，按表分配給三個播音室，節目互相銜接，依次進行播音。準備工作做得很細緻，卻執行不了——

> 昆明的人們對廣播根本不熟悉，加上昆明的一些統治階級和有閒階級吸鴉片的人多，而張迪青所約請的演講者都是當時的什麼長的。娛樂節目都是一些票友。這些人哪裏有時間觀念？來廣播都認為是給昆明臺面子。因此八月一號那天，從一開始就沒有一個節目能按我們原來擬的節目進行。有的過了一兩個鐘頭才來。好在每個節目都是吳保豐、劉振清、張迪青親自招待，自然也只有來什麼就播什麼。後來有一個古琴節目大約遲了一兩個鐘頭才到，張迪青陪著到竇瑞蔭管的那個播音室去播。竇瑞蔭不給那彈古琴的播，那個古琴專家就生氣不播了。張迪青非常生氣，把這件事告訴吳保豐、劉振清。吳保豐、劉振清連忙賠罪，好容易那古琴專家才廣播了。播音結束，吳保豐、劉振清、張迪青喊了我們大家去。指出竇瑞蔭不對，罵了竇瑞蔭一頓。〔註8〕

竇瑞蔭當然不敢跟吳保豐處長頂牛，但卻從此與張迪青結下了梁子。處長走後，兩個人就經常為一些小事爭吵，針尖對麥芒，誰也不服誰。吳祥祜是播音組長，本來可以從中作些協調，緩衝矛盾。可是張迪青也不把她放在眼裏，根本不聽她的勸說。臺長劉振清又是個老好人，糊稀泥都不知道怎麼糊。一對冤家毫無顧忌，一次比一次吵得凶，有一次甚至互相拍桌子、掀椅子！張迪青氣極了，嚷嚷著一定要把竇瑞蔭調開，逼得中廣處只好把竇瑞蔭調回重慶。開播不到一個月，從中央電臺去的三個播音員就被逼走一個。

昆明電臺主要面向海外廣播，同時兼顧國內。它常常與重慶的中央廣播電臺、國際廣播電臺互相轉播節目。節目設置有新聞、專題、文藝、漢語方言和外語廣播四大類。內容主要是爭取國際援助和抗日救國。最初每天播音兩次，時長大約5小時。後來根據抗戰宣傳的需要，每天播音時間增加到四次，時長增加到7小時。其中每天下午六點半到夜裏十一點的廣播節目內容最豐富，有

〔註8〕引自吳祥祜手稿《吳祥祜1955年寫的自傳》。

當日新聞、簡明新聞、新聞類述、時事評論、總理遺教、科學常識、青年節目、婦女節目、演講節目等，在每檔節目之間，插播軍樂、中西音樂、歌詠、戲劇，大鼓等文藝唱片。深夜兩點半至四點主要是廣播記錄新聞，供各地報紙抄收刊用。此外在每天早上七點至八點、中午十二點至下午二點還各有一次播音，早上播出新聞、常識，中午播出新聞及各種文娛節目。昆明電臺播出的新聞不少，新聞來源完全由中央通訊社供稿，用國語、廣州話、廈門話及英、法、日、緬、越、泰等國的語言對海內外廣播。〔註 9〕

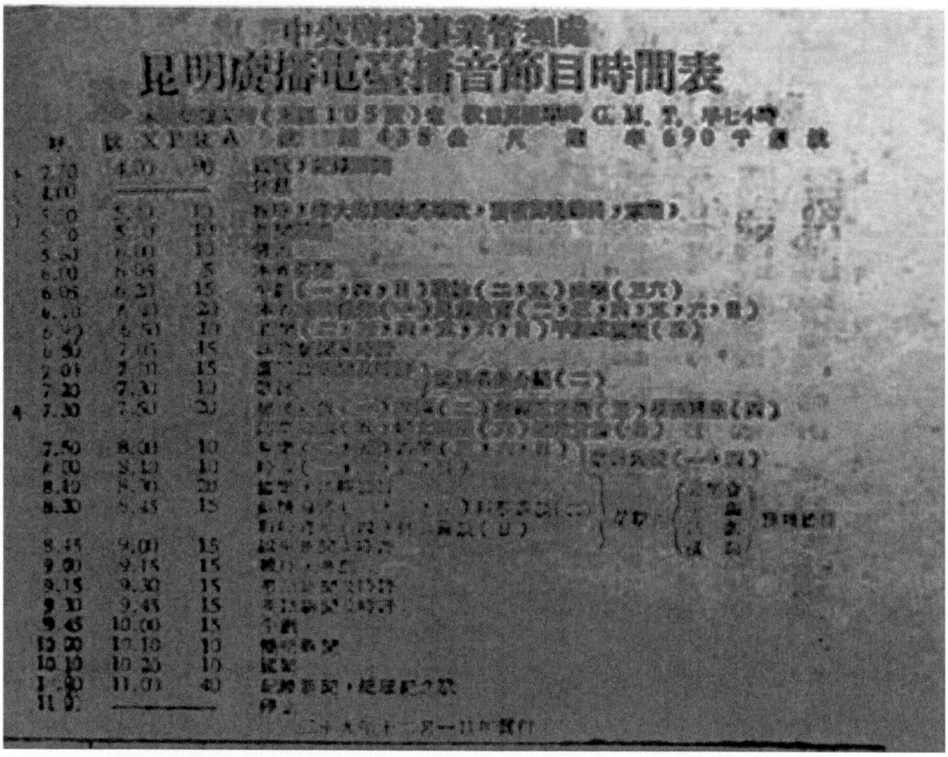

中央廣播事業管理處
昆明廣播電臺播音節目時間表

[illegible]（[illegible] 1 0 5 [illegible]）[illegible] G. M. T. [illegible]

[illegible] X P R A [illegible] 4 3 8 [illegible] 6 9 0 [illegible]

2.30	4.00	90	[illegible]
4.00			[illegible]
5.00	5.10	10	[illegible]
5.10	5.30	20	[illegible]
5.30	6.00	30	[illegible]
6.00	6.05	5	[illegible]
6.05	6.20	15	[illegible]
6.20	6.40	20	[illegible]
6.40	6.50	10	[illegible]
6.50	7.05	15	[illegible]
7.05	7.20	15	[illegible]
7.20	7.30	10	[illegible]
7.30	7.50	20	[illegible]
7.50	8.00	10	[illegible]
8.00	8.10	10	[illegible]
8.10	8.30	20	[illegible]
8.30	8.45	15	[illegible]
8.45	9.00	15	[illegible]
9.00	9.15	15	[illegible]
9.15	9.30	15	[illegible]
9.30	9.45	15	[illegible]
9.45	10.00	15	[illegible]
10.00	10.10	10	[illegible]
10.10	10.20	10	[illegible]
10.20	11.00	40	[illegible]
11.00			[illegible]

圖 8-3　昆明電臺節目時間表（圖片來源：戴美政《抗戰救亡的時代強音（上）載《中國廣播》2015 年第 11 期第 82 頁）。

昆明雖然缺乏電臺編播人才，卻是名人薈萃、學者雲集之地。抗戰時期有不少大學從內地遷來，如著名的北大、清華、南開、同濟等。一大批知識界的精英隨著這些大學相聚昆明，他們都懷有強烈的愛國精神，熱心抗日救國宣傳。由北大、清華、南開組成的西南聯大，更是以其不可替代的思想、學術、人才的優勢，給昆明廣播電臺以大力支持。昆明廣播電臺充分利用這一優勢，

〔註 9〕據張迪青《解放前雲南的廣播事業》載《雲南文史資料選輯》第 7 輯，第 277～278 頁，政協雲南文史資料研委會編，1965 年 3 月。

邀請各大學的老師、同學為各類專題節目策劃、撰稿、演說。又利用名人集中的機會，開辦《學術講座》《名人演講》，一大批著名學人如蔣夢麟、梅貽琦、湯用彤、聞一多、賀麟、錢端升、陳岱孫、潘光旦、馮友蘭、曾昭掄、費孝通等等，也都曾經應邀到播音室作過廣播演講。他們演講往往以抗日救亡為主題，充滿了激昂的愛國精神。學術水平高，內容豐富，思想深刻，對抗日軍民增強勇氣、樹立必勝信心鼓舞很大，既受聽眾的歡迎，又得到當局的贊許。節目開辦不久，1940 年 9 月 12 日，中廣處就下令昆明電臺將每週《名人演講》和《學術講座》的講稿寄到重慶，供《廣播週報》刊登，同時也提供給全國各地廣播電臺選播。〔註 10〕，這兩個節目成為昆明電臺最有特色、在全國具有重要影響的節目——

> 為保證此類節目長期正常播出。經雲南省教育廳長龔自知推薦，昆明廣播電臺 1941 年 4 月正式聘請西南聯大教授蔡維藩擔任電臺特約專員，負責專題節目各類稿件的編撰審核等事宜。蔡維藩是美國伊利諾斯大學碩士、西洋史專家，時任聯大歷史學系教授、聯大師範學院史地學系主任。1941 年 5 月 1 日，蔡維藩到該臺就職，一直兼職到抗戰勝利後。蔡維藩到職後，即組織了一個幾乎全由聯大教授組成的時論委員會，負責時論、學術講座等節目的選題確定、作者聯繫等事宜。〔註 11〕

關於聘請蔡維藩教授擔任電臺特約專員，據說與一次直播痛罵美國的廣播演講有關。據吳祥祜的回憶：國民黨對廣播電臺的宣傳內容控制很嚴，廣播裏什麼能講什麼不能講，都有著嚴格的規定。比如國民黨的壞話是不能講的，美國也是不能罵的！而昆明電臺主管節目內容的傳音科長張迪青對廣播宣傳並不在行，心中無數。他負責聘請演講嘉賓。對請哪位嘉賓、講什麼內容，事先全無計劃，想到誰就請誰。

大約在 1941 年初，張迪青從西南聯大請來了一位姓何的教授作廣播演講。當時是直播，何教授講著講著，就突然大罵起美國來。情緒十分激動，罵得痛快淋漓，值班的人聽著也很高興，但這卻是國民黨的宣傳紀律所不允許的。吳祥祜是播音股股長，管播音室的，立刻叫停吧，既有傷何教授的自尊心，又違

〔註 10〕據戴美政《抗戰救亡的時代強音（下）》見《中國廣播》2015 年第 12 期第 85 頁。

〔註 11〕引自戴美政《抗戰救亡的時代強音（下）》見《中國廣播》2015 年第 12 期第 85 頁。

反自己個人的本意，不停又違反紀律。兩難之際，吳祥祜就讓增音室的技術員關上輸出開關，何教授罵得解氣，播音室和增音室的人聽得痛快，但卻沒有播出去。這樣，既不得罪何教授，又不違反宣傳紀律。對此，吳祥祜自然是十分得意的。她把這個經過告訴了張迪青，一下子把張迪青嚇得不輕。因為演講人是他請的，他又是傳音科長，要是上峰怪罪下來，他還真不知道怎麼交代。後來有人告訴他，以後演講節目要做規劃，要審查演講稿。張迪青哪裏懂做規劃？更不會審稿了。只好聘請兼職顧問替他做。〔註 12〕，他請雲南省教育廳廳長龔自知幫助找信得過的人，不久，龔廳長向他推薦了蔡維藩教授——

> 蔡維藩動員了一批教授共同組成時論委員會。在時論委員會中，有特約著名教授六、七人，每週開會一次，交換意見，提供資料；最後，每人各選一題，精心撰寫時論稿（即時事評論之簡稱）。每晚播出一篇。每星期日晚間，播出由聯大外文系王佐良先生撰寫的英文時論一篇，還要播出一篇一周時事述評。〔註 13〕

蔡教授這個「時論委員會」為昆明臺的節目規劃作了大量工作，據說後來傳音科長雖然換了人，這個「時論委員會」仍一直堅持工作，直到抗戰勝利，為昆明電臺和抗戰宣傳作出了很大的貢獻。

圖 8-4　昆明電臺大發音室（圖片來源：戴美政《抗戰救亡的時代強音（上）》載《中國廣播》2015 年第 11 期第 82 頁）。

〔註 12〕據吳祥祜手稿《吳祥祜 1955 年寫的自傳》。

〔註 13〕引自陳斯正《抗日和解放戰爭中的昆明廣播電臺》載《昆明文史資料選輯》第 11 輯第 33 頁，政協雲南省昆明市委員會文史資料研究委員會，1988.08。

本來，吳祥祜和何柏身等人去昆明，任務就邊工作邊招考培訓編播人員的。待新招來的人員熟悉業務，能獨立上崗了就回重慶。當時遷到昆明的大學比較多，各大學對電臺招錄廣播工作人員都很支持。比如在電臺的籌備建設階段，要招聘四名工程技術人員，各大學的學生報名踊躍，最後入選的是西南聯大的四名畢業生。1940 年 5 月試播後，西南聯大又有一批畢業生陸續參加電臺工作。7 月，何柏身率劉俊英、吳祥祜等人剛一到昆明，就登報公開招錄播音員、徵集員。電臺正式播音後，又在 9 月登一次招聘廣告。經過嚴格的口試和筆試，兩次計劃錄取播音員、徵集員 19 人。不過最終只有 11 人來報到。〔註 14〕，其中招得西南聯大政治系的高葆光負責英語編輯，使昆明臺的英語節目得以在 1940 年的 10 月 1 日準時開播。以後又陸續開辦法語、日語等外語廣播。可是對東南亞的越語廣播，合格的越南語播音員不好找——

> 最初物色得廣東藉華僑張靜宜女士擔任越語播音員，越語節目《越南語報告》得以在 1940 年 10 月 1 日開播。但張靜宜難以勝任。當年 11 月，越語節目暫停播出。隨後，播音組負責人吳祥祜推薦熟悉越語的考進昆明電臺當機務學徒的何廷慶試播，大家均滿意。越語節目於 1940 年 12 月 1 日恢復播音，直至抗戰勝利。〔註 15〕

劉俊英和吳祥祜招到了一些人，不過這些人都是學生。雖然也有一些社會人士來報名，但一說到待遇，又都嫌太低、不肯幹。由於學生要兼顧學業，幹不久就請假或辭職。他們一走，崗位又出現空缺，只得另起爐灶，重新再招。招不到人，從重慶去的人就沒完成任務，走不了——

> 原來打算只去昆明幾個月的。開播後就招考播音員和傳音科其他人員。昆明的情況和重慶不同，招考來的人員一聽待遇都嫌低不肯幹。徵集方面還有張迪青介紹的和招考的一、二個人做，播音方面幾乎沒有一人肯幹。只得錄用兼職的（即不算正式工作人員，每日播音時來二、三小時）來維持值班。兼職的因為是兼職，不算正式職員，愛幹就幹，不愛幹就不幹，都不能呆長。一走又沒人了。〔註 16〕

〔註 14〕戴美政《抗戰救亡的時代強音（下）》載《中國廣播》2015 年第 12 期第 83 頁。

〔註 15〕戴美政《抗戰中的昆明廣播電臺及其重要地位與影響》載《雲南人民廣播電臺優秀論文選》第 178 頁，覃信剛主編，雲南民族出版社，2010 年 2 月。

〔註 16〕引自吳祥祜手稿《吳祥祜 1955 年寫的自傳》。

如此一來，便有一批又一批的聯大畢業生或在校生經過考核，相繼進入昆明電臺擔任編輯、播音和其他工作，但都幹得不久。有研究者查閱人事檔案統計資料：自 1940 年至 1945 年，經中廣處批准在傳音科任專職和兼職的人員就有 186 人次之多，臨時約請的演講人員還不算在內。兼職的播音員、徵集員的流動之頻繁，由此可見一斑。〔註 17〕

129
姓名
學歷
經歷
通訊處
備註
年齡
籍貫
福建長樂

圖 8-5　昆明電臺招考徵集員報名單（圖片來源：戴美政《抗戰救亡的時代強音——昆明電臺與西南聯大對抗戰廣播的重大貢獻（下）》，載中國廣播 2015 年第 12 期）。

由於人員流動性大，劉俊英和吳祥祜不得不一次次地考試、培訓、推薦、換人，這幾乎成了劉俊英和吳祥祜常態工作。1942 年，吳祥祜的一位老熟人也來報名應聘做兼職播音員。他叫陳忠經，在西南聯大讀書，是吳祥祜在北平師大附中低一屆的同學。在師大附中時，兩人都是活躍分子、著名學生，所以互相認識。陳忠經早戀，對象是吳祥祜的親戚劉緗。陳、劉後來雖然分手了，

〔註 17〕據戴美政《抗戰救亡的時代強音（下）》載《中國廣播》2015 年第 12 期第 83 頁。

但給吳祥祜留下的印象特別深刻。1933 年，吳祥祜畢業後考入中央電臺，陳忠經次年畢業，考進北京大學，此後就鮮有來往。陳忠經對吳祥祜說：他因為要參加抗戰，當初就沒有隨北大來昆明。現在在陝西胡宗南部下負責管理封鎖線的工作，很得胡長官賞識。胡宗南要送他去美國哥倫比亞大學留學，所以到西南聯大來復學，考取大學畢業文憑以便出國。他剛來，想找一個兼職工作，希望吳祥祜幫忙。

既然是前後同學、好朋友，吳祥祜哪有不幫的道理呢！更何況昆明電臺一直缺播音員，吳祥祜是負責招考播音員的，陳忠經從小在北平讀書，語音正，又是大學生。就這樣，陳忠經就進入昆明電臺當起了兼職的播音員。

圖 8-6　吳祥祜記錄陳忠經來做兼職播音員的手稿。

從吳祥祜 1955 年撰寫的自傳中可以看出，吳祥祜不僅那時對陳忠經不瞭解，而且到後來 1955 年的時候也不瞭解。陳忠經考上北京大學經濟系以後，曾連任兩屆學生會主席，參加過領導「一二・九」運動。七七事變後隨北大南遷，到長沙併入「長沙臨時大學」，也就是昆明西南聯大的前身。他在長沙加入中共，按黨組織的指示參加胡宗南部隊的「湖南青年戰地服務團」。後來得胡宗南重用，升任三青團陝西省支團書記、國民黨陝西省黨部執行委員，與申健、熊向暉組成中共地下情報網，在胡宗南眼皮底下為延安中共中央收集情報，有過許多出生入死、驚心動魄的曲折經歷。胡宗南為了進一步培養自己的勢力，為以後做蔣介石的接班人建立班子，決定派陳忠經、熊向暉、申健三人去美國深造。三人將此事向黨中央報告，得到了批准。陳忠經到昆明西南聯大復學就是為去美國留學作準備的。他跟吳祥祜沒有說假話。〔註 18〕只是當時的吳祥祜並不知道陳忠經是中共情報人員。她在 1955 年撰寫的自傳中寫道——

> 大約他在昆明臺不知聽誰說，知道我有離去之意。有一天他和我說，你就願意一直幹這個工作嗎？我說當然不願意。陳忠經說，到西安去好嗎？我說到西安幹什麼？陳忠經說去做婦女部長。我起初一直以為他是隨便談談，這時才知道他是在認真講話，我想他幹陝北封鎖線工作的，婦女部長一定是幹害人的事，早聽說胡宗南是亂殺人的，我不想去幹什麼婦女部長，我未置可否，也沒有再和他談下去，大約陳忠經以為我不願意去，就去另找了別人，後來聽章琴（西南聯大同學，也是在昆明臺兼播音員的）說，陳忠經找了李佩（西南聯大畢業生）去西安。〔註 19〕

這裡提到的李佩，當過西南聯大學生會副主席。我們不知道她是否真的去了西安，但據李佩的弟弟李佩璋說：「在黨的高層領導中，陳忠經是李佩的老同學，李佩通過他認識了胡宗南。」李佩在 1947 年 2 月赴美國留學，次年與青年科學家郭永懷結婚，1956 年一起回國。郭永懷曾為「兩彈一星」作出過重要貢獻，1968 年因空難離世，1999 年，被國家追授「兩彈一星功勳獎章」。李佩長期從事外語教育工作，享受副部級住院醫療待遇，2017 年去世前，中共中央組織部常務副部長陳希、中國科學院院長白春禮等領導多次到醫院看望，這說明：李佩是一位對革命有過特殊貢獻的人物。〔註 20〕

陳忠經與申健、熊向暉長期潛伏在胡宗南部的核心部門，互相配合，在解放戰爭中提供大量情報，為保衛延安、保衛黨中央的安全作出了卓越的貢獻。解放後被周恩來稱讚為中共情報工作的「後三傑」。陳忠經於 1947 年去美國，1949 年回國。回國後一直在外事部門擔任領導，文革後任中央調查部副部長。直到 2014 年 7 月 13 日去世。〔註 21〕

陳忠經在西南聯大讀書時當兼職播音員，知道這件事的人並不多。不過昆明廣播電臺的檔案裏有記錄。對此，研究昆明廣播電臺的戴美政先生在《抗戰救亡的時代強音》一文中有如下的描述——

〔註 18〕據陳琳《陳忠經的紅色情報傳奇》載《光明日報》2014 年 8 月 29 日第 5 版。

〔註 19〕引自吳祥祜手稿《吳祥祜 1955 年寫的自傳》。

〔註 20〕關於李佩的事蹟，詳見王丹紅撰寫的文章《為什麼不講李佩一生中最重要的工作》，見互聯網《財新網．知識分子博客》2017 年 09 月 25 日。

〔註 21〕據陳琳《陳忠經的紅色情報傳奇》載《光明日報》2014 年 8 月 29 日，第 5 版。

1942 年 1 月，西南聯大經濟系學生陳忠經面試合格進入該臺擔任國語播音。陳忠經，江蘇儀徵人，1916 年生，1934 年考入北京大學經濟系就讀，1938 年，陳忠經隨北大遷到長沙臨時大學時，辦理休學一年，進入湖南戰地服務團服務。後即到陝西鳳翔，得胡宗南賞識，任三青團西安市分團書記。此間加入中共，成為潛伏胡宗南身邊的中共特工之一。1941 年陳忠經回到西南聯大復學。1942 年 4 月 21 日，昆明廣播電臺呈報中廣處正式任用陳忠經為播音員，稱陳學識優良，工作勤謹，頗屬稱職。4 月 29 日，中廣處批准正式任用他為播音員。1942 年 7 月，陳忠經從聯大經濟系畢業，即辭去電臺職務。以後，陳忠經仍潛伏在胡宗南身邊。他與熊向暉、申健被稱為中共隱蔽戰線後三傑。1947 年，三人均被胡宗南送往美國深造，陳忠經進入哥倫比亞大學研究院。1949 年 6 月回國。曾任對外文化聯絡局代局長，對外文委副主任、秘書長，現代國際關係研究所所長，中共中央調查部副部長，第五、六屆全國政協委員等職。在昆明廣播電臺為抗戰播音，卻是鮮為人知的一段特殊經歷。〔註 22〕

作為一名傑出的紅色特工，陳忠經的傳奇故事自然是很多的，但他與元始播音員曾經一起同學、一起共事，當過時髦的電臺播音員，知道的人怕是不多的。我們在講播音員的故事時順便說來，或許能為中國廣播史添上一段趣聞佳話。

招不到人，訓練又無從談起，劉俊英、吳祥祜的任務一直沒有完成。臺內人員不多，矛盾倒是不少。竇瑞蔭被張迪青逼走之後，他的妹妹竇瑞蘭也鬧起情緒：她要回重慶！正式的播音員本來就少，又招不到人，昆明電臺攔住不讓走。可是不久，她的父親病危，她要請假回家探望，回到重慶她就再也不來昆明了。這樣播音的人就更少了。

過了三個月，何柏身也不想在昆明幹了。他雖然當了科長，但總感到同昆明的人不好相處，工作不好做，時常想離去。因為找不到能代替他的人，他也走不了。他一再以三個月為由要離去，臺長劉振清就是不答應。何柏身是個有肺病的人、時常咯血。後來他的肺病發作，休息了好幾個月，劉振清才不得不同意讓他辭職！

〔註 22〕引自戴美政《抗戰救亡的時代強音（下）》載《中國廣播》2015 年第 12 期第 85～86 頁。

劉俊英因為眼疾嚴重沒有再上播音臺。調到昆明臺後，就在傳音科長張迪青之下，當了徵集股股長。她一向自視甚高，認為張迪青就是那種粗鄙魯莽、不學無術的人，根本就看不起他！可是張迪青偏偏好擺科長架子，對業務只是一知半解卻喜歡指手畫腳，常常飛揚跋扈地說這個不對，罵那個不行！劉俊英哪裏忍得住？她絲毫不顧頂頭上司的面子，時而冷言冷語，調侃、揶揄，時而當眾頂撞、直指其謬，有時竟使「科長大人」下不了臺！兩人時常發生齟齬，甚至為一些小事爭吵不已，互不買帳。劉俊英是個病人，積怨在胸、病情越來越重。在昆明，眼病更是頻頻發作，以致影響正常工作。張迪青就以此為由，逼迫劉振清將她調開。劉振清無奈，只好把劉俊英安排到臺長室去管人事。

重慶中央電臺派去的編播人員，最後就只剩下一個吳祥祜還在傳音科。吳祥祜個性單純率真，她本來只是想到昆明呆幾個月，換個地方散散心；至於工作，主要就是招考和培訓播音員，並沒有作長期打算。可是招不來正式的編播人員，培訓也無從談起。而每天的播音都不能停，人不夠就只好自己頂上。這樣一來，吳祥祜想走也走不了。她當然不願意落個竇瑞蔭、劉俊英被排擠出局的下場。只好小心翼翼地與張迪青搞好關係。工作上儘量避免衝突。張迪青雖然業務不熟，但播音組的工作，吳祥祜樣樣都向他請示。他的意見不對，就等沒有人時再說，避免使他難堪。他好顯擺請客，常叫吳祥祜陪他出去應酬，吳祥祜雖然極不願意，但也強忍著去陪他，必要時還不忘吹捧他一下，總之是給足他面子。這樣才免強取得張迪青的諒解！

吳祥祜一直以為自己會協調處理各種矛盾，是面面圓的。尤其是能敷衍臺長、科長，自我感覺良好，不知不覺也脾氣見漲了，有時竟像張迪青那樣罵起人來。對熟悉的同事還不敢怎麼樣，對待雜勤人員就不客氣了。以致周圍的人也嘖有煩言，連好朋友劉俊英也私下抱怨。吳祥祜知道後極為難過。思想是經常處在矛盾之中：有時感到整天敷衍張迪青這個地痞流氓很無聊，每天還為播音的事操心。有時感到無趣。有時又覺得在昆明的收入不如重慶，每月除了吃飯之外就沒有什麼剩餘。反而讓一個責任把自己捆起來，還惹得大家很多意見。於是萌生去意，暗地裏尋找機會，離開昆明。

劉俊英與吳祥祜是一起考進中央電臺，彼此熟悉，情同手足，關係一直很好，如今劉俊英對吳祥祜也看不慣了。這使得吳祥祜很是傷心。她不由得收斂自己的脾氣，改變了對部下和雜勤人員的態度，再也不責罵呵斥人了，與周圍同事的關係有了好轉，與劉俊英的關係也慢慢得到改善，以致復好如初。儘管如此，吳祥祜已深感到昆明決非久留之地，她在晚年的回憶中說——

> 當時說明去昆明培訓一批播音員即回重慶，我們到後八月一日就開始播音了，但是昆明情況特殊，管理處的工資低，沒有人願意在昆明臺固定工作，只肯玩票，愛來就來，不愛來就走。幾個月過去沒有一個人願意在昆明臺做播音員。三個月很快就過去，一個固定的播音員也未招得，我們只得留下維持播音。後來去的播音員逐漸請求調回，我是播音組長，無奈只得暫留。在昆明一留三年多。實在無法，我也求調回。〔註23〕

吳祥祜去意已決，但是此時的中央電臺、中廣處都已發生了很大的變化。重返重慶中央電臺也頗費周折，在工作與生活上也都面臨著不少新的問題！

〔註23〕引自吳祥祜手稿《吳祥祜1996年給家人寫的自述》。

第九章　報告勝利的消息

1943 年，張迪青在工作上對吳祥祜已多有依賴，堅決不讓她走。吳祥祜不動聲色，她悄悄給中央電臺傳音科科長何柏身寫了一封信，提出調回的要求。當年就是何柏身動員吳祥祜去昆明的，他沒有理由不幫這個忙。可此時各地方電臺對中央電臺直接調人意見很大，中央廣播事業管理處剛剛承諾不再從地方臺直接調人，這使得何柏身很是為難。但吳祥祜去意已決，哪怕是不能再回中央電臺，也要回重慶。於是她通過從日本留學回來的堂姐吳慈祥找了一份工作，1943 年秋天，吳祥祜給張迪青撒謊說家裏有事請個假，一溜煙跑回了重慶。

堂姐在醫院找到了一份挺不錯的工作，可吳祥祜未能按時趕到，早已有人捷足先登。她只好再找何柏身幫忙說項，重回中央電臺。吳祥祜被外放，身陷昆明三年多，吳道一大概也覺得有點虧待了她。所以當初何柏身反映吳祥祜要求調回時就表示：不能直接從昆明調人，但如果她自己能回來也可以考慮安排。現在人真的回來了，也就不能不管。就這樣，吳祥祜重新回到中央電臺。

經歷幾年戰火的洗禮，此時的中央電臺已今非昔比：以前，中央廣播事業管理處與中央電臺是一家。從南京撤退到重慶之後，增加了國際臺，中廣處與中央臺就分開了。1940 年 12 月，「費時兩年又半的上清寺廣播大廈全部竣工，管理處在渝各單位相繼遷入。」〔註 1〕雖然仍是戰時，但辦公環境和生活條件都好了許多。機構擴大了，房子寬敞了，人員也新增了不少，提拔了許多科長、

〔註 1〕吳道一《中廣四十年》，引自趙玉明、艾紅紅主編《中國抗戰廣播史料選編》90 頁，中國廣播影視出版社，2017.05。

股長。吳祥祜的老同事陳沅、何柏身、胡烈貞、劉若溪等等都已經得到提拔重用。傳音科新來了不少年輕有為的大學畢業生。如後來成為名記者的陸鏗、戲劇家蔡驤等，當時也都得到了提拔，已升職為總幹事了。吳祥祜長年在外，工作任勞任怨，一直沒有獲得提升。於是，吳道一決定安排吳祥祜擔任中央電臺播音股股長，把有「重慶之鶯」美譽的原播音股的股長劉若溪調去當國際臺播音股股長。劉若溪也是吳祥祜多年的老同事，這樣調動劉是極不滿意的，於是劉、吳兩人鬧起了矛盾。劉若熙鬧得凶，到最後竟跑到處長室鳴冤叫屈，又哭又鬧，惹得吳道一勃然大怒，把她狠狠地克了一頓。劉若溪無可奈何，只好乖乖地去了國際臺。〔註2〕

劉若熙鬧得凶時，吳祥祜也就沒有辦法履職，只好到監測臺協助老同事竇寶蘭做監測工作，風波平息後才走馬上任。吳祥祜是著名播音員，資格老。但許多新來的人對她不熟悉，她就主動聯絡大家。安排工作、分配任務時，多聽新老同事的意見，努力端平一碗水。當時劉若熙的丈夫張寶箴也在播音股，是吳祥祜的屬下。他是唱大鼓的，沒有什麼文化，倒有幾分流氓習氣。可吳祥祜對他也是以禮相待，工作上從不為難他。對股內其他同事、尤其是入職不久的年輕人，吳祥祜還從生活上關懷他們。這樣慢慢就贏得了大家的尊重。大家都主動地工作，心情很愉快。吳祥祜在回憶這段時期的工作時寫道——

> 播音股的幾個同事都是進中央臺沒有多久的，能力比我強，年紀比我輕，我也尊重他們、關心他們，他們都對我很好。這樣工作方面可以沒有什麼問題。那時沒有宿舍分配給我們，我們在外面住，離得遠，照顧不了工作。我是播音股股長，晚上有時有工作，我就請一些新科長們在吳道一面前給我講話：在廣播大廈後面的小塊空地上搭了兩間簡易房子。由於我們住的近了，同事們每天晚上都到我家玩，或吃喝聊天。這樣大家對我都沒有意見，播音股的工作大家也自然都主動地做了。〔註3〕

對中央電臺的播音，吳道一有個不成文的規定，那就是重要新聞、評論節目必須由男聲來播！可是當時播音員女的多，男的少，男聲不夠用。於是就通過公開招考，錄取了三名男播音員。這時的吳祥祜，已經是在中央電臺老資格的國語播音員，很少有人能夠跟她比資歷。十多年來，她有成功的經驗，有失

〔註2〕據吳祥祜手稿《吳祥祜1955年寫的自傳》。
〔註3〕引自吳祥祜手稿《吳祥祜1955年寫的自傳》。

敗的教訓，她在昆明電臺當播音股股長，又不停地招聘和訓練新人，經驗可謂豐富。於是培訓帶班的任務很自然就交給了她。更何況她是播音股長，新招來的人也歸她領導。培養新人，這也是吳祥祜的職責所在。

靳邁在重慶被招進中央電臺，是跟隨吳祥祜學習播音的年輕人之一；解放後到天津工作，後來與吳祥祜取得了聯繫。他曾寫信詢問老師教過哪些徒弟，吳祥祜回信告訴他——

> 在我擔任播音股股長時期，經我訓練的播音員不過兩批。一批是 1941 年春在昆明招考的，一批是在重慶招考的，僅三人：即你和吳中林、國士奇，其餘還招考過三、四批，均由股長帶班學習的。至於訓練的情況，你是親身經歷的，不用我多講。〔註 4〕

在信中，吳祥祜回顧了自己最初播音入門失敗與兒童節目播音成功的經歷，告訴靳邁：她曾根據自己的切身體會，制定了一套訓練培養播音員的簡便辦法。在昆明擔任播音股長時按這套簡便辦法培訓新人，新入職的播音員很快就掌握了播音的要領和技術。後來在重慶也採用了同樣的辦法訓練，結果三位播音員都成了一流的播音員。

吳祥祜制定的訓練培養播音員的簡便辦法是什麼？我們找不到任何文字資料。吳祥祜在信中明確地對靳邁說：「這你也記得，至於訓練的內容，你是親身經歷的。請回憶一下，你寫。可不用我在這裡傷腦筋了。」〔註 5〕，靳邁很尊重吳祥祜，在 1987 年第 11 期《人民政協報》上，我們曾查閱到他撰寫的《中國第一代播音員吳祥祜》一文，但沒有查到任何介紹訓練培養播音員簡便辦法的文字。倒是吳祥祜在回答靳邁的提問時，認真談了自己對合格播音員的幾點看法。這對瞭解她從事播音工作和培訓播音員的情況或許有些幫助。她說——

> 我認為：合格的播音員，一是要具備語音、音色、音質這些自然條件。二是對待聽眾要真誠。在播音時要用自己真正的自然聲音，即真音。切忌用假音，切忌虛情假意、拿腔拿調。像對知己朋友交談那樣自然說話更好。三是要有一定的修養。播音員要愛好廣泛，知識淵博，有各方面的實際經驗更好。最好能博覽群書，各種社會知識、科學知識都懂、都知道。要有修養、熟悉稿件內容，播音時

〔註 4〕引自吳祥祜手稿《吳祥祜文稿五篇．答靳邁》。
〔註 5〕引自吳祥祜手稿《吳祥祜文稿五篇．答靳邁》。

才能如數家珍，準確表達。如果對一篇講稿，自己對它的內容都不甚了了，照本宣科，毫無熱情，效果就不會好。四是播音要用心，專心致志。廣播是只聽見聲音而看不見表情的，所以聲音應能表現出感情。無論播講什麼，都要有給聽眾以身臨其境之感。總之要做一個稱職的、受群眾歡迎的播音員，閱歷要深，各方面的知識都要豐富、要精。光懂一些皮毛不行。否則對一篇講話就會照念也念不清，碰到一些外國人名和地名、科學名詞，更念不清楚。播不出感情，聽眾聽起來就會索然無味。〔註6〕

吳祥祜長期從事播音工作，訓練培養新人是其工作的一部分，她毫無保留地把自己的實踐經驗傳授給新播音員，效果是好的。對新取錄的三位男播音員，吳祥祜首先詳細告訴他們應該如何工作，給他們做全面的練習。讓他們在工作熟練之後才去值班廣播。並毫無保留地把自己的經驗教訓告訴他們。三位年輕人都是當時的大學畢業生，文化水平高，學習領悟快。比如吳中林，本身就具有較高的寫作水平，經過訓練後，很快就適應了播音工作。到後來能編能播，工作能力甚至比傳音科內的一些老同事還強。吳中林十分感激吳祥祜的真誠幫助。在後來的工作中給她出過不少好主意，幫過很多忙。國士奇後來被分配到國際臺，工作也很出色，是很有知名度的播音員。

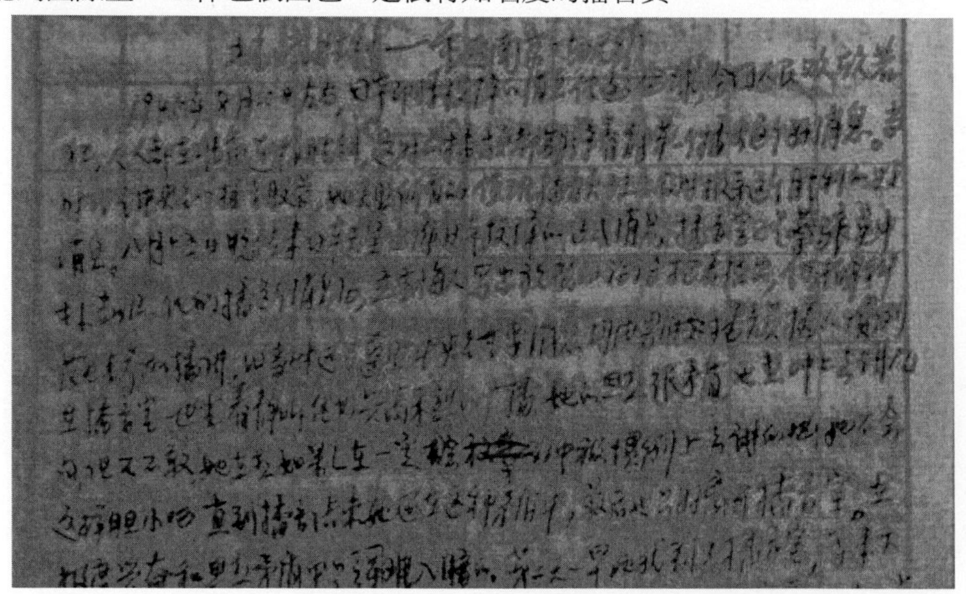

圖 9-1　吳祥祜回憶及時廣播抗戰勝利消息的筆記。

〔註 6〕引自吳祥祜手稿《吳祥祜文稿五篇・答靳邁》。

經過吳祥祜的指導訓練，靳邁進步很快，不久就成為中央電臺的骨幹播音員。「1945 年 8 月 10 日，日本政府通過中立國瑞士向中、英、美、蘇要求無條件投降。當天，國民黨中央臺播出了這一重大新聞。」〔註 7〕當時，吳祥祜是播音組長，日本投降的特大新聞，最先就是由吳祥祜安排靳邁來廣播的。在吳祥祜的記憶中，播送日本投降消息的過程充滿了快樂與興奮——

> 1945 年 8 月，日寇投降很突然，事先誰也沒想到，因此勝利的消息傳來不知道應該如何宣傳，但這個好消息又不能不廣播。傳音科徵集股的人們晚上都不在的，而且也不能按平時的手續慢慢地編寫送審什麼的。所以那天就是蔡驤、吳中林二人寫了，給陳沅看一下，或不給陳沅看，他們寫了就講，講了又寫，就這樣播了一個晚上。〔註 8〕

靳邁回憶——

> 1945 年 8 月 9 日下午五時許，我從街上回到廣播電臺；（我當時是重慶中央廣播電臺播音員），同事潘啟元說：「日本人可能無條件投降，現在正等著消息呢！」我懷著疑惑的心情走到辦公室，見到科長的臉上帶著笑容，又有幾分緊張的樣子。我心中想，看樣子小潘的話快要被證實了。不一會兒，股長吳祥祜對我說：「日本可能無條件投降，他們通過瑞士大使館傳遞消息。好消息可能很快到來，你和小潘今晚加班等著吧！」
>
> 第二天下午四點鐘，我被外面熙熙攘攘的聲音吵醒了。我睜開眼後，廣播員吳中林興奮地對我說；「快起來吧，日本無條件投降了！」我說：「真的？」便從床上跳起來，跑到辦公室。播送股股長蔡驤、傳音科科長何柏身都面帶笑容地對我說：「日本人無條件投降了！今晚還是你和小潘盯一夜吧！」當晚，我倆就把這條消息播了出去。消息內容很簡單，大意是：日本政府通過瑞士向我國及盟軍宣告無條件投降。當時報紙還未及印刷，我們搶先一步，將這驚天動地的消息播了出去。
>
> 當夜從日本俘虜營——「大同書院」找來一個日本俘虜，讓他用日語廣播這條新聞。當我們把廣播稿發給他時，他邊看，手邊顫

〔註 7〕趙玉明《中國廣播電視通史》82 頁，中國廣播影視出版社 2014 年 9 月。
〔註 8〕引自吳祥祜手稿《吳祥祜 1955 年寫的自傳》。

抖，淚如雨下，泣不成聲。我們讓他喝一杯水，並通過翻譯告訴他：「不要哭！回頭廣播的時候更不准哭。」凌晨一、二點時，我們讓他坐在另一間廣播室裏廣播。我們這屋裏控制著開關，兩屋中間有大玻璃。他講了兩句聲音有點顫抖，我在這屋裏用紅燈信號警告他，他才把這條消息播了出去。〔註9〕

當晚，聚集在新運服務所前面聽廣播的人群，聽到英語播講忽然中斷，廣播員以中央廣播事業管理處的銜名起頭誦讀了合眾社、中央社的新聞電，廣播了這條振奮人心的消息，接著說：中國苦戰八年，終於贏得勝利！勝利的喜訊迅速傳遍了陪都的大街小巷，很快傳到全國各地，到處一片歡騰。在重慶——

人們紛紛湧向繁華的都郵街頭，集聚在精神堡壘（今解放碑）周圍，一時，萬人空巷，萬頭攢動，都郵街被激動的人群擠得水泄不通。人們自發地組織起來，手裏高舉著火炬，燈籠，川流不息地從精神堡壘遊行到小什字，又從小什字到上清寺，來回歡呼，欣喜若狂。鑼鼓聲，鞭炮聲，歡呼聲，一浪高過一浪，震耳欲聾，興奮至極。歷經八年的抗戰艱辛，人們終於盼來了勝利的這一天，山城頓時沉浸在了歡慶勝利的喜悅之中。對這晚的陪都盛況，合眾社記者在報導中這樣寫道：「重慶在狂歡慶賀中的鞭炮聲達到極點。」〔註10〕

可是，8 月 11 日上午，中、美、英、蘇四國回絕了日本乞降的請求！原因是日本在乞降的同時，又要求在投降條件裏「不包含任何要求有損天皇陛下為至高統治者之皇權」，這理所當然遭到拒絕，但很快，窮途末路的日本帝國主義不得不再次乞降——

8 月 14 日，日本政府再次乞降，表示不附帶條件接受《波茨坦公告》。同日，中、美、英、蘇四國政府接受日本政府投降。1945 年 8 月 15 日 7 時（重慶時間，華盛頓時間為 8 月 14 日 19 時），中、美、英、蘇四國政府在重慶、華盛頓、倫敦、莫斯科分別用漢語、英語、俄語通過廣播同時宣布：日本政府無條件投降。〔註11〕

重慶時間 8 月 15 日，中央廣播電臺承擔了漢語廣播日本無條件投降的特

〔註9〕引自靳邁《我播送日本投降的消息》載《華夏壯歌》第 286、287 頁，人民政協報編，中國文史出版社，1986 年 4 月。

〔註10〕文世昌《巴蜀軼事》第 208～209 頁中央文獻出版社，2007 年 11 月。

〔註11〕趙玉明《中國抗戰廣播史略》載《「勿忘歷史：抗戰新聞史」學術研討會文集》第 40 頁，哈豔秋主編，中國廣播影視出版社，2016 年 7 月。

大新聞。幾天來，吳祥祜和播音股、中央電臺的同仁們，一直沉浸在勝利喜悅之中。吳祥祜是播音股股長，她一直關照著所有的值班播音員：注意及時報告這個勝利的好消息。8 月 15 日一早，接到廣播勝利喜訊任務，大家的興奮之情再一次被推向高潮。當天播音室是蔡驥、吳中林當班。他們在播這個消息後，每人又立刻寫出歡呼勝利的話語搶著播出去。何柏身科長忍不住也來參加播講，氣氛十分熱鬧。激動的吳祥祜隔著播音室的玻璃板，看同事們興高采烈的大聲地評論。她躍躍欲試，幾次想衝進去參加評論、播講！但中央電臺有個慣例，就是凡是重要消息和評論都必須由男聲廣播。受此慣例約束，她不得不抑制住自己激動的情緒。眼看著男播音員們在恣意評說、盡情揮灑的快樂情景，又使她興奮不已！〔註 12〕

山城重慶再一次沸騰起來！歡呼聲、鞭炮聲、鑼鼓聲響成一片。人們奔走相告，相互道賀。興奮地談論著、彼此傳遞著勝利的消息。上午八點多鐘，一隊小汽車在廣播大廈的小階梯下停住，吳祥祜從窗口向外一望，廣播大廈周圍站滿了歡樂的人群。蔣介石披著黑色斗篷走上臺階，很多侍衛跟隨著。蔣介石親自到中央廣播電臺，這是絕無僅有的事。全體播音員迎出播音室，前呼後擁的抗戰領袖上到臺階一半，就轉身走進國際臺播音室。原來他是要向全世界廣播。蔣介石過去從未直播過，都是先錄了音後才播出的，這一天，大概他也太興奮了，破例徑直到電臺來廣播。據說，這一天的廣播演講稿也是他親自動筆撰寫的。

圖 9-2　1945 年 8 月 16 日，蔣介石發表抗戰勝利廣播演說（趙玉明、艾紅紅《中國廣播電視圖史》頁，南方日報出版社，2008 年 9 月）。

〔註 12〕據吳祥祜手稿《吳祥祜文稿五篇．往事回顧》。

八月份重慶的天氣很熱，廣播大廈裏裏外外滿都是人，國際臺的播音室內站滿了新聞記者和各方面的工作人員。所有的人似乎都忘記了悶熱。蔣介石一身戎裝，端坐在播音臺的話筒前，話筒連同上面「XGOY」幾個字母被擦拭得鋥亮，旁邊的鮮花清香沁人。心情舒暢的委員長推了推他的玳瑁邊眼鏡，慢慢地轉過來對著麥克風，用他清晰而高亢的聲音，向全國軍民同胞們和全世界愛好和平的人士們，發表他著名的抗戰勝利廣播演講：勝利已經贏得了！〔註 13〕

蔣介石的演講一共有十多分鐘。離開時，中央廣播電臺的工作人員夾道歡送。抗日戰爭的勝利，是全中國人民的偉大勝利，是中華民族歷史上意義非凡的偉大事件！吳祥祜和她的播音學生們、中央電臺的同仁們，見證了這個終身難忘的、激動人心的時刻！

圖 9-3　作完勝利廣播演講的蔣介石走出廣播大廈，在院內向歡慶打敗日本侵略者的中央臺、國際臺員工致意（據張小航《抗戰八年廣播紀》第 301 頁重慶出版社，2015 年 11 月）。

在舉國歡慶勝利的大喜日子裏，吳祥祜又迎來了自己人生中另一件重大的喜事：她的第一個兒子降生了！

原來，吳祥祜從昆明回到重慶不久，與傳音科的幹事程灝相識相戀，建立了自己的小家庭。當時的吳祥祜已年滿三十，早已成為未婚大齡女青年。不過，與劉俊英相比，吳祥祜的婚姻要幸運得多。三位元始播音員的戀愛對象，包括張潔蓮與陳英傑，劉俊英與范本中，都既非父母之命，亦非媒妁之言，完全是

〔註 13〕據張小航《抗戰八年廣播紀》第 298～302 頁，重慶出版社，2015 年 11 月。

兩情相悅、自己選擇、自由戀愛的。而最終能得以白頭諧老，善始善終的，只有吳祥祜與程灝的婚姻！

圖 9-4 初為人母的吳祥祜，1945 年在重慶。

當然，程灝並不是吳祥祜的初戀。早在南京時期，吳祥祜就有了自己的心上人。吳祥祜在 1955 年的自傳中曾寫到自己的初戀。早在 1935 年，汪精衛在南京被刺，中央電臺為配合破案遷往江東門播音，吳祥祜等工作人員只得遷去江東門住——

> 以前我一直與葛世傑一起工作，播話劇，互相印象很好。江東門播音以後，大家都住在電臺機房，工作少，接觸的機會多，兩人更接近了。葛世傑是北大畢業生，思想比較進步，他不是國民黨員。河北臺是接收的，臺內職員並不都是國民黨員。和他接近以後，他總勸我不要加入國民黨，並勸我少和陳某某等人接近，多看書。〔註 14〕

葛世傑所在的河北廣播電臺，本來是設在北平的，1934 年建成並正式播音，可是日本方面不允許。軟弱的國民黨當局只好忍氣吞聲地作出退讓，第二年將電臺移到西安去。由於勘地、裝機需要較長一個時期，河北電臺的部分人

〔註 14〕引自吳祥祜手稿《吳祥祜 1955 年寫的自傳》。

員只好暫時調來中央電臺工作。就這樣，葛世傑闖進了吳祥祜的生活。葛世傑身材魁偉，儀表堂堂，平時喜歡讀書，愛好話劇，這正是吳祥祜所中意的。本來吳祥祜考入中央電臺後是要參加國民黨的，但張潔蓮一直不入，也勸她不要參加。葛世傑跟張潔蓮一樣，主張她堅決不要加入，這就更合吳祥祜的意了。雖然葛世傑當時已經是結了婚的人，不過他表示要與妻子離婚，與吳祥祜好。可是在抗戰前夕，葛世傑就離開了中央廣播電臺，去了開灤礦務局。此後與吳祥祜天各一方，來往越來越少，感情慢慢就淡漠了。

吳祥祜去了昆明之後，兩人距離更遠，來往更為艱難。時間過了一年又一年，關山阻隔，通訊不便，竟很少溝通——

> 與葛世傑分別五、六年，葛世傑並沒有與他的妻子離婚。也沒有再提出過他要離婚。我到昆明後比較和劉迪接近，他是增音室負責人，我就和他訂了婚，現在回想我當時對葛世傑並沒有忘懷。〔註 15〕

儘管如此，吳祥祜與葛世傑的關係最終還是斷了，以後也就一直再沒有聯繫。在昆明，吳祥祜與增音室的負責人劉迪互有好感，發展成為戀人。劉迪是 1936 年考入南京中央電臺技術科的工務員，後來被派來參加昆明電臺的安裝建設。1941 年，在機房、辦公室等基礎建築完成之後，劉迪與工程師俞日尹合作，製成一部一千瓦的短波廣播機，與 50 千瓦的中波機聯播，補助了中波機有時產生的缺點，為昆明電臺的建設貢獻不小。吳、劉兩人年紀相當，都是從中央電臺派來的，有共同語言，又經常在一起值班，兩人相戀很是甜蜜、幸福，戀愛不久之後就訂了婚約。有了婚約，劉迪對吳祥祜慢慢就苛刻起來了，到後來甚至偷聽吳祥祜的電話。尤其讓吳祥祜難以接受的是：在偷聽男性打來的電話之後，還要盤查質問一番，常常弄得吳祥祜尷尬不已。後來就把婚約毀了。〔註 16〕

程灝與吳祥祜年齡相當，也是談過戀愛的人了。他是江蘇省武進縣人。爺爺、父親經商賺了不少錢，在蘇州買地建房置業，所以他小時候就跟母親住在蘇州。後來考進上海復旦大學讀書。在學校，程灝曾交過一個女朋友。兩人在去廣州參加國民革命時開始同居，並生下了一個寶貝女兒。不過兩人只同居、不結婚，把女兒丟給母親撫養之後再去南京闖蕩，在南京鬧起矛盾後就分手了。以後程灝考進美國人辦的密電碼檢譯所。抗戰爆發又隨密電檢譯所遷到重

〔註 15〕引自吳祥祜手稿《吳祥祜 1955 年寫的自傳》。
〔註 16〕據吳祥祜手稿《吳祥祜 1955 年寫的自傳》。

慶，在重慶又調入中央廣播電臺傳音科擔任總幹事。他受過高等教育，懂英語、日語、俄語，工作能力也很強。白天在中央電臺傳音科工作，晚上去美國新聞處做兼職的英文打字員。一個人在重慶享受兩份高薪收入，按理生活應該過得很好才是。可當時的程灝卻很潦倒。他染上了賭博的惡習，據說有時不但賭輸了錢，連衣服、領帶、皮鞋都輸光，搞得很狼狽。

吳祥祜到傳音科後，程灝就極力來討好、接近，愛慕之心表露無遺。當時的吳祥祜雖然早已是晚婚的年齡，但在中管處也不乏追求者，只是她一個都沒看上，反而對程灝有好感。要好的同事、家裏的姐妹都認為程灝是個「問題青年」，並不是很贊成她嫁給程灝。可是吳祥祜卻有自己的主意。她說：程灝有缺點，但人不壞。我嫁給他就是為了改造他！她勸程灝要戒掉賭博惡習，與那些墮落潦倒之人絕交。要他好好工作、正常生活。程灝畢竟是一個受過高等教育的人，懂得什麼是好，該做；什麼不好，不要做！處在熱戀之中，吳祥祜的勸告自然是聲聲入耳，句句金玉。就這樣，兩個人的感情越來越好，終於在 1944 年走進了婚姻的殿堂。〔註 17〕

婚後的生活是幸福的、甜蜜的。雖然愛人拌嘴、偶有爭吵。但小夫妻相爭不記仇，床頭吵架床尾和。兩人更多的是互相依賴，彼此相扶。他們陸續生育了兩子一女，還有程灝與前女友留下的大女兒、程灝的母親。組成一個親密無間的、上有老、下有小的完整之家。在經歷戰爭的動盪之後回到吳祥祜的故鄉廣西，解放後雙雙參加人民廣播隊伍。在特殊的歷史年代，兩人雖然受到巨大的衝擊，夫妻別離、家庭離散。但感情依舊、不離不棄。最終迎來了改革開放後的平反，全家重聚南寧。老兩口在輕鬆的環境下含飴弄孫，平靜甜蜜，終老天年！當然，這些都是後話。

〔註 17〕據吳祥祜手稿《吳祥祜 1955 年寫的自傳》。

第十章　大廈將傾之時的整頓

抗戰勝利，舉國歡慶。國民黨政府派出大批特派員、接收專員，到各地接收敵偽的政權機關、物資財產。中央廣播事業管理處也迅速擬定了「派員接收敵偽所辦廣播電臺及其附屬設備」等措施，委派專員前往各地接收——

> 根據廣播復員緊急措施，首先要控制汪偽的「中央廣播電臺」，將其暫改名為南京廣播電臺。於是，中央電臺工程師兼工務科長葉桂馨被委為「接收」專員，隨國際廣播電台臺長、京滬區接收特派員馮簡教授火速東去。〔註1〕

日本鬼子蠶食、侵佔我國的領土多年，在各占領區建立的廣播電臺多達60多座。這些日偽廣播電臺遍布東北、華北、華東、華中、華南以及臺灣和香港等地區。日寇投降後，國民黨中央廣播事業管理處劃分出京滬、平津、武漢、廣州、浙閩、臺灣和東北六個接收區。〔註2〕在派員赴京滬接收之後，緊接著又迅速組織幹部，派往各接收區接收日偽電臺——

> 從1945年8月到1946年5月的十個月裏，國民黨當局一共「接收」日偽廣播電臺21座，大小廣播發射機41部，總髮射功率為274千瓦，包括了日偽在南京、上海、北平、臺灣和華中地區的全部廣播電臺以及在東北、華北的大部分廣播電臺。〔註3〕

〔註1〕引自汪學起《國民黨中央廣播電臺史實簡編（三）》載《新聞研究資料》，1988年第3期，117頁。

〔註2〕據張立雷《抗戰勝利後中國對日偽廣播電臺的接收》載《中國廣播》，2015年第9期，76～78頁。

〔註3〕引自趙玉明《中國廣播電視通史》第83頁，中國廣播電視出版社，2014年9月。

接收這麼多廣播電臺，給中管處、中央電臺的幹部帶來大量的提拔的機會。只要參加接收，過去沒有官職的，可以撈到一官半職，以前官職不高的，可以官升一級，運氣好的甚至可以連升好幾級。正值用人之際，中央電臺稍有點資歷、能力的人都派上了用場。平時與吳祥祜一起工作的上級、同事，有不少也參加了接收——

> 抗戰勝利後，管理處派何柏身去接收漢口臺，葉桂馨、金選青等去接收上海、南京等臺，張維和去接收山東臺，黃念祖、齊鼎昌去接收北平臺及河北各臺，董（名字記不起）、錢瑤章、翟任等去接收東北各臺，鄭崇武去接收廣州臺，陳鳳鳴去接收杭州臺，林忠、姚善輝去接收臺灣各臺等。也調了中央臺傳音科的蔡驤、陳彬（傳音科總幹事，負責傳音科短波播音工作及播客語）二人去上海接收。〔註 4〕

吳祥祜從南京到重慶，外派昆明再回陪都，帶過學生，又是中央電臺播音股的頭子，照理應該能撈個臺長、科長當當的。可是沒有！吳祥祜身懷六甲，高高興興地參與廣播抗戰勝利的喜訊，當月分娩，生下一個男孩。雖是喜上加喜，卻失去了接收的大好時機。就在傳音科的老同事們紛紛前往各地收穫勝利果實時，她則是在醫院裏坐月子當媽媽，享受著另一份快樂！

至於「南京之鶯」劉俊英則有點可憐。劉俊英從頭至尾參加了抗戰廣播的全過程，此時也已經回到重慶中央廣播事業管理處。按資歷和貢獻，她也完全可以到某個臺去混個什麼「長」，至少可以隨隊復員回到首都南京去，使生活環境改善得好一些，可是她都沒有。她在南京發跡成名，譽滿天下，在南京經歷戰爭的洗禮，在南京收穫美好愛情，但如今這一切都已離她遠去。人們忙著「劫收」，沒有人想起這位羸弱孤獨、早已邊緣化了的老廣播。她的妹妹劉且湛當時在中央電臺供職，一年後也回了南京。只有這位曾被譽為「南京之鶯」的元始播音員，拖著病體，默默地遺落在山城重慶，在郊外度過孤獨寂寞、落泊潦倒的後半生。

人們紛紛離開重慶。有接收任務的忙著奔赴各地，或趕回南京，將敵偽南京電臺整改為中央電臺。中央撥給飛機，很多人乘飛機走了。陳沅接替何柏身當了傳音科科長，也帶著科裏大部分的人乘飛機回了南京。其餘的人也都想快走，到處活動買船票、車票，想各種各樣的辦法，哪怕能早走一天半天也好。

〔註 4〕引自吳祥祜手稿《吳祥祜 1955 年寫的自傳》。

人們原先以為可以乘大輪船下南京，後來坐不上大輪船，能坐小火輪也不錯。可是整個大後方的人都要回去，哪有那麼多車船？況且有些交通工具又早為有權勢的大機關搶去了，到最後連乘木船找個座都不行。有些木船還在建造中就被預定，下水之前就已「名花有主」，許多人只好滯留重慶。

圖 10-1　抗戰勝利後，吳祥祜到 1946 年才回到南京。圖為重返南京時的吳祥祜夫婦。

如此一直拖到第二年五月，中央電臺預定的木船建好下水，吳祥祜才有離開重慶的機會。她與劉俊英的妹妹劉且湛結伴同行。路過漢口，老同事陳濟略已經在漢口電臺當了臺長，他滿面春風，很得意地將吳祥祜和劉且湛迎到電臺洋房裏住宿休息，好生招待了一番；又領她們參觀了漢口電臺洋氣十足的建築、嶄新的機器設備和播音室。吳祥祜和劉且湛趁此機會多呆了幾天，遊覽武漢三鎮，領略江城的雄偉壯麗，見識老同事陞官之後的排場與威儀，到六月份才回到南京。可這時候，有油水的崗位早已被人佔領，吳祥祜被臨時安排在傳音科協助科長陳沅工作，陞官、發財、車子、房子、票子，什麼好處都沒撈著！〔註 5〕

抗戰勝利後，國民黨利用其一黨執政的地位，以種種手段壟斷全中國的新聞事業。國民黨宣傳部致函中管處，一再強調「今後廣播重要新聞應以中央社電訊為準」。1946 年 6 月，國民黨反動派挑起全面內戰。中央電臺在國民黨宣傳部的導演下，大肆鼓吹獨裁、內戰，廣播節目裏充斥著反共反人民的叫囂。

〔註 5〕據吳祥祜手稿《吳祥祜 1955 年寫的自傳》。

但是，這類的反動宣傳沒有人聽，更沒有人相信，廣播影響力急劇下降。一方面廣播無人聽，另一方面是電臺裏的人無所事事。吳祥祜回到南京上班才發現，傳音科人不少，卻沒有什麼工作可做。百無聊賴的播音員們常常聚在辦公室裏聊大天。在說到廣播沒人聽時，有人說，要是我們搞一個聽眾服務節目，內容題材儘量廣泛一些，最好什麼都能講，這樣把廣播節目搞得生動些，也許能吸引一些聽眾。

大家說幹就幹，可是節目一搞起來，問題也馬上跟著來了。聽眾來信提問範圍很廣，一般常識問題好講，有的問題卻很敏感，播音員講不清，甚至講不了——

> 有的只好送有關部門解答，或把聽眾的來信轉去，或叫聽眾直接問別的地方。實在無法答的就算了，不答覆。例如有一次問到服兵役的問題，就是送給有關部門去解答。問什麼病怎麼醫治的，就叫他去醫院看，這樣常常無法滿足聽眾要求，信漸漸減少。〔註 6〕

服務節目服務不到位，充其量只是個中介、二傳手，自然就搞不下去了。於是又有人提出搞家庭節目，以廣播劇的形式，表現日常生活中家庭成員之間、街坊鄰里之間如何相處的故事。吳祥祜是廣播劇的老手，蔡驤是戲劇學校畢業的戲劇專家，鄭寶燕也酷愛話劇。於是大家商定：把家庭故事編成一個個小話劇，故事內容天天不同，但節目形式可以不變，劇中人物也固定下來。大家分工，按一樣的格式分頭來編寫劇本。這倒也容易，因為故事材料也不難找，也是自己編劇自己演播，所以節目開始時進行得很順利。

可是不久問題又來了。節目發起人李慶華編寫的一期節目，結尾講到鄰居吵架，寫了「兄弟何必鬩牆」等四句話。送審時竟不能通過。傳音科科長陳沅說：這四句不能用，要改。李慶華改了，陳沅認為還是不行。他一定要把這四句話的意思刪去！這樣一來，李慶華就很不高興了。其他人也覺得這樣審查節目太過分了，都不願寫稿。沒多久吳祥祜又生了二胎，坐月子去了。家庭節目只好無疾而終！〔註 7〕

1947 年，國民黨反動派全面進攻解放區失敗後，又在美帝國主義的支持下，改「全面進攻」為「重點進攻」。與此同時，國民黨反動當局又進一步收緊了對新聞輿論的控制；對廣播節目的審查更加嚴格。傳音科專設編審股，中

〔註 6〕引自吳祥祜手稿《吳祥祜 1955 年寫的自傳》。

〔註 7〕據吳祥祜手稿《吳祥祜 1955 年寫的自傳》。

央電臺廣播的節目、稿件都必須經過編審股審定。傳音科內部對此非常反感，而傳音科科長陳沅忠實地執行國民黨中央宣傳部的旨意，廣播稿絲毫不可偏離當局指示的框框。正常節目動輒得咎，不勝其煩！

陳沅是湖南人。早年在長沙參加國民黨。曾在中央廣播事業管理處收音員訓練班受訓，與何柏身、黎子留、徐學鎧等人追隨訓練班主任范本中。范本中當傳音科科長後，把他從長沙調入中央電臺。他當過播音員、徵集員、傳音科科長、事務科科長，是金陵大學影音專業的外聘教師，為電影播音專修科學生講授過播音技術課程。曾在金陵大學的《電影與播音》雜誌上發表過多篇播音論文，是較早總結整理播音理論的廣播人之一。陳沅又是忠實的國民黨信徒，CC 派的骨幹分子，當過國民黨的區分部委員、區分部書記。他在中央電臺從打雜到跑生意、選稿、編稿、播音，什麼工作都幹過，很能討吳道一的歡心。他與吳祥祜一起共事十多年，彼此比較接近。在抗戰勝利後，他接何柏身任傳音科科長，一直幹到國民黨政權崩潰，逃往臺灣。在此期間，他極力推行反共宣傳，審稿把關很嚴格、對任何人都不留情面，引起科內同仁極大不滿。比如在 1948 年三、四月間，當時的播音股股長蔡驤就碰到過這樣一件事——

> 國民黨「第二次國民代表大會」開會期間，我被派去宣讀提案。晚上回到電臺，播音員吳中林給我看一篇反共的播音稿，滿紙潑婦罵街，是國民黨軍統報紙《救國日報》的反共狂龔德柏寫的，被傳音科長陳某的心腹、編審股編輯趙某看中，安排在晚 8 點《演講》節目中播出。這種稿子過去在傳音科是不會被選用的，也沒人願意播。因此，當吳中林問我怎麼辦時（我當時是播音股股長），我便說：「換了它！改播備用稿。」（我們以為那天是星期日，沒人注意）沒想到趙某在家中監聽到了，於是第二天布告牌上便貼出了科長的手諭：「今後任何人未經允許，不得更換稿件。」這顯然是衝著我來的。為了不向陳某示弱，我隨即遞上辭呈，辭去播音股長職務以示抗議，思考另謀出路。從此，我和陳某便成路人，再不去他的辦公室，更不過問播音股的事，只在晚間的《聯播》節目中擔任 15 分鐘播音。〔註 8〕

〔註 8〕引自蔡驤《關於「南京廣播電臺」的個人回憶錄》載南京市政協文史和學習委員會編《紅日照鍾山，南京解放初期史料專輯》，第 169～178 頁，南京出版社，1999 年 4 月。

吳祥祜與陳沅長期共事，平時遇到為難之事也經常互相傾訴，尋求幫忙。可執行嚴格審稿制度的陳沅也不給她一點面子。中央電臺總工程師錢鳳章在中央大學機電系兼課，有一天，他介紹中央大學的學生來電臺作五．四播音，講稿內容涉及魯迅先生等進步文化人。吳祥祜負責此事，她把講稿呈送給陳沅審查。陳沅一看就說不給播，要播就得重新改寫。學生們不肯改，不改就不能播。吳祥祜看在是錢總工程師介紹的份上，早已經安排好播音室和廣播時間，可是陳沅一點也不徇私，一點面子也不給。他鐵青著臉說：「不能播！」吳祥祜莫奈之何，又無法向錢總工程師交代。雖然號稱能忍，此時也忍不住怒火中燒！〔註 9〕

「戡亂」時期，中央電臺不僅嚴格控制廣播節目內容，也嚴密注意著廣播人的一舉一動，不許他們參加進步的社會活動，也不准他們接觸有中共色彩的報刊言論。傳音科有一位名叫李慶華的職員，平時愛讀《新華日報》。在重慶時，中管處、中央電臺、國際電臺都訂有這份中共報紙，李慶華跟著也單獨訂一份，這就被盯上了。回到南京，各單位都不訂了。李慶華還訂不訂呢？這也成了個問題。為查清這件事，吳祥祜被吳道一叫去詢問一番！吳祥祜當然不知道人家訂什麼報紙，更不知道人家看什麼報紙，處長也問不出個所以然來，莫名其妙地把個老播音員罵了一通！〔註 10〕

國民黨反動派宣布「戡亂」之前，中央電臺所有內戰的報導都是用中央社播發的消息，「戡亂」之後，廣播節目增加了軍事機關送來的戰況報導，這種報導幾乎每天都有很多，而且都是播用軍事機關寫好送來的消息。傳音科科長陳沅常常直接受命於國民黨中央宣傳部，有時中央宣傳部長任卓宣（又名葉青）親自撰寫社論稿子，甚至指名要陳沅親自去拿，以便於面授機宜。陳沅雖然拼命追隨，無奈大廈將傾，區區一個陳沅又如之奈何？據吳祥祜回憶——

> 那時解放大軍已經迅速地解放了很多的地方，雖是「戡亂」時期，傳音科的人的工作情緒反不如以前，吳道一常常叫陳沅去罵，叫他把科裏整頓整頓，不過並沒有具體指示。陳沅每次挨罵回來就跟我說說、歎歎氣，也不知道怎麼辦。〔註 11〕

陳沅對吳祥祜說：整頓一下是不錯的，你給我幫幫忙吧。作為老同事，吳

〔註 9〕據吳祥祜手稿《吳祥祜 1955 年寫的自傳》。
〔註 10〕據吳祥祜手稿《吳祥祜 1955 年寫的自傳》。
〔註 11〕引自吳祥祜手稿《吳祥祜 1955 年寫的自傳》

祥祜就把大家平時在辦公室所談的一些主意講給他聽——

> 吳中林、蔡驤等對廣播評論員最感興趣，以為要能做到廣播評論員就不錯。鄭寶燕認為要把節目都搞得像講故事一樣才好。李慶華覺得應該有戲劇性。我主張實行自編自播。自己負責自己的節目恐怕會幹得起勁一些。建議他實行自編自播的辦法，陳沅覺得很好。〔註12〕

陳沅一直死心塌地追隨范本中、吳道一，深得他們的信任。回到南京後，陳沅提了職，權力也大了許多。也許是為了進一步獎勵吧，吳道一私下裏承諾給他出國深造，條件是他要先把傳音科的工作搞好。陳沅拼盡全力，一刻也不敢懈怠，可是傳音科工作還是搞不好。他不僅要忙工作，還要偷偷地擠時間溫習英文，準備出洋，有苦都不知道向誰傾訴。在傳音科，能與陳沅說真心話、願意幫他、為他保密的人很少很少。他與吳祥祜個人關係還算過得去。他把這個秘密悄悄地新告訴了吳祥祜，又久不久向吳祥祜訴說一些私下的打算，請求吳祥祜務必要站出來幫他整頓傳音科！

吳祥祜最初只是說說，並不放在心上。說多了，就不免心動起來：她在中央廣播電臺幹了十幾年，全程參加了抗日戰爭的廣播工作，被外派昆明時升為總幹事，以後就一直沒有獲得提升。很多進中央電臺比她晚的男同事早就做了科長、臺長，吳祥祜心裏多有不服。但吳道一歷來看不起女職員，一般都不給女的做科長、臺長的機會。吳祥祜一直覺得：要是我做也許還比男的做得好呢。現在陳沅說得那麼懇切，她覺得這是個機會。於是她明確跟陳沅說：你要給我做就都交給我，除了對外聯絡，對上請示，別的你什麼都不要管，我對你負責。陳沅深知國民黨的江山不穩，一心嚮往出國，早想扔掉這個燙手的山芋。吳祥祜既然上鉤，他豈能放過？他滿口答應，又承諾向吳道一作推薦——

> 有一天，處長吳道一把我叫去，明確說要求我幫助陳沅把傳音科整頓一下，要我好好地做。以前吳道一從來沒有說過這樣的話，那次聽他這麼一說很高興，就想這回要好好表現一下才行。我就答應試試。〔註13〕

把中央電臺傳音科交給一個女播音員去整頓，這在吳道一絕對是破天荒的事。吳祥祜在傳音科人緣不錯，自信大家都會支持她來推行整頓的。尤其吳中林、鄭寶燕、胡烈貞，他們主意多，是可以幫助她出謀劃策的。吳中林是吳

〔註12〕引自吳祥祜手稿《吳祥祜1955年寫的自傳》。
〔註13〕引自吳祥祜手稿《吳祥祜1955年寫的自傳》。

祥祜的三大播音弟子之一，能講能寫，而且腦子活、筆頭快，可以幫她寫方案、做難事。鄭寶燕和吳祥祜私交特別好，絕對會聽話，工作上絕對能起帶頭示範作用。胡烈貞負責短波臺播音工作，與吳祥祜關係一向很好，都很厭惡吳道一蔑視女職員的思想行為。如果人不夠的話，從短波臺方面調些人，胡烈貞也不會不同意。想到這些，吳祥祜信心滿滿！

經過與吳中林、胡烈貞、鄭寶燕等人的一番策劃，吳祥祜很快作出了自編自播的方案，明確全科十幾個人工作的具體任務。比如簡明新聞、聯播新聞、記錄新聞，全部都是播用中央社的現成稿，原來就是由播音員自行選播的，現在指定幾位播音員負責選播就可以了。吳中林、蔡驤、王華等幾位男播音員對廣播評論最有興趣，一心想當廣播評論員；他們又都是能寫能播的人，就安排他們編播評論。還有一些播音員不大能寫，就由她們輪流值班。個別人實在不能播音，就由他多編寫些稿子，另指定人代播。至於兒童節目由誰負責、聽眾服務節目由誰負責，誰管理唱片、資料，也都一一作了安排。分工明確，責任到人，彷彿是「王熙鳳協理榮國府」、要「挽巨瀾於既倒」！

1948 年 10 月初，吳祥祜的整頓正式開始了：傳音科的工作實行自編自播，傳音科人員按分工展開工作，各負其責，獎優罰懶。科內工作由吳祥祜負總責，大家有什麼事就直接找吳祥祜請示報告，不必再找科長，科長只負責對外。吳祥祜把方案交給全科人員討論，大家沒意見，陳沅、吳道一也表示同意。陳沅甚至在會上宣布說吳祥祜就是副科長，要求大家一定要聽話。吳祥祜得令，更是全力以赴，事必躬親，逐個人逐件事督促落實。忙得每天都不能按時下班回家。晚上還要到辦公室看稿、聽反映，還要到播音室巡視、解決具體問題。總之一切都按照吳祥祜策劃的方案順利推進。全科人員都各忙各的，各項工作秩序整然，給人以面貌煥然一新的感覺！

然而，此時的國民黨統治的大廈已搖搖欲墜，國民黨的廣播事業也已到了崩潰的前夕，「國民黨廣播事業的首腦人物陳果夫已於 1948 年 11 月赴臺灣養病。留在南京的中廣處處長兼中央台臺長吳道一又一次面臨拆機搬遷的任務。」〔註 14〕這時候還有誰能靜下心來接受吳祥祜的整頓和安排呢。淮海戰役一打響，南京更是緊張起來，人心惶惶。誰都不知道馬上會發生什麼事。

首先是負責編播記錄新聞的王素提出，上夜班深夜回家害怕，要求換工作。

〔註 14〕引自趙玉明《中國廣播電視通史》第 154 頁，中國廣播電視出版社，2014 年 9 月。

吳祥祜當然不同意，但也說服不了。「顧不了多年的同事，就把呈簽轉給陳沅，並將情況跟他說了。後來偽處長批了個不准。這樣她就辭職不幹了。」「蔡驥本來每天幫楊邁群編聯播新聞，這樣一來他就不管了。」〔註 15〕楊邁群自己不能編稿，就調她去值班，她感到被小看，受到侮辱了，一氣之下也請假不幹。

吳祥祜以為方案明確了大家的責、權、利，又是大家討論同意的，推行起來會得到大家擁護。其實，大家在那個時候根本看不到希望，對吳祥祜的整頓都不以為然，工作根本不上心。不久，就連被吳祥祜視為得意門生、心腹之人的吳中林竟也提出請假，撂挑子不幹了。這時候的吳祥祜才猛醒：國民黨反動透頂，其統治已不可維持。於是她也裝起病來，請病假躺倒不幹了——

> 由於這件事的教訓，我知道在這時改造是個大錯。大家不願意好好做反動宣傳，我嚴格督促大家工作，大家寧願走也不願幹。這時我才認識到，要是再幹下去，恐怕會就要剩我一個人，恐怕不但往上爬不了，反而會受處罰。還是趕快收束吧。〔註 16〕
>
> 1949 年初春，南京好像特別陰冷。國民黨中央廣播電臺里人心惶惶，到處談疏散。新年才過，國民黨的中央廣播事業管理處便發下表格，要中央廣播電臺的員工填寫疏散志願，大致可有四種選擇：遣散（發給 6 個月遣散費）；調往內地電臺；去臺灣或留京（指南京）。雖說是自願，但填表人都得掂量自己的志願會不會被批准？大部分員工填的都是前兩項，有資格的才填去臺灣。〔註 17〕

遣散的消息滿天飛，吳祥祜不能再「病」了。她到處打聽各家的去向。有的人想留在南京，但又怕南京打仗。大家都知道南京必有戰事，所以多數人還是想早點離去。一些人想遣散回老家。可是挈婦將雛、拖家帶口的，路途又遠，乘車搭船，紙幣亂貶值，幾個月的遣散費說不定還未動身就用光了。大多數人心情矛盾，處在惴惴不安、猶豫不決之中。吳祥祜和丈夫程灝都是有資格、有條件去臺灣的。國民黨那時已經有了敗退臺灣的打算。程灝參加拆運廣播器材，曾負責押運一批器材去臺灣。他隨船到了島上，有一位韓國朋友勸他說：局勢不好，不要回大陸了，把家眷接來，就留在臺灣吧。程灝不聽，急急忙忙又返回大陸。

〔註 15〕引自吳祥祜手稿《吳祥祜 1955 年寫的自傳》。

〔註 16〕引自吳祥祜手稿《吳祥祜 1955 年寫的自傳》。

〔註 17〕引自蔡驤《關於「南京廣播電臺」的個人回憶錄》見南京市政協文史和學習委員會編《紅日照鍾山，南京解放初期史料專輯》，第 169～178 頁，南京出版社，1999 年 4 月。

圖 10-2　解放前吳祥祜與三位妹妹們合影，她們都主張吳祥祜回桂林定居。

其實程灝與吳祥祜就是不願意離開大陸，根本不作去臺灣的打算。留在南京當然是可以的，但吳祥祜整頓傳音科失敗得那麼慘，留下來一點意思都沒有。更主要的是，吳祥祜此時已不再是重慶時的小家庭，而是上有老、下有小的六口之家，打起仗來躲都沒法躲。漢口台臺長陳濟略要聘請吳祥祜去當傳音科長，這倒是一條出路，可是武漢也是在長江一線，去那裏也還是躲不過戰爭。所以，到底去哪兒也一時拿不定主意——

> 程灝的母親主張去上海、又是什麼常州，我也想過去不去漢口，但是我想這些地方都在長江這一條線上，解放的時間還不是差不多。還不都是戰爭。上海、常州都沒有至親，上海的生活又那麼高。我們到那裏連住的地方都可能找不著。去漢口電臺生活可以沒有問題，可是一下子緊張了還不是要跑。〔註 18〕

吳祥祜已經感覺到國民黨將要徹底失敗了，全國解放不會太久。不久前，小妹吳祥祉從國外來信說，她一年之內就可以回來了。吳祥祉在讀書期間就參加共產黨，此時正在緬甸執行任務。她說回來就是全國解放的意思。吳祥祜思來想去：要走就乾脆走遠點，回桂林老家去！等到桂林解放，大約全國也都解放了。解放時不再在反動機關裏工作，說不定以後境遇會好一些。

〔註 18〕引自吳祥祜手稿《吳祥祜 1955 年寫的自傳》。

圖 10-3　吳祥祜的小妹吳祥祉與戀人王松，解放前積極參加民主進步運動，後加入中共，結為夫妻。新中國成立後長期在雲南工作。

桂林是吳祥祜的故鄉，她以往卻很少回去。如今，分散在各地的親人都表示要重返故里，回老家定居，吳祥祜也不由得動了思鄉之情。父母一輩子奔波勞碌，早已回桂林祖屋定居。大約在一年之前，姨母鄭季清去探望姐姐，也就是吳祥祜的母親，喜歡上了桂林的山水風光、生活環境，就留在那裏不回南京了。三妹吳祥禧不久前帶著孩子們回了桂林老家，三妹夫黃丹是國民黨報紙的隨軍記者，不久前路過南京，在吳祥祜家住了一個多月，後來也陪同大伯父回桂林去了。在北方讀書經商的堂弟吳祥龍、吳祥達曾路過南京，他們也表示要回桂林去。吳祥祜在與堂弟、妹夫等談起回桂林的生活時，都說回桂林一起做生意，生活來源是有保障的，這就堅定了她回桂林去的信心。她把遣散回桂林的想法跟丈夫程灝商量，程灝十分爽快地說：他以前去過桂林，對桂林印象很好，他同意接受遣散去桂林。更何況，他這個女婿還沒有見過吳家長輩呢！

就在吳祥祜、程灝為遣散回桂林籌措路費的時候，中廣處又傳出可以調去四川、湖南、江西、廣州等地電臺的消息。於是又有好心人勸吳祥祜請調廣州。調去廣州當然好，路費可以不花錢，到廣州還有工作，將來再遣散回桂林也很近，還可以拿遣散費。更何況國民政府也要遷到廣州，中廣處也是一定要到廣州去的。跟著中廣處待遇總是比調到別處去好一些。這樣吳祥祜和程灝就都請求調到廣州電臺去。那時候請求調去廣州的還有中央電臺總工程師兼工務科長錢鳳章，吳祥祜的好朋友胡烈貞、鄭寶燕等人也去了廣州，大家一起去也有個照應。不過廣州亦非久留之地，對此大家也都心照不宣。鄭寶燕去廣州是為了方便跟隨丈夫雷永球去加拿大定居，胡烈貞去廣州是為回南洋作準備，吳祥祜夫婦去廣州則是為了方便回桂林。〔註19〕

大廈將傾，人們對國民黨政權已經徹底失望。中央電臺「樹倒猢猻散」，人心惶惶，每個人都在尋找自己的出路。有資格去臺灣的去臺灣，沒資格有去處的就申請遣散，既無去處又沒資格的人只好留南京。蔡驤因「和中央電臺傳音科長陳某之間的矛盾已經發展到互不見面的程度。」又因「姐姐到中央電臺才幾個月，不能丟下她一個人走。」只好留在南京。事務科長張維和也留南京，但他與蔡驤不同，他是被「提升」為代理臺長而留守南京的。何柏身、徐學鎧請求遣散回上海，楊邁群、張其正、王素等人也要求遣散不再追隨中央電臺。人事室主任鄔異軍請調去貴州臺，吳中林、王華、李慶華三人請調去四川臺。昔日令人稱羨的中央電臺員工們，如今竟各奔東西，作鳥獸散——

> 疏散計劃很快付諸實施。2 月份的中央電臺一片告別聲。吳中林搭乘國防部的包船首先離開，送別時，大家都強顏歡笑。僅半個月便傳來消息，此船因超載在川江遇難，全船無一生還。〔註20〕

蔡驤的回憶，在平靜的話語中透露著淡淡的哀傷：吳中林死了，國民黨中央廣播電臺從此走上窮途末路！

〔註19〕據吳祥祜手稿《吳祥祜 1955 年寫的自傳》。

〔註20〕引自蔡驤《關於「南京廣播電臺」的個人回憶錄》見南京市政協文史和學習委員會編《紅日照鍾山，南京解放初期史料專輯》，第 169～178 頁，南京出版社，1999 年 4 月。

第十一章　桂林吳家〔註 1〕

程灝的原籍在江蘇武進縣，離南京很近，照理說接受遣散也不一定非要捨近求遠去桂林，回武進老家應該也是可以的。可是程灝一家的親人早已搬到外地。武進已經沒有了至親，一家老幼回去也沒有個接應，可能連住的地方都找不著。據程灝與吳祥祜的小兒子程安美說「我的老家在江蘇省常州武進縣。我與父親多次回去過，家中近親只有一個姑媽了，住在上海，其他都找不到去向。祖墳也找不到了。」因此，遣散回武進也就沒有什麼實際意義。

程灝自幼及長也不怎麼回武進老家。程安美說：他的曾祖父，也就是程灝的爺爺，在很年輕的時候就離開武進，到上海、蘇州等大城市經商，生意做得不錯。到了程灝的父親，生意越做越大，賺了不少錢。那一帶的生意人有了錢，都喜歡在蘇州買地建房造園林，並以此為榮耀。程家先輩也不例外。生意興隆的程家在蘇州購置了兩處房產，一處在留園旁邊的半邊街，一處在麒麟巷。程灝從小就跟隨母親住在蘇州半邊街。母親姓孫。生了程灝以後，程灝的父親又取了一位姓趙的後媽，生了三個小弟弟。程父與後媽帶三個弟弟就住在麒麟巷。三個弟弟長大後也都不回武進置業。有兩個去了香港，一個在上海的銀行工作。時局動盪、歷史變遷，同父異母的兄弟各奔西東，各自獨立生活。

程灝與前女友分手後，可憐的女兒從小就失去了娘，與奶奶相依為命。女兒名叫淑芳，抗戰爆發，跟隨奶奶住到鄉下躲避戰亂。作為父親的程灝去了重慶，在重慶與吳祥祜結婚成立新的家庭。抗戰勝利後回到南京，程灝早早就把母親和女兒接到南京同住。他為女兒另起名為程安真，再為在重慶出生的大兒

〔註 1〕本章資料來源：除注明外均來自程安美接受採訪時的口述。

子起名為程安善；不久，小兒子在南京出生，又起名叫程安美。如此一來，吳祥祐與程灝就有了一個上有老下有小、男孩女孩齊全的幸福美滿之家。在平時，他們與同父異母的兄弟也鮮有往來！

圖 11-1　回南京後吳祥祐又添一子，圖為 1948 年吳祥祐夫婦攜兒子同程灝的母親合影。

1949 年 2 月，吳祥祐按照中央電臺的安排往廣州疏散。她扶老攜幼乘坐國民黨的疏散列車，走走停停十幾天才到了廣州。廣州電臺很小，發射功率說是二百瓦，實際不過幾十瓦。每天只有中午、晚間各播音一次，又不用寫稿，稿子全都採用中央社和報紙的新聞。原來的人員本已夠用，所以吳祥祐和胡烈貞等疏散到廣州的人也沒有什麼工作可做。程灝倒是有不少事。他一到廣州就升任事務科科長，要與原來的科長辦交接。程灝是負責裝運中央電臺傳音科的物資來的，這些物資要留一部分給廣州，一部分給海南，剩下的還要裝箱準備運往臺灣。程灝曾押送一批器材到臺灣，那時有人勸他留下。他說等下一趟再說吧。可是程灝返回大陸不久，解放軍就兵臨城下，結果也就沒有了「下一趟」。

國民黨兵敗如山倒，廣州並非久留之地，這是吳祥祜等人早有預料的。大約四月下旬，在廣州的中央電臺又宣布要遣散。一宣布遣散，她們就決定回桂林去。桂林有祖屋可居，住房沒有問題。桂林的生活水平低，省吃儉用，再做些生意，生計問題不難解決。程灝對桂林印象很好，感覺在那裏做生意還比較容易。於是，兩口子決定由吳祥祜先把老人和小孩送回桂林安置好，然後利用程灝押運貨物往返廣州和香港的便利條件，到香港旅遊一趟。七月初也回到了桂林。

桂林吳家是一個具有傳奇歷史的大戶人家。〔註2〕據散居在廣西、甘肅、臺灣等地的吳家後人記憶：崇德堂桂林吳家源自江西廬陵（吉安）儒行鄉田東村。清乾隆末年，吳家有兄弟二人外出做生意，一位往西去了湖南，落籍武岡；另一位往南來到廣西，落籍桂林。落籍桂林的就是吳祥祜的高祖吳魁連。據說魁連公挑著一副貨郎擔出門，從江西一路叫賣，向西南而來；到桂林時已賺了不少錢，於是在桂林成家置業，最終落籍，不回江西了。後來生意興隆，竟能坐地開店，做起了大買賣；發展到開布店，開錢莊。商號招牌的名稱就叫「吳恒茂」。生意傳到吳祥祜的曾祖父吳恒照。恒照公一代更是精打細算，悉心經營，又勤儉持家，增建家業基礎，在桂林中心地段又添置了好幾處房產，到吳祥祜的祖父吳錫璋，再建起五進套院的大宅子，成為桂林頗有名望的大戶人家。

孔夫子說「學而優則仕」，其實民間還流傳有一句是：「生意興則獵功名」。桂林吳家前兩代人的生意做得風生水起，家業興旺。到第三代，也就是吳祥祜的祖父這一代，就開始熱衷於讀書從政、追求功名了。吳祥祜的祖父吳錫璋苦讀有成，終於在同治 13 年（公元 1874 年）考得功名。吳錫璋與大名鼎鼎的江蘇元和陸潤庠同科進考，陸潤庠高中狀元，吳錫璋名列二甲，選入翰林院為庶吉士，後來又升為翰林院士。錫璋公得了功名後被朝廷派去廣東做官，歷任廉州府、肇慶府、梅州府的知府，只可惜急病來襲，卒於梅州府知府的任上。不過，錫璋公雖然只活了 42 歲，卻生養了五男五女共十個小孩。子女眾多，人丁興旺。

〔註 2〕桂林吳家的資料來源主要依據程安美的口頭介紹及其提供的《崇德堂吳家史》。

圖 11-2　吳祥祜的父親吳肇和（梅羹）先生及母親鄭婉清女士。

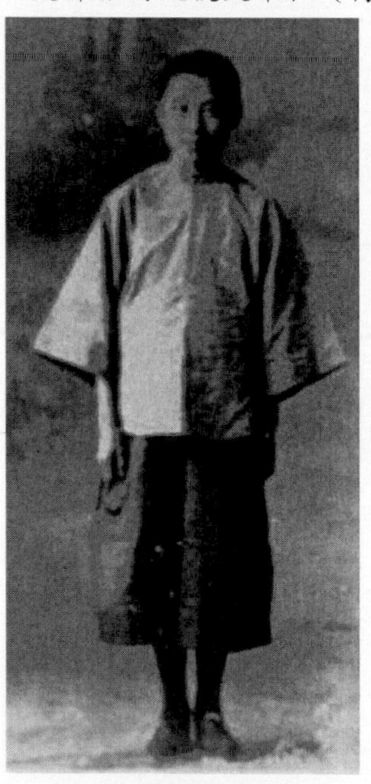

圖 11-3　左為少女時代的吳祥祜，右為弟弟吳祥嘏。

錫璋公病逝後，祖母曾氏攜眾子女回到桂林。吳祥祜的父親吳肇和（字梅羹）先生是其中的第三個男孩。上有大哥、二哥，下有四弟、五弟。兄弟五人也都熱衷讀書，個個學業有成。其中二哥吳肇華（字次侯）早年入仕，最先進入北京做官，打開了局面。於是吳祥祜的父親梅羹先生在十五、六歲的時候就去北京投奔二哥，追隨二哥做事。到民國初年，經二哥次侯先生介紹，梅羹先生躋身於北京司法系統，謀得一份工作，從此出入官場，結交名流。與來自江蘇揚州的一位書生結成莫逆。這位書生特別欣賞梅羹先生的為人與才幹，將妹妹鄭婉清託付於他。這樣梅羹先生就在北京成了家。到 1913 年，梅羹先生與鄭婉清女士在北京生下了第一個女兒，這就是吳祥祜。

吳祥祜的父親梅羹先生後來被外派到遼寧，當過縣法院院長、縣檢察院檢察長、西豐縣縣長。「九一八」事變後逃回北平，又先後被派到陝西、湖北、廣東等地當法官。1946 年回到桂林，擔任桂林市法院的公設辯護人。解放以後，被人民政府列為桂林市的開明人士，積極參政議政，被選為桂林市的人大代表，市政協委員。梅羹先生一生雅好古舊文物，熱衷把玩收藏，他的藏品很多。受吳祥祜的二妹、共產黨員吳祥礽的影響，解放後全都拿出來獻給了國家。吳祥祜的小兒子程安美說：「1958 年外公去世，我去陪外婆，那時還沒有獻完，所以對這件事印象特別深。那些東西，一籮筐一籮筐的扛出去，很多。外婆對我說：你喜歡什麼就拿點起來做紀念吧。」

程安美的外婆，也就是吳祥祜的母親鄭婉清女士，一共生養了吳祥祜姐妹五人和一個弟弟，共六個子女。六個子女中有三個共產黨員，兩個國民黨員，還有一個是無黨派人士。吳祥祜是老大，在國民黨的中央電臺工作，自然是國民黨員。三妹吳祥禧和三妹夫黃丹，抗戰時夫婦倆都在第五戰區當隨軍記者，他們也是國民黨員。他們兩對夫婦都在國民黨新聞機關服務，解放後，投身於人民政府，被接收留用。三妹吳祥禧夫婦在廣西日報，大姐吳祥祜夫婦在廣西人民廣播電臺。以後又分別隨隊下放到陽朔和巴馬。吳祥禧和丈夫黃丹此後一直定居陽朔，在縣園林局工作到退休。黃丹還當過桂林市的人大代表、政協委員。

吳祥祜另外的三個妹妹，解放前都受過良好的教育，在學校讀書時積極參加民主進步活動，後來又先後都加入了共產黨。解放後，二妹吳祥礽在桂林市民主路小學當校長。四妹吳祥禔在南寧廣西醫學院當教授。小妹吳祥祉在雲南，當過中共西雙版納自治州黨委宣傳部的副部長、雲南省新聞出版局的處長。只有弟弟吳祥瑕，既沒參加國民黨也沒參加共產黨，他是一位紡織機械的專家，解放後長期擔任河南省紡織機械廠的工程師，在鄭州定居，成家立業。

圖 11-4 1959 年，鄭季清與吳祥祜家人在桂林。前左 1 是鄭季清，左 2 是鄭婉清。後左 2 是吳祥祜的堂姐夫林泉、後右 1 是二妹夫經守高，抱小孩者是吳祥祜的二妹吳祥礽。

吳祥祜的母親鄭婉清女士賢淑善良，追隨丈夫左右相夫教子，一生嫺靜無聞。可她的同胞妹妹鄭季清卻是個傳奇人物。鄭季清，又名鄭漱六，吳祥祜稱她為六姨。她生於 1897 年，自幼讀書，後來考入天津直隸第一女子師範學校，曾以「鄭壽祿」之名發表文言文短篇家庭小說《杏花村侯氏記》〔註 3〕。她與著名學生領袖鄧穎超、郭隆真等人是前後同學，在五四運動時期共同發起天津女界愛國同志會。劉清揚擔任會長，郭隆真、鄧穎超等擔任評議委員，鄭季清為總務委員。在反對山東戒嚴司令馬良鎮壓學生愛國運動時，鄭季清同周恩來、郭隆真等人率領天津學生代表到北京請願，返回天津後參加發起著名革命團體覺悟社，是覺悟社最早的 20 名社員之一。這 20 名社員對外廢除姓名，用抓鬮的辦法決定各自的代號，再以代號的諧音作為化名。周恩來是 5 號，化名「伍豪」；鄧穎超是 1 號，化名「逸豪」；鄭季清是 34 號，化名「衫峙」。〔註 4〕

〔註 3〕馬勤勤《隱蔽的風景，清末民初女性小說創作研究》第二章，南開大學出版社，2016 年 10 月。

〔註 4〕鄭季清參加天津學生運動及覺悟社的資料來源主要有：
1.劉清揚的回憶文章《覺醒了的天津人民》（《五四運動在天津，歷史資料選輯》天津人民出版社，1979 年 12 月）。
2.諶小岑的回憶文章《天津五四運動及覺悟社》（《天津文史資料選輯》第 3 輯，天津人民出版社，1979 年 6 月）。
3.程世剛的《覺悟社全家福》（《黨史博覽》2008 年第 3 期）等。

圖 11-5　天津覺悟社部分社員照。後右 1 是周恩來，前右 3 是鄧穎超、右 2 是劉清揚、右 4 是張若茗、右 5 是吳祥祜的姨母鄭季清（來源：南寧鄧穎超紀念館）。

直隸女師畢業後，鄭季清先是教書，又被聘為國民政府鐵道部科員，以後用祖產在鄭州興辦橡膠廠，在長沙興辦紡織廠。日寇侵略中國，產業毀於戰火。又由於婚姻不和協，她孤身一人來到桂林，寄居在吳祥祜家，與姐姐鄭婉清同住。吳祥祜家在桂林郊縣臨桂縣茶洞鄉花嶺街有一座房子。鄭季清在桂林住了一段時間後，就搬到那裏去獨住。後來又移居褚村，辦私塾教書，解放後被群眾推舉到褚村小學當老師。1958 年，吳祥祜的父親梅羹先生謝世，鄭季清再回到桂林與姐姐鄭婉清作伴。

吳祥祜的小兒子程安美當時在桂林陪外婆，他曾回憶說：「我在桂林時，六姨婆與外婆住在一起。因為她有一個名字叫鄭漱六，所以母親稱她做六姨，我叫她六姨婆。她身體不好，常年臥床。那時國家經濟困難，食物缺乏，很難吃到肉。印象中有一次她不知從哪裏得到一條連肉帶骨頭的狗腿，捨不得一次吃完。就捆上稻草繩把它臘起來。那一圈一圈的稻草繩就是我幫她捆上去的。」

最令吳祥祜家人難忘的是：周恩來總理和鄧穎超同志還曾專程到桂林看望過鄭季清。據吳祥祜的二妹吳祥礽說——

解放後周恩來一直在尋找鄭季清。一次出國訪問途經雲南西雙版納自治州，見到了任西雙版納自治州宣傳部長的妹妹吳祥祉，得

知鄭季清在桂林，便先派鄧穎超來桂林找。〔註5〕

1960 年 5 月的一天，周總理出訪老撾、柬埔寨、越南回到南寧，在聽取自治區領導的工作彙報後，就不顧工作勞累，連夜趕到桂林。次日清晨，鄧穎超帶著一小筐新鮮的枇杷來到吳家，把鄭季清老人接到周總理下榻的榕湖飯店。周總理在門口迎候，並親自開門，攙扶老人下車。落座後，周總理親切地詢問了她多年來的情況，並一起回憶當年投身五四愛國運動的情景。得知老人近年身體不好，周總理送給她 100 元，囑咐她好好治病。鄧穎超還送給她了一件銀灰色的毛衣禦寒。周總理回京後，曾派人接鄭季清到北京治病。在治病期間，鄧穎超又多次去醫院看望，還給吳祥礽寫了兩封信告知鄭季清的病情，並問候吳祥礽母親鄭婉清的健康情況。〔註6〕

圖 11-6　1949 年初吳祥祜夫婦回到桂林。

〔註 5〕引自龍麗芬《周總理桂林尋友記，吳祥礽憶總理夫婦對姨母鄭季清的關懷》載《臨桂文史》第 12 輯，2000 年 12 月。

〔註 6〕周恩來、鄧穎超看望鄭季清的資料來源：

1.吳祥礽《鄧穎超到我家——憶鄧穎超對我姨母鄭季清的關懷愛護》(《桂林文史資料》第 34 輯，灕江出版社，1996 年 12 月)

2.廖延暉、莫以非《女教師鄭季清》(《臨桂文史》第 6 輯，1993 年 12 月)

3.甘廣秋：《「五四」女傑鄭季清軼事》(《廣西黨史》2001 年第 3 期。)。

吳祥祜一家跟鄭季清關係十分密切。當年吳祥祜差一點被國民黨中央電臺辭退，就是鄭季清通過男朋友給吳道一說情才得以留下來的。十多年後，吳祥祜與姨母都打定主意要定居桂林了。拖家帶口、扶老攜幼的資深播音員再一次得到姨母的幫助。鄭季清得知外甥女一家想開店經商，就四處奔走，為她尋找店面。她與外甥女的婆母、程灝的母親找到一家雜貨店，地點在舊法院旁邊，店面主要是經營是香煙文具。吳祥祜夫婦回到桂林後，再增添了些其他的商品，就當起香煙雜貨店的老闆來了！

但是，在兵荒馬亂之際，開店做買賣又談何容易。一天，有公職人員來打油茶，帶走後卻說不好吃要退貨，熟食退貨回來不能再賣，所以店主程灝不願退，願再贈送一個菜作賠償，可這位主顧死活不同意。爭吵中程灝說到用銀元券來支付要貶值，主顧竟誣稱店主不願收銀元券是擾亂民國金融秩序。一場買賣糾紛竟被上綱上線打鬧到警察局。警察要把程灝抓起來，事情鬧得滿城風雨。吳家人紛紛出動找關係說情，廢了九牛二虎之力，好不容易才把事情平息下來。吳祥祜「原來想開鋪子可以賺錢補貼家用。由於受當時偽幣的影響不能賺什麼錢，既開了想收也捨不得，那時已常有偽軍借住也很害怕。既出了這種事就決心收了。店面由堂姐丈林泉去做生意。」〔註 7〕

1949 年 5 月初，解放軍兵臨武漢。8 日，離漢口解放僅有 8 天時間，國民黨漢口電台臺長陳濟略下令停止播音，拆遷機器南逃。據丁作超在《前華中長官公署廣播電台臺長 1949 年 12 月 28 日致南寧市軍管會文教接管部報告》中說——

> 1949 年 3 月，陳濟略見局勢緊張，乃藉故返川，電請管理處指派工務科長丁作超代理，於五月九日華中長官公署勾結本臺前總務科長張忠建（係於十月由桂飛臺）脅迫拆卸機件撤退桂林，改隸桂林綏靖公署，於八月開始在桂林恢復播音。〔註 8〕

陳濟略何時離臺返川，人們的說法是有出入，但他把拆遷機器的任務交給工務科長丁作超，自己悄然離開武漢，躲回了四川老家，這確是事實。

陳濟略也是一位老廣播，是中央電臺音樂節目的開創者之一。他與吳祥祜個人關係一直很好，任漢口台臺長期間曾邀請吳祥祜到漢口電臺當傳音科長，只是吳祥祜未去就任。解放後，他先後在西南人民藝術學院和四川音樂

〔註 7〕引自吳祥祜手稿《吳祥祜 1955 年寫的自傳》。
〔註 8〕引自廣西廣播電視局史志辦公室檔案資料。

學院當教授。事業有成，是國內著名的音樂教育家。到晚年仍與吳祥祜有密切往來。〔註 9〕

丁作超也是吳祥祜的老朋友，而且與吳家兄弟有交情。尤其與吳祥祜的堂哥吳祥麒過從甚密。他按照中廣處的布置，老老實實地率領部分人員，帶著電臺發射機，隨華中軍政長官公署從漢口逃到桂林，安裝組建一座隸屬桂林綏靖公署的廣播電臺。

1949 年，國民黨桂系的統治已搖搖欲墜，所以這座廣播電臺存在的時間並不長。一會叫桂林綏靖公署廣播電臺，一會叫華中長官公署桂林廣播電臺，不管什麼名稱，反正就是它了！丁作超被任命為臺長，桂林綏靖公署限令他抓緊組織人員安裝，在八月十日開始播音。可是丁作超在匆忙之中逃離武漢，一個播音員也沒有帶出來。情急之中得知吳祥祜已回桂林，於是找上門來，要吳祥祜加盟幫忙。吳祥祜回桂林原本是不想再幹廣播了，所以一口回絕。可是丁作超一再來找，又是請二哥吳祥麒來說情，又是許以科長職位。據吳祥祜說——

> 見他說是當科長，我就說你要找科長我給你介紹一個好了，他忙問是誰，我說是程灝，你要科長就找他去。那時丁作超跟程灝不大認識，還不知道程灝以前在電臺做什麼工作。我這一說他就去找程灝去了。程灝因為做生意不順利，雖然沒有答應他也沒有回絕。丁作超就一口肯定他是答應了，要他去。後來程灝對我說他不懂播音，要我去幫忙才行。〔註 10〕

吳祥祜與程灝兩口子又重操舊業。一座電臺當然不能只有一個播音員。丁作超告訴吳祥祜，他還聘請了兩個播音員：一個叫曹明，一個叫蔡瑞燕。蔡瑞燕是沒有播過音的。曹明則不同，她原來是國民黨 74 軍新年代劇團的演員，參加過抗戰，又在上海民營電臺做過播音員。1949 年 4 月和丈夫樓范先生一起，隨國民黨 48 軍的怒潮劇團在桂北興安縣演出。中央銀行職員姚瑞宏把曹明介紹給桂林綏靖公署廣播電台臺長丁作超，丁作超把曹明延聘到電臺播音。此後，曹明與吳祥祜就成了播音員同事，也都經歷了大體相同的生活經歷：解放後被人民政府接管留用，在廣西人民廣播電臺當播音員。1958 年，響應國家號召，申請下放勞動。吳祥祜去了巴馬，曹明去了桂平，後來兩人都在縣中

〔註 9〕據鄭體思《民樂指揮家琵琶教育家陳濟略》(《重慶文史資料選輯》第 33 輯，西南師範大學出版社，1990 年 5 月。)

〔註 10〕引自吳祥祜手稿《吳祥祜 1955 年寫的自傳》。

學工作。文革後吳祥祜重回廣西人民廣播電臺，曹明則完全脫離廣播工作，一直在桂平當教師。曹明享年 92 歲，2014 年謝世。〔註 11〕

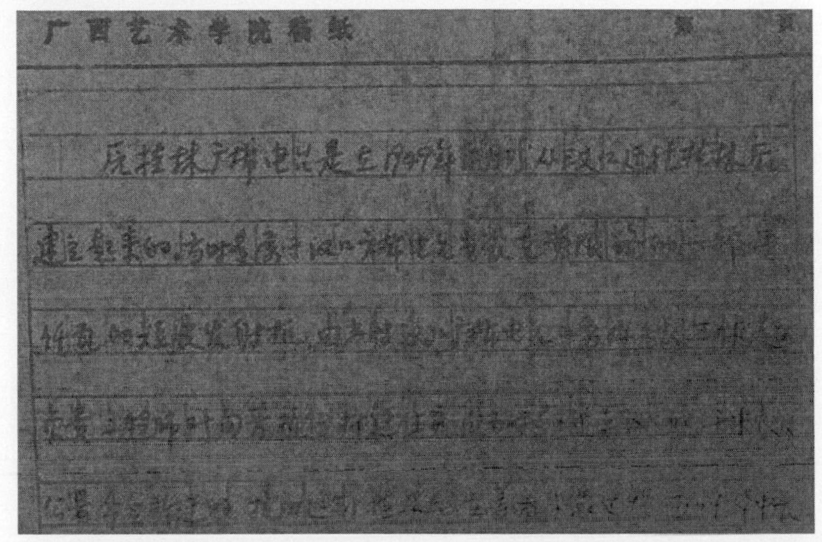
广西艺术学院稿纸

圖 11-7　廣西廣播電視局史志檔案資料：曾在桂林綏靖公署廣播電臺工作的徐祥瑞為廣西廣電局提供的證明材料（來源：廣西廣電局史志辦公室檔案）。

桂林綏靖公署廣播電臺最終如期開播了。開播那天蔡瑞燕還沒有到，曹明則是從興安趕來了。全臺工作人員只有 20 來人，臺長是丁作超，程灝是副臺長兼傳音科長，負責編審稿件，吳祥祜和曹明都被委任為少校播音員。電臺很簡陋——

> 設備很簡單，正式播音時間每天大約三小時，新聞內容都是由當時的中央社供稿，也有氣象消息，從晚上 7 點 30 分開播，預告節目後約 15 分鐘音樂即播新聞，之後又是音樂或戲曲，之後也有時事述評等講話節目。最後也有新聞、氣象消息、節目預告等。〔註 12〕

電臺所廣播的稿件，有從桂林綏靖公署送來的消息、文告，有傳音科選剪報紙的新聞和評論。每天播音時間不長，三個播音員白天都不去電臺坐班，晚上播音之前才到班。吳祥祜是老播音員，每天都去得早一些，先去拿稿子看有些什麼內容，然後分配給另外兩位播音員廣播。她們一個早來，一個晚來。早來的就播前半部分，晚來的就播後半部分，吳祥祜從播音開始到結束都在，凡

〔註 11〕據曹明《服務的自述》（載 1946 年 7 月出版的《勝利無線電》雜誌），《母親的自述》，分別見於互聯網 loukang 的博文《老照片——憶抗戰老兵母親》《重溫抗日歷史——一個老兵最後的軍禮！》

〔註 12〕引自徐祥瑞提供的文字資料第二頁（廣西廣播電視局史志辦公室檔案資料）。

是稿子來得遲的就都由吳祥祜來播。播音完回家！

衡寶戰役打響前，解放軍一部在追擊國民黨白崇禧集團時，毫無防備地闖入了桂軍在青樹坪埋下的口袋陣，遭到桂系王牌軍第七軍和第四十八軍的圍攻，戰場形勢暫時對桂軍利。於是，桂系頭目白崇禧和黃旭初便得意洋洋地到桂林綏靖公署廣播電臺發表廣播演講，鼓吹反共。白崇禧主要是對外發表廣播講話，他把戰場暫時有利吹噓為所謂的「湘西大捷」，以撈取政治資本。他在廣播講話中請求外國支持，要「戡亂」到底。因為桂林綏靖公署廣播電臺功率太小，還打電報給臺灣電臺請求轉播，也打電報給國外機構請他們收聽。廣播那天，丁作超把白崇禧領進播音室，由於播音室太小，丁作超就把另一位播音員蔡瑞燕請出去，指定吳祥祜給白崇禧作介紹，指定程灝作英語翻譯。在白崇禧廣播結束後，又請程灝把翻譯稿打字印出，送交給華中長官公署。黃旭初來廣播，丁作超也是指定吳祥祜來介紹。黃旭初所講的，無非是再吹白崇禧的老調，鼓動所謂廣西省同胞保衛家鄉，「戡亂」到底！〔註 13〕

儘管白、黃二人聲嘶力竭地叫喊吹噓，歷史的潮流終究不能阻擋！解放軍推進速度驚人。青樹坪一仗其實是解放軍故意露出孤軍深入的破綻，用最小的代價吸引桂軍主力，以便一舉殲滅之！1949 年 9 月 13 日，衡寶戰役正式打響。解放大軍向衡寶一線的敵人發起猛烈攻擊。1949 年 10 月 1 日，中華人民共和國宣告成立，次日，解放軍又發動了更加猛烈的進攻。10 月 13 日，衡寶戰役結束，解放軍全殲國民黨的三個軍部五個整師，桂系賴以起家的主力部隊亦被全殲；湘南、湘西大部地區獲得解放，桂系廣西守軍成了驚弓之鳥。

中國人民解放軍挾新勝之威，以雷霆萬傾之勢進軍廣西！國民黨廣西省政府在慌亂之中迅速遷往南寧。同時也命令設在桂林的兩座廣播電臺隨同搬遷。由於廣西自已辦的省立教育廣播電臺行動迅速，11 月 1 日就搬遷到南寧，並於當月 21 日在南寧明德街白崇禧公館安裝設備繼續播音。但是秋後的螞蚱蹦躂不了幾天，一個月後，國民黨廣西省政府就土崩瓦解，這座電臺開播沒幾天也隨之煙消雲散。吳祥祜所在的桂林綏靖公署廣播電臺，從武漢遷到桂林，驚魂未定，剛剛安裝起來又要拆掉，大家實在是不願意。11 月，華中軍政長官公署政工處的副處長張某奉命來催，嚴令該臺改名為「華中軍政長官公署廣播電臺」。強令盡快撤離桂林，遷往海南島。可憐剛安裝起來好端端的一座廣播電臺，又不得不拆卸運走！

〔註 13〕據吳祥祜手稿《吳祥祜 1955 年寫的自傳》。

第十二章　投入人民廣播的懷抱

吳祥祜回到桂林，本來是想在故鄉定居的。可在不經意之中又重新進入反動派的廣播電臺；先是隸屬廣西綏靖公署，後又隸屬華中長官公署，而且還官拜少校。在這家反動派電臺的時間雖然不長，但盡是廣播些極端反共反人民的宣傳材料，她越想越害怕。那時她們對共產黨的政策瞭解不多，以為當了國民黨的少校，就是反動軍官，罪大惡極，將來的日子一定好不了。所以，儘管家裏兄弟姐妹都勸她們不要再走，但是她們心裏害怕，也沒有時間細細思量，匆匆忙忙就跟隨電臺向南逃走。

那天是 1949 年 11 月 21 日，夜幕降臨。整個電臺連人帶設備一起，擠上了華中長官公署派來五輛大卡車。尚未啟程，就聽說郊外良豐鎮的大橋將要被炸掉，再不走車就過不了啦！整個車隊就這樣在匆忙惶恐之中出發上路。倉促之間，吳祥祜只帶了安善、安美兩個寶貝兒子，連程灝的母親和大女兒都沒來得及帶。這時，國民黨軍潰敗下來的逃兵也紛紛向南奔湧。一路上，人多車多哨卡多，久不久又被叫停，或檢查、或讓路。到柳州，過柳江遇阻，到遷江，過紅水河不順。丁作超一干人穿上黄軍衣，一站一站交涉，連哄帶騙，艱難通過。車隊停停走走，舉步維艱，竟走了一個多星期，11 月 29 日晚上才到達南寧。

在南寧，渡邕江又成了問題。那時沒有橋，過江全靠擺渡。人、車擁擠，電臺的五輛大卡車連江邊都到不了。於是，有親友在南寧的人就去投靠親友，沒有去處的，就只好住在車上。吳祥祜的堂妹吳祥珍、吳祥芬和堂弟吳祥鸞那時都在南寧工作，其中吳祥鸞已經在南寧成家，吳祥祜就帶著兩個孩子擠住到堂弟家。

車隊停在跑馬場，寸步難行。丁作超找到華中長官公署接頭聯繫，可是在兵荒馬亂之際，誰還顧得上他呢！找白崇禧的秘書張介僧，一打聽，人家已經乘飛機去了海南島。12 月 1 日，國民黨廣西省政府徹底瓦解。丁作超一籌莫展，領著幾個科長，有時候到江邊走走，有時候進城看看，有時候又聚集在車子旁邊商量——

> 大約在三號下午，丁作超到車邊說，看樣子我們渡不過河，要在南寧解放了。我想既然我們跑不了就應該保護器材。所以我同丁作超講，我們應該找地方放機器和躲人，避免遭散兵、土匪搶劫。丁作超同意我的意見，但找不到地方躲。〔註 1〕

大家知道大勢已去，於是將人員、器材登記造冊，準備向解放軍投誠。可是司機們不同意，堅決要走——

> 五位司機是奉命監視我們的，他們一定要走，我們堅決不同意，大家把器材行李都卸了下來，五個司機拗不過我們，他們只好開車向海南島去了，沒有想到當天大軍已到了。南寧解放了，丁作超叫人寫了花名冊、器材冊向軍管會報導，軍管會當時答應我們，願意留的都是廣西人民廣播電臺的留用人員，不願留的可以領路費回家。〔註 2〕

五輛汽車與電臺分道揚鑣，至於後來是否能夠渡江，下落如何，就不得而知了。不過，從車上卸下來的華中軍政長官公署廣播電臺與當時在南寧的廣西省立教育廣播電臺，都成了建設廣西人民廣播電臺的基礎。原廣西廣電史志編輯室主任鄭成貴先生曾根據檔案資料寫有《南寧市軍管會接管國民黨兩座電臺》一文，文中記載——

> 1949 年 12 月 4 日，南寧解放。12 月 5 日，華中軍政長官公署廣播電台臺長丁作超、總務科長胡傑到中國人民解放軍駐南寧天津第二支隊三七部隊政治處報到，當面指定其電臺設備和人員在邕寧縣衛生院待命接管。廣西省立教育廣播電臺人員則在明德街臺部待侯，保管好機器設備。1949 年 12 月 28 日，中國人民解放軍南寧市軍管會文教接管部代表黃沙接管華中軍政長官公署廣播電臺和廣西

〔註 1〕引自吳祥祜手稿《吳祥祜 1955 年寫的自傳》。
〔註 2〕引自吳祥祜手稿《微信圖片．棄暗投明，參加新中國建設》。

省立教育廣播電臺的全部設備及其人員。〔註3〕

解放軍接管之後就立刻給大家安排住地，組織學習。不久又把這兩座電臺的人員和設備都移交給中共廣西省委宣傳部管理。人民政府就以這兩座電臺的器材為基礎，在明德街原省立教育廣播電臺的院內籌辦廣西人民廣播電臺。原電臺的人員願意留下參加人民廣播的就留下，不願意的發給遣散費送回原籍。吳祥祜回想幾個月前在桂林開雜貨店的遭遇，實在不願意再折騰，決定留下參加人民廣播！

圖 12-1　1950 年初，吳祥祜夫婦雙雙加入廣西（南寧）人民廣播電臺。

1950 年的 4 月 17 日，吳祥祜和丈夫程灝等舊電臺的工作人員，在經過幾個月的學習適應之後，就參加籌建廣西人民廣播電臺的工作，開始正式上班。程灝先是負責管理圖書，後來擔任俄語講座的編輯。吳祥祜繼續從事播音。4 月下旬，中共廣西省委書記、省人民政府主席張雲逸為廣西人民廣播電臺成立題詞：「將人民要說的話和要做的事播給全省人民，大家共同努力去做。」4 月 30 日，廣西人民廣播電臺舉行成立大會，5 月 1 日 19 時正式廣播。吳祥祜以清脆、響亮，訓練有素的聲音，第一次廣播了「廣西人民廣播電臺」的呼號和張雲逸的題詞。〔註4〕，這標誌著：舊中國最資深的廣播電臺播音員吳祥祜從此獲得了新生，成為人民廣播隊伍的新成員。

〔註 3〕據鄭成貴《南寧市軍管會接管國民黨兩座電臺》載《南寧文史資料選輯》總第 14 輯，1992 年 2 月，第 175 頁。

〔註 4〕據《廣西通志．廣播電視志》第 22 頁，廣西人民出版社，2000 年 6 月。

圖 12-2　吳祥祜（左一）在廣西人民廣播電臺播音室前與同事合影。

吳祥祜等舊人員曾經長期在國民黨反動電臺工作，參加革命工作之後，在立場轉變、思想認識和感情適應等方面，都需要有一個過程。為了幫助吳祥祜等留用人員站穩階級立場、提高思想覺悟，增強對中國共產黨和新社會的認識，廣西人民廣播電臺根據上級的指示和部署，結合日常工作，組織他們參加全臺幹部職工的政治學習活動。學習的內容有社會發展史、唯物主義哲學、中共黨史以及黨的路線、方針、政策和時事政治等，學習的方式有集中閱讀、個人精讀、小組討論交流等。對這樣的學習，吳祥祜一刻也不懈怠。上班參加集體學習，下班回家認真讀書，討論積極發言。在學習工作筆記本裏，她寫下了大量的讀書筆記和心得體會。共產黨員妹妹吳祥禔贈給她一本斯大林著作《辯證唯物主義與歷史唯物主義》，她如獲至寶，反覆閱讀，還作了許多眉批。

吳祥祜有四個妹妹，其中三個是共產黨員。過去，她對共產黨雖然瞭解不多，但並無惡感。進入新社會之後，她深知唯有轉變立場、擁護共產黨才是出路。廣西人民廣播電臺剛成立時，全臺不過二三十人，臺領導最初是新華社廣西分社的記者楊囂基，楊囂基走後不久，調來新的臺長朱惠然。這兩任臺長為人都很好，十分平易近人，與同志親密無間。吳祥祜發現：自己雖然是舊電臺的留用人員，但不僅不被歧視，反而被看作資深專業人士倍受尊重。臺裏上下一心，新老人員團結友愛，熱情高、幹勁大，工作都搶著幹。人們只講為革命、為人民作貢獻，不講代價。雖然物質條件不算好，工作和生活的氛圍卻很輕鬆。新舊電臺的對比，使她深受觸動——

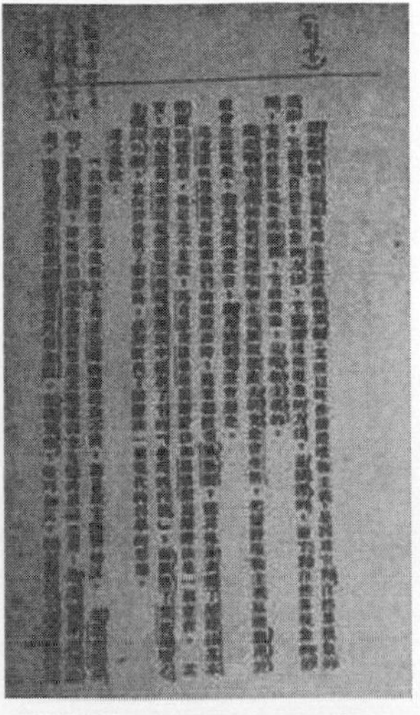

圖 12-3　共產黨員妹妹吳祥禔贈吳祥祜的斯大林著作，左為吳祥禔的簽名，右為吳祥祜閱讀時做的眉批。

我離開學校考入電臺工作，那時女職員很少，被人輕視。同時，舊社會的機關中有很多壞習氣，對女職員一舉一動一言一行特別注意，養成自己一種事不關己高高掛起的習慣。這樣既可少被人議論，也可避免得罪人。又因為過去做事只要有人事關係就行，工作好壞無關重要。所以對工作也並不想做好。有「你給我錢就給你做事」的雇傭觀念。解放以後參加革命工作，經過學習及親眼看到革命同志的工作態度，為人民服務的精神，深深感覺到以前那種工作態度的錯誤，漸漸地去除一些雇傭觀點。因為在舊社會中生活的太久，還未能完全去除。不過我以後工作一定要以負責的態度，真正的為人民服務。〔註 5〕

參加廣西人民廣播電臺工作後，吳祥祜擺脫了顛沛流離、動盪不安的苦楚，生活和工作都穩定了下來。她與程灝把家安在南寧。不久，又趁著老朋友徐祥瑞學習歸來之便，把程灝的母親和大女兒程安真從桂林接來。從此，吳祥祜家庭團圓，生活安定，工作輕鬆，心情十分愉快。那時廣西人民廣播電臺開設有《省市新聞》《省政之聲》《市政之聲》《經濟新聞》《評論或綜合報導》等節目，播音員只有三人。吳祥祜是舊中國的著名播音員，自然是播音主力，承擔的任務比較多。不過當時每天的播音時間主要是在晚上，而且時間也不長，所以工作任務不重。八月初，電臺增設了早間時段的廣播，播音的時間增加了

〔註 5〕引自吳祥祜手稿《日記筆記摘錄．1950 年年底鑒定》。

不少，播音的人員也由三人增加到六人。為解決採編幹部不足問題，全臺實行編播合一的工作制度，吳祥祜被安排到新聞組，負責廣播普通話節目和編寫新聞。她每天上早班播音，十到十一點鐘參加集體學習，中午編寫新聞，工作有序而充實。那時吳祥祜正在懷孕，天氣又熱。臺領導照顧到她的特殊情形，十幾天後就不再安排她編稿了。

1950 年 9 月，吳祥祜的小女兒程安琪在南寧降生，家裏喜添千金，家庭氛圍更是歡樂而祥和。初中畢業的大女兒程安真，到南寧不久就順利進入南寧一中讀高中。程安真又叫程淑芳，雖是程灝的前女友所生，卻與吳祥祜母女情深。這時已經出落成亭亭玉立的大姑娘。她有文化、明事理，學習成績也不錯。1953 年，國家交通部到南寧招收工作人員。在南寧錄用了兩位男生，一位女生。這位女生就是即將高中畢業的程安真。他們先是被安排到武漢長江航運學校工作，後來又隨學校一起遷到南京。程安真以後同兩位男生中的許賢信相愛，結成伉儷，在南京組建了自己的小家庭。南京這個小家庭曾為吳祥祜分擔過不少的生活重負，也是吳祥祜牽腸掛肚的地方。當然，這是後話。

圖 12-4　參加人民廣播後，吳祥祜在電臺大門前與同事合影。後立者左三是吳祥祜。

吳祥祜生活安定下來之後，工作負擔不重，又有組織領導的照顧，生活輕鬆而愜意。從 1950 年的工作總結中，我們也可以看到，吳祥祜在那個時期心情是很愉快的——

> 我的主要工作是值班及播音，和兼做一些資料工作。在這個階段中，資料是附帶的工作，做得比較少，播音的時間短，又因為是單純的播音，不需要寫任何稿，在播音之前只做一些播講的準備工作。而講稿又是要到快播音的時候才能出來，所以播音完畢差不多就是工作完畢。學習也是全科在一塊。工作比較清閒，中午都可以睡午覺。〔註 6〕

一直生活在吳祥祜身邊的小兒子程安美也說：「我們家最初被安排在現在的二宿舍那裏住，後來才搬到大院裏。這個大院經過不斷建設才成現在的樣子。那時我們小，還不懂事，平時就在院子裏玩。在印象中，1949 年到 1953 年在南寧這一段是我童年最幸福、最快樂的階段。」

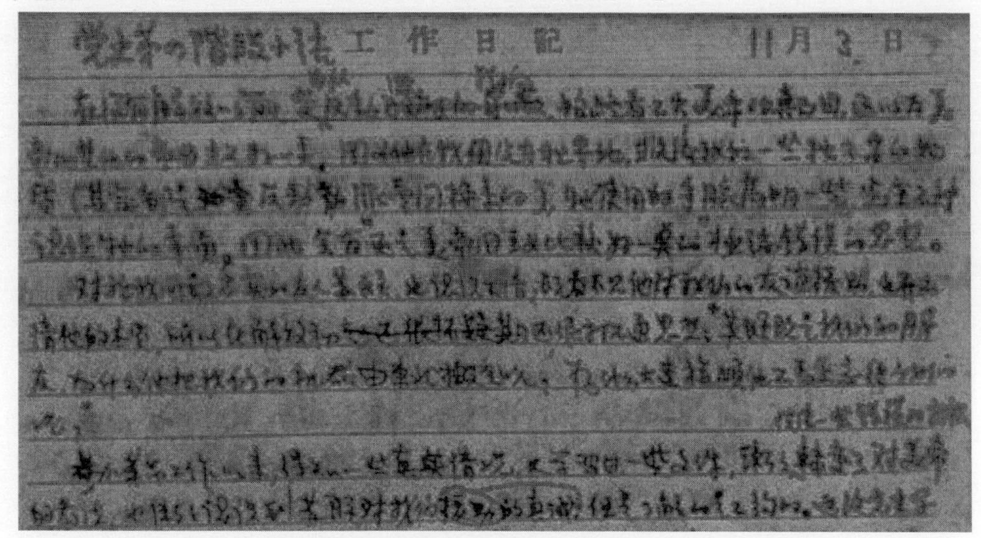
工 作 日 記　11月3日

圖 12-5　吳祥祜工作日記一頁。

吳祥祜沉浸在一種前所未有的輕鬆與愉快之中。新社會生機勃勃的建設景象，更使她對國家前途、對未來生活充滿了信心。她在思想認識、感情、立場等方面都有了很大的轉變。1951 年，她在學習中共黨史的筆記中寫道——

> 在解放的初期，還不能立刻看到新中國的遠景，經過二年多的建設，半殖民地、落後的舊中國很快變為強大的新中國。國際地位

〔註 6〕引自吳祥祜手稿《日記筆記摘錄．1950 年年底鑒定》。

> 也很快的上升，漸漸看到我國美好的遠景。經過這一階段的學習，不但對我國未來的遠景看得更清楚，增強了自己對革命的信心。
>
> 自己一向在反動派統治區，又在反革命的電臺工作，是在為反動派執行政策，實際上根本沒有看見人民。現在我們黨是完全和反動派兩樣的。無論什麼事完全要以群眾的利益為出發，如果不是以群眾的利益為出發，你自己怎麼努力也是錯誤的。甚至於越努力，錯誤還更大些。因此，學習完了這一階段的黨史，對於為人民服務這一點的認識更加深刻了，也就是說自己更要努力好好的為人民服務。〔註7〕

抗美援朝戰爭，一洗舊中國處處被動挨打的屈辱，打出了新中國的國威，也從根本上改變了吳祥祜曾經的崇美、恐美的思想意識，改變了她對國民黨、蔣介石的看法。在經過四個階段的中共黨史學習之後，她在學習總結中寫道——

> 在沒有解放以前，受內外反動派的影響，始終看不出美帝的真面目。還以為美帝比其他的帝國主義好一點。因為他在我國沒有租界地，救濟我們一些他不要的物質（其實都是反動派賣國換來的）他使用的手腕高明一些。完全不能認識他的本質，因此會有「還是美帝國主義比較好一點」的極端錯誤的思想。
>
> 參加革命工作以來，得知一些真實情況，又學習過一些文件，漸漸澄清了一些錯誤的認識，轉變了對美帝的看法。自然認識到，在抗日戰爭勝利後，美帝用飛機幫助反動政府運軍隊去接收，正是為了達到侵略我國的目的。由此回想到在國家抗日勝利的時候，蔣介石反動派下令叫日寇在他的軍隊沒有到達之前代為維持秩序這一點，而恍然大悟，美日蔣實質上是聯合反共的，也就可以認清。反動派什麼和談、調停決不會有誠意的。這完全是在「戰」的條件不成熟時的一種緩衝手腕。也可以認識到目前在朝鮮的和平談判，美帝是毫無誠意的。〔註8〕

吳祥祜立場觀點的徹底轉變和思想認識的進步，轉化成巨大的工作熱情。她愉快地接受領導分配的各項工作，並努力把這些工作做好。

在廣西解放初期，部分縣的散匪尚未平息，國民黨殘匪猖獗，交通不便，

〔註7〕引自吳祥祜手稿《日記筆記摘錄．一點心得》。

〔註8〕引自吳祥祜手稿《日記、筆記摘錄．黨史第四階段小結》。

郵遞受阻，文件、報紙傳遞不及時；「各鄉、鎮要看本省報紙，一般要一星期，至於看外省的，則需 10 天以上。」〔註 9〕，一些壞人趁機造謠惑眾，擾亂民心。為了及時傳達政令、傳播新聞，澄清事實，穩定民心。省政府在全省各地建立起收音站，通過抄收廣西人民廣播電臺的廣播，編印小報、及時把事實真相傳播到基層幹部和群眾中間。為配合黨委、政府的中心工作，1950 年 10 月上旬，廣西人民廣播電臺增設了《紀錄廣播》節目。11 月，吳祥祜產假結束之後，除負責編播省、市新聞外，又增加了廣播記錄新聞的工作。

早年，吳祥祜在初入國民黨中央廣播電臺時，曾因廣播記錄新聞差點丟了飯碗。如今又要同這個「老冤家」相會了。不過，同樣是廣播記錄新聞，性質、意義卻大不相同：舊社會僅僅是為了謀生，新社會則是為鞏固革命政權、為建設人民國家服務。在當時特殊的歷史背景下，廣西人民廣播電臺的記錄新聞是影響很大的。播音員不僅用記錄速度進行廣播，對容易產生歧義和難以抄下來的字、詞、句，還要一一講解清楚，連標點符號、另起一行等等也交代得明明白白。各縣收音員將記錄新聞抄收下來以後，立即用蠟紙進行刻印。次日清晨就變成幾十個縣的油印小報，進入千家萬戶。基層的幹部群眾通過這張油印小報，迅速獲知各種真實信息。對基層工作發揮了重要的指導作用。吳祥祜非常清楚自己工作的意義，所以很努力、也很充實！

記錄新聞是在每天播音結束之後的深夜裏廣播的，當時吳祥祜的家務負擔很重，膝下三個孩子需要照顧，小女兒還吃奶。她一個人既負責報告省、市新聞，又編寫和廣播記錄新聞。播音倒沒什麼，編寫的任務卻不輕；但吳祥祜不抱怨、不推辭。臺領導考慮到她的實際困難，就派年輕的播音員李十靈協助她。

為了幫助各地收音站準確地抄收記錄新聞，廣西人民廣播電臺從 1950 年的九、十月起，在南寧舉辦收音員培訓班：「培訓的內容主要是學習抄收廣播電臺的記錄新聞，以供給各單位、各街道出版黑板報，宣傳黨的政策和國家大事。」〔註 10〕，吳祥祜長期從事電臺廣播，為新聞節目播音，編播各類專題節目、演播文藝、戲劇節目，在各方面都積累了豐富的實踐經驗。對編播記錄新

〔註 9〕黃妙《往事悠悠——廣西人民廣播電臺建臺初期回顧》見《往事——廣西老新聞工作者回憶錄》卷一第 87 頁，鄭久燦主編，廣西人民出版社，2009 年 10 月。

〔註 10〕耿華《從收音員到播音員》見《勁草，華北大學廣西校友回憶錄》第 508 頁，范陽主編，廣西人民出版社，1996 年 3 月。

聞，她更是既有初入門時的失敗教訓，又有後來的成功實踐。電臺領導重視她的實踐經驗，安排她到培訓班為學員上課——

> 收音員訓練班的課，我上課之前參考了一些業務刊物。業務刊物很多，關於可做收音參考的資料不少，我們如果事前能收集整理，把全國各臺的寶貴經驗介紹給收音員同志，他們回去不但可以應用得好，而且可以省去瞎摸那段時間。〔註11〕

為了上好課，帶好學員，吳祥祜利用工作之餘，到資料組收集了大量的資料，儘量滿足學員的各種要求。她瞭解到河南新安收音站在收聽廣播時，利用洋鐵皮喇叭筒放大廣播聲音，既省錢，又能增強傳播效果，就把這一經驗介紹給學員們——

> 同學們在實習中需要中央、中南、西南、雲南等臺的波長、周率、播音時間、記錄廣播時間等，就到處去找各臺最近的詳細節目，花了很長時間才把這些收集全了。〔註12〕

針對第七期訓練班的學員多數來自工廠、礦山和學校，有條件辦廣播站。針對這種情況，她就從各種業務刊物中收集關於有線廣播的材料，多講有線廣播的知識。她在給收音員培訓班上課，原來的播音工作並沒有減少。她在工作小結中寫道：「這半個月中主要的工作是播報記錄新聞，二十八號起增加播報評論。另外在第八班上新聞課。」〔註13〕

她常常在日記中總結講課的體會——

> 自己知道的多，明白的透徹，才能講得出來。也才容易講得叫人聽得懂。若是自己知道一點點，就講不出很多，自己不太明白的就沒法講得讓別人明白。例如，某一種標點我是會用的，就容易講，我講了同學們也很容易懂得怎樣使用。另一種標點，我使用時沒有把握，一講就彆扭，恐怕同學們也不見得能懂。這就說明，要講給別人聽，甚至教別人，就非得自己懂得透徹、用得靈活。為了教別人，就要先教了自己。〔註14〕

她把備課、上課也當成改進、提高自己的過程。她在日記中還記錄有出席南寧專區收音員會議聽會報的情形——

〔註11〕引自吳祥祜手稿《日記筆記摘錄·收音員訓練班的課》。
〔註12〕引自吳祥祜手稿《日記筆記摘錄·收音員訓練班的課》。
〔註13〕引自吳祥祜手稿《日記筆記摘錄·聽收音員會報》。
〔註14〕引自吳祥祜手稿《日記筆記摘錄·聽收音員會報》。

> 這次能聽收音員會報，對於我個人來說收效很大，一方面他們對我所報的記錄新聞提了些意見，一方面我瞭解了一些收音站的情況和收音員同志的工作情形，這對我播音和上新聞課有很多幫助。〔註15〕

吳祥祜充分發揮一名老播音員的優勢，講課、播音都做得很出色。解放初期，錄音機還很少，電臺廣播基本上都是直播。當時熟悉廣播業務的幹部也不多，各地廣播電臺在實行編播合一時，「適當地解決了編播幹部不足的困難」，但「播音工作的水平顯著地降低了。錯誤和事故普遍地增多了，播音制度廢弛了，播音技術不講求了」。〔註16〕，廣西臺的情況也是如此。一些播音員在實行編播合一後，放鬆了自我要求，播音制度和紀律也鬆懈了，有時甚至出現交接班不及時，上班遲到或誤班等現象。個別年輕播音員工作不嚴肅，在一次播衛生常識時竟無故大笑起來。值班播音時常出現讀錯字、講錯話、斷句不准、打結巴、操作失誤等技術性的錯誤，在聽眾中造成不好的影響。

當時，吳祥祜被分配在新聞組，除了播音，還要編寫新聞。過去在舊電臺，吳祥祜雖然號稱能寫，但進入新時代，政治要求、語言環境都發生了很大的變化，下筆寫作，頓覺詞窮語乏，言不達意，不知從何落筆。她不得不把主要精力放在編寫廣播文稿上，播音反倒成了一種附帶的工作。因此在播音時也出了一些口誤和差錯。比如把「蔣廷黻」（音：fú）播成「蔣廷拔」，把「某某副秘書長」播成「某某秘書長」，把「交接合同」播成「交待合同」等等。有一次竟把「中央人民廣播電臺」播成「中央廣播電臺」，漏了「人民」兩個字。新播音員沒有經驗，有這樣的差錯也許可以原諒。但吳祥祜是從「反動電臺」留下的老播音員，到底是無意的口誤還是有意為之？追究起來就說不清了。吳祥祜當時就被嚇壞了，趕緊更正，事後又反覆檢討——

> 檢查這次錯誤的發生，一方面是自己對播音工作不夠重視，沒有把轉播中央人民廣播電臺的話語事先寫在紙上照著讀，以致在精神不夠集中時就會報錯。這次嚴重錯誤，得到一個很好的教訓，就是無論做什麼，即使最習熟的事，也不可大意，也不可不重視。〔註17〕

吳祥祜的檢討是很誠懇的。不過在當時也沒有人上綱上線，領導只是從吳祥祜工作粗心大意的角度進行了批評！

〔註15〕引自吳祥祜手稿《日記筆記摘錄·聽收音員會報》。
〔註16〕左熒《從「編播合一」談到播音應該專業化》載《廣播通報》第二卷第1期。
〔註17〕引自吳祥祜手稿《日記筆記摘錄·11月上半月播音工作小結》。

一九五一年五月一日，廣西人民廣播電臺恢復播音專業化。全臺抽調五位播音員成立播音組，由吳祥祜擔任播音組長。當時，中央領導針對經常出現語言文字與技術性的錯誤提出了批評，指示在新聞出版機關中開展消滅錯誤運動。七月底，吳祥祜按照上級領導指示，組織播音員積極參加這個運動。她們首先認真學習了《人民日報》發表的社論：《正確使用祖國的語言，為語言的純潔和健康而鬥爭》，學習關於「加強廣播的思想性」和「堅決地為消滅錯誤而鬥爭」等文件。又結合實際對照檢查，發現在日常工作中播音錯誤確實不少，因走音、漏字、斷句不准而造成聽眾誤會的現象時有發生。播音員們主觀上都是希望提高水平、杜絕差錯的，尤其是在實行播音專業化以後，大家平時對業務學習也抓得很緊。但是差錯仍然時有發生！

吳祥祜同大家進行討論分析，認為主要原因：一是對播音工作的重要性和發生錯誤的不良影響認識不足，認為「播音只是別人寫了稿子自己念，沒有進步。」「播音工作很簡單，一播就過去了，有點小錯沒關係。」由於在思想上不重視，播前準備不認真，播時照本宣科，遇到不熟悉的字、詞、句不知所措，所以造成差錯。二是播音員在工作中彼此不關心，聯繫也不夠。互相之間有經驗不交流，發現錯誤也不說，有差錯也得不到糾正。三是雖然組織業務學習，但只是孤立地講提高業務水平，缺乏可靠的政治思想基礎。所以在業務學習只是練習朗誦，錄音以後大家聽，練完就完，聽完就算，學習內容、方法、要求一般化，收效不大。四是小組領導工作做得不夠。播音組內發現有不團結的現象也不及時解決。

圖 12-6　圖為 1953 年吳祥祜的全家福照片。後左是程灝的大女兒程淑芳（安真），前右一為 1950 年出生的女兒程安琪。

大家在學習中認為：電臺廣播的內容要有一定的思想性、指導性。廣播節目不僅要求稿子寫得好，而且播音要正確、有感情，前提就要消滅播音差錯。於是大家確立目標，下決心在年底要消滅播音中的技術性錯誤。同時訂立具體措施，要求大家嚴格執行。一是播音員要提高認識、思想重視，做到播前認真備稿，播時態度嚴肅、精神集中。二是每週輪流兩位同志負責監聽，發現錯誤，尋找原因。要求監聽的同志發現錯誤就及時提出，並且記錄下來、分析原因、汲取教訓、盡快改正。三是要求各位播音員要多收聽、多學習中央人民廣播電臺的廣播，多練習朗誦。四是組織集體學習，每天一到二個小時，對本臺播音進行研究討論，交換意見。開展批評和自我批評。五是每半個月作一次總結，研究播音規律，不斷改進工作。〔註18〕

經過努力，消滅錯誤運動收到了明顯的效果。到運動第二階段結束的時，廣西臺的播音差錯已大為減少。作為播音組長的吳祥祜對運動進行了階段總結，充分肯定了運動取所得的成果——

> 經過這個運動，同志們從思想上逐漸加深了對差錯的重視，提高了工作責任感。加強了時事政治學習，看稿子比以前認真，有問題就提出來問。準備工作比較以前細緻得多，和各組聯繫更加強了，減少了差錯。
>
> 監聽在運動中起的作用很大，由組內同志互相監聽，首先改變了以前互相不聽的情況。同時每週或隔周有一次檢討會。這樣就比較瞭解各人的工作情況。也就進一步能互相聽聽意見，互相幫助。現在有意見互相提，已經有些養成習慣了。
>
> 通過計劃、監聽、登記差錯、自己登記差錯、檢討會、總結，不斷的檢查工作，對於自己的進步和缺點就看得比較清楚。每人認識到自己是哪一方面不夠，知道應該注意什麼，朝哪個方向去努力，每個同志訂了計劃、提出了保證，計劃使每人隨時警惕要注意消滅差錯！〔註19〕

作為經驗豐富的老播音員，吳祥祜深知，一些播音員之所以仍有差錯，很重要的原因就是對廣播稿理解不深，播前備稿不足、播時精力不集中。根據這一實際情況，她對全體播音員提出了備稿、播音的具體方法和要求——

〔註18〕據吳祥祜手稿《日記筆記摘錄·播音工作總結》

〔註19〕引自吳祥祜手稿《日記筆記摘錄·小組消滅錯誤運動小組總結》。

> 播講的稿子，一定要專心閱讀三遍以上。並領會全篇大意，有懷疑就問。平時注意糾正自己讀音不正的字，播講前盡可以對讀音不正的字做上記號。播講時精神集中，看準再播。值班時不做別的事、不談笑。播音用語在播講之前至少讀過一遍。〔註20〕

年底，消滅差錯運動第三階段結束。播音差錯雖然還不能完全杜絕，但已經大為減少。1952年元月，吳祥祜在作總結時說——

> 三個月來的努力，是有一定成績的。每個同志都增強了工作責任心。在消滅差錯中都取得了一些經驗，減少了差錯。例如在消滅差錯之前，每播一篇稿子總有三兩處差錯，現在有時已可完全不錯，甚至有時播半小時一篇的稿子，也可以一處不錯。運動初期每天總的差錯有十幾次，甚至二十次，運動末期一般每天差錯幾次，甚至有時可以僅錯一、二次或不出錯了。〔註21〕

徹底消滅錯誤，實現「沒有差錯的廣播」。這當然不光是播音員的事。那時，播音員值班除了播音，還負責操作音量開關，用鋼絲錄音機播放錄音節目。這種錄音機，用一卷像頭髮絲一樣的鋼絲來錄音，錄了多少看不出來，也無從做記號，廣播時常常找不著頭尾。稍不小心，鋼絲不是斷了就是亂了，錯誤不停不斷。解決這些問題需要機務組、錄音組的配合。新聞組有時提供的稿子就有差錯，如把「省花布公司」寫成「市花布公司」、把「二百多萬」寫成「二百萬」等等，播音自然就是錯的。尤其是截稿時間太晚，稿子來得太遲，有時播音員拿到稿子想通讀一遍都來不及，根本談不上備稿。有時稿子被改得亂七八糟，字跡又很潦草，難以辨認，這怎麼能不播錯？顯然，播音組與新聞、文藝、錄音各組之間的工作矛盾，需要有人來作協調的。這個任務後來落到了吳祥祜的肩上！

1953 年初，吳祥祜患了心臟病，休養了一個月。二月一日，臺領導為了照顧她的身體，減輕她的工作，把她調整到收聯組，培訓收音員，聯絡收音站。不久又調到編輯部辦公室協調編播工作——

> 我自己原是搞播音工作的。調去辦公室就要協助王頤蓀同志首先做到提前發稿，保證播音員有充分時間準備。業務學習一向受客觀原因影響，很難另布置一套。提前發稿問題，通過編輯部明確之

〔註20〕引自吳祥祜手稿《日記、筆記摘錄．消滅錯誤運動個人計劃》。
〔註21〕引自吳祥祜手稿《日記、筆記摘錄．消滅錯誤運動第三階段小組總結》。

後，又登記、又統計，很廢了不少事。根據登記、統計的情況，及時批評表揚，鼓動使大家認識提前交稿的意義，鼓動大家重視這個工作。〔註22〕

這一年，吳祥祜的健康狀況不太好，但她的心裏總是惦記著工作。她從播音組到收聯組、辦公室，在辦公室、收聯組、培訓班之間調來調去。有時編寫節目預報表、統計各組交稿時間及差錯，有時抽聽錄音、整理業務資料，有時又負責收發文及回覆聽眾來信。九月以後主要做培訓班的工作，保持同各地廣播站的聯繫，處理廣播站信件，編輯《廣西收音網》，工作顯得有些零碎。她深感花在熟悉業務方面的時間太多，工作做得太少——

由於身體不好，看見別人都在積極工作，自己整體疲倦，病得直不起腰，任何時候都想要睡著。勉強工作，結果做不了什麼事。自己想每月拿那麼多錢，又住著公家的房子，用著公家的電，既慚愧又難過。〔註23〕

很顯然，在解放初期的幾年中，吳祥祜一直努力轉變立場，向黨和人民靠攏，同時也享受到了人民電臺的尊重與照顧。她用心學習、真誠改造，盡力工作，生活平靜而安祥，心情十分愉快！她到編播辦公室後，工作雖然有些零碎、雜亂，但工作量並不少。她在做協調和管理編播工作的同時，還負責自編自播一些廣播專題節目，比如 1954 年編播知識性、綜合性專題節目《廣播文化宮》以及後來的《廣播雜談》等。她在廣西人民廣播電臺工作期間，一直沒有脫離播音崗位。顯然，在舊中國三位始播音員當中，吳祥祜是播音生涯最長久、大概也是經驗最豐富的一位。

〔註22〕引自吳祥祜手稿《日記、筆記摘錄．53 年年終工作總結》。所提到的王頤蓀是當時廣西人民廣播電臺編輯部負責人。

〔註23〕引自吳祥祜手稿《日記、筆記摘錄．53 年年終工作總結》。

第十三章　在政治運動的漩渦中

在新中國成立之初，外有美國為首的帝國主義的圍堵進攻，內有國民黨反動派殘餘勢力的破壞搗亂。為了鞏固新生的人民政權，安定社會秩序，恢復和發展國民經濟，提高人民生活水平。中共中央在全國開展了抗美援朝、鎮壓反革命、土地改革等一系列的政治運動。1950 年初，廣西就開始聲勢浩大的剿匪和肅清反革命運動，9 月間，抗美援朝運動逐漸興起，各族青年踴躍參軍，各屆人士紛紛捐錢捐物，以極大的熱情投入抗美援朝。10 月，廣西召開首屆各界人民代表會議之後，土改運動又逐步開展起來。這一段時間，吳祥祜主要忙於在電臺的播音工作，同時也以極大的政治熱情投身到運動之中。她積極參加各種學習、會議，誠懇、如實地交代自己的歷史，表達參加革命的決心。領導安排程灝參加土改工作隊下鄉，她承擔起全部家務，照顧老人和孩子，全力支持丈夫。有幾位同事下了鄉，她不辭辛苦，常常替他們頂班。

1951 年 12 月，三反運動開始。這是解放初期在中國共產黨和國家機關內部開展的反貪污、反浪費、反官僚主義的一次運動。廣西省直屬機關的三反運動，從 1951 年 12 月下旬開始，到 1952 年 8 月中旬結束，經歷的時間不是很長，但對吳祥祜的觸動卻不小！

在當時，三反運動的領導機構，全省的是省節約總會，文教系統是節約分會，各單位是節約支會。報社（包括電臺、通訊社等單位）節約分會的領導是《廣西日報》社社長廖經天和省委宣傳部副部長史乃展等。電臺節約支會的主任是朱惠然臺長，副主任是倪虎。其他成員都是各科、室、組的負責人。吳祥祜當時是播音組長，也是節約支會成員之一。1951 年 12 月 30 日，廣西人民廣播電台臺長朱惠然召開全臺幹部大會，號召幹部們打消各種思想顧慮，積極參加運動。元旦過後，朱惠然臺長和張磊副臺長又帶頭作了檢討，運動便逐步開展起來。吳祥祜後來在給廣西廣播電視廳政治處寫的請求平反報告中，談到了當時參加運動的情況——

> 那時我參加革命工作不久，又未經過很好的學習、改造，立場、觀點、方法都成問題，作風也是舊的一套。加上我一直到現在還不會動腦筋，只是想，過去替反動派做反動宣傳，對不起黨和人民。現在共產黨不咎既往，不殺不辱，還給我工作，應將功贖罪；跟著共產黨走沒有錯，應拼命的幹。會上布置什麼就回去組內布置、動員，發動群眾。自己更是帶頭幹。在反官僚階段，大小會給領導提了不少意見。我也憑我當時的認識給黨、團和領導提了一些意見。〔註1〕

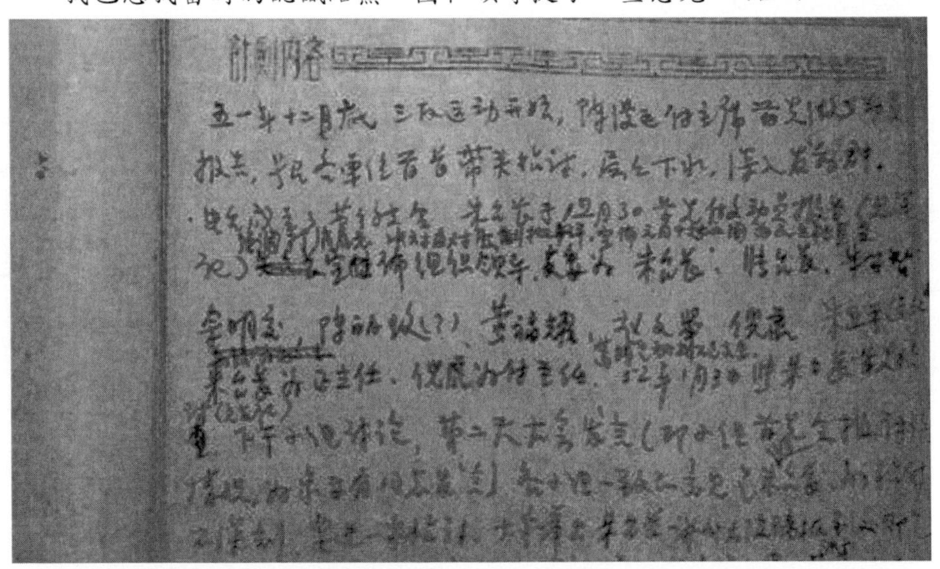

圖 13-1　吳祥祜在小本子上記錄三反運動的文字。

應該說，吳祥祜在運動的初期是頗受重用的。進入「打虎」階段後，電臺組織了三個打虎隊，其中第二隊的隊長由張磊副臺長擔任，吳祥祜是第二隊的成員。第一隊和第二隊負責打的「老虎」都姓陳，時稱「二陳」，吳祥祜所在的第二隊負責打的是其中一名「中虎」。〔註2〕

為了更好地發動群眾，領導報社、電臺、通訊社等單位運動的節約分會主

〔註1〕引自吳祥祜檔案《1979 年 2 月 28 日給自治區廣電局政治處寫的請求平反報告》。

〔註2〕據吳祥祜手稿《吳祥祜文稿五篇．回顧三反運動》。

任廖經天、史乃展準備到電臺聽取群眾意見，電臺同志們得到這個消息後很鼓舞。領導到來的前一天，編輯科副科長王頤蓀（當時電臺下面設科，科下設組）和節約支會副主任倪虎對大家說：領導來了不要冷場，朱惠然臺長要求大家發言要踴躍，要開個會做些布置。王頤蓀是吳祥祜的直接領導，他不僅動員吳祥祜要積極反映問題，而且要她召集人來討論安排發言的事。當時吳祥祜的婆母生病，沒有人帶小孩，表示不能參加會。吳祥祜家離電臺不遠，晚飯後王頤蓀等四、五個人就乾脆直接到吳祥祜家去開會。會上王頤蓀要求大家給領導反映問題講話要簡潔，不要囉嗦。並就發言的內容、順序都作了具體安排。不過所講的內容基本上也都是過去講過的。吳祥祜一直以為，這個會是電臺節約支會布置開的。

以後運動進入到反貪污階段，提出大膽懷疑的口號。有人懷疑張磊副臺長有貪污嫌疑，問題反映到節約分會。分會決定審查張磊，又擔心群眾有顧慮，不敢起來檢舉。於是廖經天、史乃展兩位領導再次深入電臺進行動員，接著又派廣西日報總編輯劉毅生帶領工作組進駐電臺。工作組六位成員都來自報社，不過具體工作也吸收電臺支會的領導參加。再後來在進行打虎的時候，因副臺長張磊受審查，他的第二打虎隊隊長就被撤掉了，隊長改由吳祥祜擔任。

在提出張磊副臺長的問題時，第二隊打虎已經結束，但第一隊打的老虎卻出現了反覆。第一隊打的那名姓陳的「老虎」，是一位無線電工程師，其罪名主要是貪污電臺器材款，僅此一項就有八千多萬元（舊幣，下同），再加上其他方面的貪污就超過一億元。「當時規定，貪污一千萬元以上的是中小『老虎』，貪污一億元以上的是『大老虎』」。〔註 3〕，陳某在接受第一打虎隊的審問時，承認貪污了一億元，所以被認為是「大老虎」。可是很快他就反供，說沒有那麼多。但不久重審時又承認了，承認後又反悔。這樣屢次反反覆覆的，始終不能定案。機務科服務部一些同志也認為：第一隊把陳某打成「大老虎」有些偏差。於是工作組就以吳祥祜有打虎經驗為由，指定她與另外一名打虎隊員共同負責，重新審理陳某的「大老虎」案。

領導的指派，吳祥祜不便推辭。她把案件接過來，發現材料之多，堆起來竟有一尺多高。為了實事求是，給陳某一個既嚴肅又恰當的處分，吳祥祜花了大量的時間翻閱這些材料——

〔註 3〕顏慧《一份報告引發的「打虎」運動》載人民網-中國共產黨新聞網，2019 年 01 月 25 日。

> 最重要的檢舉材料就是徐某某統計出來的八千多萬元的賬單。我問他這賬是根據什麼統計出來的？原來當時電臺並無一本完整的賬，是根據偽漢口臺、偽教育臺及偽桂林臺點交時的冊子綜合算出來的，好容易弄明白了之後，一核對出入極大，並且估價高出當時新貨的價格。發現這個問題之後，再與電臺領料賬與實物相對，證明其中有很大的錯誤。還有一些檢舉材料反映的款項，早在鎮反運動之前就已經退繳，按政策不應該再算。〔註4〕

吳祥祜把這些情況反映到節約支委，認為不應把陳某打成「大老虎」，不足以給予刑事處分。接著又在全臺大會上作解釋，可是群眾聽不明白，大家議論紛紛。當時第一隊又正在總結打虎經驗，他們覺得好不容易才打的一隻「大老虎」，怎麼被吳祥祜一搞，就成了普通「老虎」了，因此意見很大。結果節約支委們不但不支持吳祥祜，反而在全臺大會上批評吳祥祜定案不對。最終還是將陳某打成「大老虎」，判了他兩年徒刑，緩期執行，實行機關管制。不過在後來的復查中，陳「大老虎」案被糾正過來了，這說明吳祥祜等人當時所提出定案的意見並沒有錯。

運動進入思想建設階段，有人說：吳祥祜把「大老虎」搞成「普通虎」是有意包庇陳某。理由是：陳「大老虎」與廣州的莊某來往密切。莊某知道吳祥祜的丈夫程灝有貪污行為，吳祥祜為陳「大老虎」開脫，就是想通過他來勸說莊某，包庇自己的丈夫。

在三反期間，吳祥祜的丈夫程灝正好下鄉參加土改，不在南寧。有人檢舉他有貪污行為，他就把自己的交待說明材料直接寄給吳祥祜，由吳轉交給節約支會，於是就有人就懷疑他們夫妻倆是互相串通，企圖蒙混過關。到了運動總結的時候，又有人檢舉吳祥祜別有用心，刻意巴結、討好、拉攏朱惠然臺長；說她在家裏召集秘密會議，瘋狂向党進攻，企圖攆走黨員幹部張磊副臺長等等。如此一來，問題就變得複雜起來！

本來，吳祥祜在三反運動中是受重用，有成就的。當時，丈夫程灝下鄉不在家，她一個人照顧老人孩子，家務很重。在工作上，她作為播音組長，不僅要完成自己的播音任務，也要協調安排全臺的播音工作，確保電臺廣播不受影響。作為節約支委、打虎隊長，還要發動播音組內人員參加運動。看材料、研究問題、進行各種彙報、參加各種會議，時間不夠用，還得加夜班。尤其是在

〔註4〕引自吳祥祜手稿《吳祥祜文稿五篇．回顧三反運動》。

運動中所打的「老虎」，材料紮實，結論準確。可是運動結束時卻要她檢查。她實在想不通——

> 當時我想，我所有的活動都是根據分會或領導布置的。電臺支會打那麼多虎，只有我負責打的定了案，退了贓，其餘全部炎生。不說我有功，卻以在反官僚階段給黨團提點意見，就給我扣了這麼多的帽子，而且與事實不符，我很不服。可是當時壓力極大，只得根據領導意圖做了檢討。〔註5〕

然而，事情並非是檢討了就能算完的。吳祥祜在三反運動中的種種表現，到1955年的肅反運動和1957年反右派運動，又被重新翻出來，對她的人生產生了很深的負面影響！

吳祥祜知道，自己在解放前長期在國民黨中央電臺工作，為反動派作宣傳，對人民毒害很深，這一錯誤不輕；但又覺得自己從未做過那些傷天害理的事，更沒有傷害過革命的同志，這些早在1950年的鎮反運動學習時，都已經向組織作過交待。所以到1955年肅反運動開始時，吳祥祜就感覺自己應該不再有什麼問題了。特別是她認為自己參加革命以後，一直都在認真地學習，誠懇地改造思想，追求進步；工作上也一直是盡自己最大的努力去做，久不久還得到領導或同事們的表揚和肯定。所以在1955年的肅反運動之初，一直是自我感覺良好，心安理得。豈料這次運動來勢之猛，使人猝不及防。尤其是吳祥祜過去長期在國民黨中央電臺工作的歷史，特別引人關注。5月間，廣西人民廣播電臺黨組突然宣布吳祥祜及其丈夫程灝都是肅反運動的重點，要實施隔離反省。程灝留在家住，吳祥祜只准在辦公室住。兩人不准見面，各自反省歷史，各寫各的交代材料。吳祥祜甚至不能跟家裏的其他人聯繫、來往。

對待交代政治歷史問題，吳祥祜是沒有顧慮的。可是在國民黨敗退臺灣撤離南京前，她的丈夫程灝去過臺灣；在回桂林之前，她與丈夫程灝又專程去了一趟香港，這就被一些人懷疑是去接受任務。於是，一些群眾就揭發她們是受敵人安排潛伏下來的特務分子。隨著運動的深入，大會小會說她是反革命，叫大家大膽檢舉。這時曾經與吳祥祜在反動電臺共事過的曹某，更是把從認識吳祥祜到肅反這一時期的經歷講了一通，聲稱吳祥祜和程灝兩口子在反動電臺如何如何有權勢，是被反動派安排潛伏下來的特殊人物。其中又多次提到：在

〔註5〕引自吳祥祜檔案《1979年2月28日給自治區廣電局政治處寫的請求平反報告》。

三反運動期間，吳祥祜在家「召集秘密會議」、陰謀「擠走黨的幹部張磊」，彷彿吳祥祜真的就是反革命女特務。〔註 6〕

在運動中，曾有一位姓黃的青年編輯被派來幫助吳祥祜交代問題。在與吳祥祜個別談話時，這位黃編輯拿出假證據來哄騙她招供，被她一眼識破。姓黃的又寫一個特務頭子的名字，要吳祥祜寫出關於這個特務的有關材料，以此來證明：吳祥祜有收音機，同這個特務和海外的反革命分子有過聯繫。吳祥祜從未聽說這個特務頭子的名字，更談不上認識、聯繫。她實事求是，不為所動。在批鬥吳祥祜的前幾天，這位黃編輯又不知天高地厚，用政治常識來考問吳祥祜，而且語帶威脅。有時又極無聊、極不嚴肅地問吳祥祜：你年輕時是不是被很多人追。這些都使吳祥祜產生極大的反感。她決心實事求是，有什麼就講什麼，但絕不講假話，絕不為了通過而虛構揑造。〔註 7〕

1955 年的國慶節前的一天，吳祥祜忽然被通知立刻回家。到家一看，家裏已經被翻得亂七八糟，原來一幫人正在抄她的家。她和程灝的筆記本、照片、圖書統統被翻檢個遍。接著，日記和相片都被拿了去，並再一次把她關回辦公室。10 月 5 日晚飯時分，又有人通知她搬回家去住。吳祥祜莫名其妙，回到家後見婆母在擦拭眼淚，一問才知道，程灝已被逮捕，關押到公安廳看守所裏去了。

程灝參加土改回來後，只是在廣西人民廣播電臺擔任一名普通的助理編輯，名氣遠沒有吳祥祜那麼大，但問題卻不小。

原來，程灝經朋友介紹，在 1936 年進入南京密電檢譯所當英文和日文打字員。密電檢譯所是國民黨特務的情報機關，專門研究、翻譯日本方面電訊來往的密碼。當時誰能把日本人的電訊密碼翻譯出來是可以立大功的。程灝工作很努力，破譯過日本人的密電碼，被認為是為對日作戰立過功的，受到過蔣介石的接見。對此，程灝頗感自豪，曾在人前炫耀。在抗戰中，密電檢譯所遷到重慶，併入國民政府軍事委員會技術研究室。程灝被銓敘為中校技士。1942 年，程灝因對當時的工作和收入不滿意，辭職到中央電臺傳音科當幹事。以後又到美國新聞處、中央通訊社做英文打字員，1946 年春，重回中央廣播電臺做傳音科總幹事。由於程灝在特務情報機關擔任譯電、破譯技術工作多年，獲得過

〔註 6〕據吳祥祜手稿《吳祥祜文稿五篇．往事回顧》吳祥祜檔案《1979 年 2 月 28 日給自治區廣電局政治處寫的請求平反報告》。

〔註 7〕據吳祥祜手稿《日記筆記摘錄．對各政治運動的認識及態度》及《吳祥祜文稿五篇．往事回顧》。

蔣介石的接見，所以被以特務分子論處。更何況，有人還舉報程灝曾當過國民黨中央電臺區分部委員的要職，在桂林綏靖公署廣播電臺時很有權，丁作超也是靠他才當上臺長；電臺經費靠程灝活動得來，電臺能逃到南寧也是靠程灝的特殊關係；解放前夕，程灝又去過臺灣和香港，這就被一些人懷疑是去接受秘密潛伏任務。由此懷疑他們是被反動派安插到廣西隱藏下來的人物。這是沒有的事，程灝當然不承認。於是，在 1955 年 10 月 4 日的全臺大會上，程灝被宣布為頑固不化的反革命分子，立即押解到公安廳繼續審查，不久又被公安機關正式逮捕，後來送到來賓縣古瓦農場進行勞動教養。〔註 8〕

與程灝相比，吳祥祜的歷史問題並沒那麼複雜。但由於她在反動電臺工作的時間長、名氣大，在運動之初，檢舉揭發的材料也不少。一些人根據檢舉材料判斷，吳祥祜的問題可能也不小。於是先後三次派人到全國各地反覆調查核實那些舉報材料，掌握了她的全部歷史。經過近一年多的審查，沒發現有什麼重大的政治歷史問題，各種情況與她的交代也基本一致，更沒有發現她有任何現行的特務行為。於是，在 1956 年 5 月，吳祥祜通過了審查，又重新恢復了工作。

吳祥祜的工作是恢復了，但生活卻發生了很大的變化。先是家被搬到了電臺的後院，接著程灝的工資停發，全家人生活全靠吳祥祜一個人工資收入，而且不知道還會不會受到處分，前途很不明朗。程灝的母親幫不上什麼忙，整日以淚洗面。大女兒程安真在武漢結婚成家，（後隨學校遷往南京）老人忽然說要去探親。說過之後，就把蘇州的房契交給吳祥祜〔註 9〕，不久就帶上只有六歲的小女兒程安琪，動身去了武漢，不再回南寧了。從此，吳祥祜好端端的家分散在三地。吳祥祜的小兒子程安美說：「1955 年父親被抓去教養，這對我奶奶打擊很大。1956 年，奶奶就帶著妹妹去南京跟隨姐姐。從那以後，我們一家就沒有再團圓過！」

吳祥祜恢復工作後，先是回農村組編播節目，後來又調去編輯部辦公室搞節目管理，1957 年主持編播知識性、綜合性的節目《廣播雜談》。沒多久，反右派運動就開始了。

吳祥祜歷來低調處世，解放以後更是謹言慎行，所以沒有什麼右派言行，照理反右派是反不到她的。隨著運動的深入，廣西人民廣播電臺揭露出了一個

〔註 8〕據程灝在 1979 年 2 月 18 日、4 月 22 日給廣西廣電局寫的請求平反的申訴材料手稿。

〔註 9〕據程安美口述：所謂蘇州的房契指程家解放前在蘇州半邊街購置的房產憑證。改革開放後，蘇州方面已按政策退還。

所謂已經隱藏六年之久的「王頤蓀反黨集團」。王頤蓀一直是吳祥祜的直接領導，當時擔任電臺編輯部副主任，他的一些活動自然也牽連到了吳祥祜——

> 這個集團早在 1951 年底三反運動開始時就已經形成，幾年來對黨所領導的各個政治運動，都進行過有計劃的攻擊和破壞。他們企圖把持電臺，千方百計要轟走共產黨員，搞垮黨的領導。要把電臺變成資產階級反動派的工具。〔註 10〕

據當年的《廣西日報》報導：王頤蓀反黨集團的主要反黨活動，一是制定反黨計劃，一面為右派喊冤，一面向黨上下夾攻。二是從反右派開始，就以退為攻，採取種種陰謀手段，繼續反黨。三是他們早就結成了反黨集團，立意在工作上不給共產黨打基礎。四是六年來，一向在電臺為非作歹，製造混亂。五是堅持資產階級新聞觀點，反對黨的廣播方針，並與省內新聞界右派分子相勾結。而其中與吳祥祜有密切相關的，則是這一小撮「沒有改變反動立場的社會渣滓」，在結成反黨集團時，曾在吳祥祜家開會，組織策劃向黨員幹部進攻。〔註 11〕

圖 13-2　1957 年 11 月 13 日《廣西日報》在新聞報導中公開「王頤蓀反黨集團」成員的姓名，吳祥祜名列其中。

〔註 10〕引自《潛藏六年的王頤蓀反黨集團被揭露》載《廣西日報》1957 年 11 月 13 日第三版。

〔註 11〕引自《潛藏六年的王頤蓀反黨集團被揭露》載《廣西日報》1957 年 11 月 13 日第三版。

那是在1951、1952年的三反運動中的事。編輯科副科長王頤蓀為了給前來瞭解群眾意見的領導反映情況，組織人開會策劃檢舉副臺長張磊的官僚主義和貪污行為，這個會被認為與反黨集團的形成有關。吳祥祜不僅參加了這個會議，而且會議就是在吳祥祜家裏開的，會後還按王頤蓀的要求，發動組內人員進行檢舉揭發。再後來，上級派省委宣傳部的李德韓同志來電臺領導運動，這些參加會議的人又聯合工作隊的一些隊員，一起「圍攻」李德韓，說李德韓袒護張磊副臺長。這一系列的活動都被認為是向党進攻——

> 借反貪污之名蒙蔽上級，勾結派來電臺參加三反的廣西日報右派分子張某、勞動教養的反革命分子饒某召開秘密會議，密謀趕走當時的中共黨員、副臺長張磊同志，轟走省委宣傳部派來領導三反運動的中共黨員李德韓同志。目的是要轟走共產黨員，搞垮黨的領導。〔註12〕

王頤蓀是江西人，抗戰勝利後，由國民黨招考保送去了臺灣，在某中學當教員。不過當時他已經加入中共黨組織，是按照黨組織的指示，投考到臺灣去從事地下工作的。1949年3月，他奉命從臺灣回到南寧，不久被安排到電臺擔任編輯科副科長（編輯科改為編輯部時為副主任），一直是播音組長吳祥祜的頂頭上司。王頤蓀的歷史比較複雜，曾在南京汪偽政府充當新聞檢查官達四年之久，被人檢舉出來，所以他在肅反運動時也被列為審查對象。他一直擔心吳祥祜把開會策劃檢舉張磊的事交代出來，三次找吳祥祜外出秘密談話，叫吳祥祜不要承認在吳家開會的事。反右初期，王頤蓀又多次指使反黨集團的另一位成員韓采薇與吳祥祜聯繫，要吳拒絕交代在吳家開會的事。

事實上，王頤蓀等人當時的活動並非有多秘密，大部分群眾和領導都是知道的。在反右派運動中，電臺的領導一再要求相關人員大膽揭發交代，可是吳祥祜卻很不主動。1979年2月，吳祥祜在給廣西壯族自治區廣電廳政治處寫的請求平反報告中說——

> 柏立（副）臺長找我談話，示意我應該檢舉，不要捲入反黨集團，談過後我有些莫名其妙，後來我想關鍵可能是在三反運動。當時我十分害怕王頤蓀再叫韓采薇來找我。萬一叫人知道，聯繫我的歷史，聯繫程灝的勞動教養，若是我再成了右派，全家不都完了嗎？

〔註12〕引自《潛藏六年的王頤蓀反黨集團被揭露》載《廣西日報》1957年11月13日第三版。

> 這樣我就根據以上那些線索進行了檢舉。領導上、同志們見我檢舉了，非常歡迎。一面叫我脫產，一面派郝雲同志來幫助我整理材料，準備面對面的鬥爭和準備自我檢討。起初我檢討的很不深刻，經過同志們的幫助，把自己的錯誤上綱上線，就承認我加入了這個反黨集團。不過，我說不出它的反黨綱領是什麼。〔註13〕

1957年11月13日，《廣西日報》刊登了廣西人民廣播電臺通訊組的文章《潛藏六年的王頤蓀反黨集團被揭露》，公布了這個反黨集團的形成過程及罪行活動，公布了反黨集團成員的名單，吳祥祜也赫然其中——

> 隨著鬥爭的逐步深入，群眾充分發動起來，反黨集團陷入孤立狀態，開始分化。反黨集團成員之一的吳祥祜被揭露之後，孟昭和在迫不得已的情況下，開始揭發以王頤蓀為首的反黨集團很早就形成。這個集團包括孟昭和、吳任才、崔芳運、韓采薇、吳祥祜等人。〔註14〕

被黨報點名為反黨集團成員的這些人，這無疑都受到了極大的衝擊。為首的王頤蓀被捕入獄，他的妻子胡春虹當時是電臺打字員，被認定按照王頤蓀的指示，借打字工作之便，偷竊反右派鬥爭的有關文件，拉攏不明真相的群眾。孟昭和被打成右派分子，韓采薇被認定給右派分子通風報信，作右派的跑腿，受到行政處分。其他反黨集團的成員，也在不同程度上受到了處罰。

吳祥祜作為反黨集團成員之一，自然逃不過受排擠、受打擊的厄運。不少朋友、親戚不再同他們聯繫。家中有的兄弟姐妹也開始疏遠她們，連同胞姐妹也都斷絕了來往。個別姐妹甚至揚言：決不准反革命分子吳祥祜進家門！吳祥祜的生活從此跌入低谷。

「在20世紀50年代後期，發生了一個當代中國史上的重大事件：國家將上百萬幹部下放農村、工廠，參加體力勞動。」〔註15〕，1957年11月14日，中共廣西省委常委擴大會議決定；在全省40萬幹部中下放10萬人到基層工作，其中省直屬機關幹部要下放30%至50%。大勢所趨，吳祥祜響應黨的號召，下決心到農村去，到基層去，參加農業生產，在勞動中鍛鍊自己。吳祥

〔註13〕引自吳祥祜檔案《1979年2月28日給自治區廣電局政治處寫的請求平反報告》。

〔註14〕引自《潛藏六年的王頤蓀反黨集團被揭露》載《廣西日報》1957年11月13日第三版。

〔註15〕引自王永華《百萬幹部下放勞動始末》見《黨史縱覽》2009年第12期。

祜是懷著在勞動鍛鍊中徹底改造自己的虔誠之心來接受下放安排的。她完全沒有想到：這一走，離開廣播電臺竟長達 27 年之久……

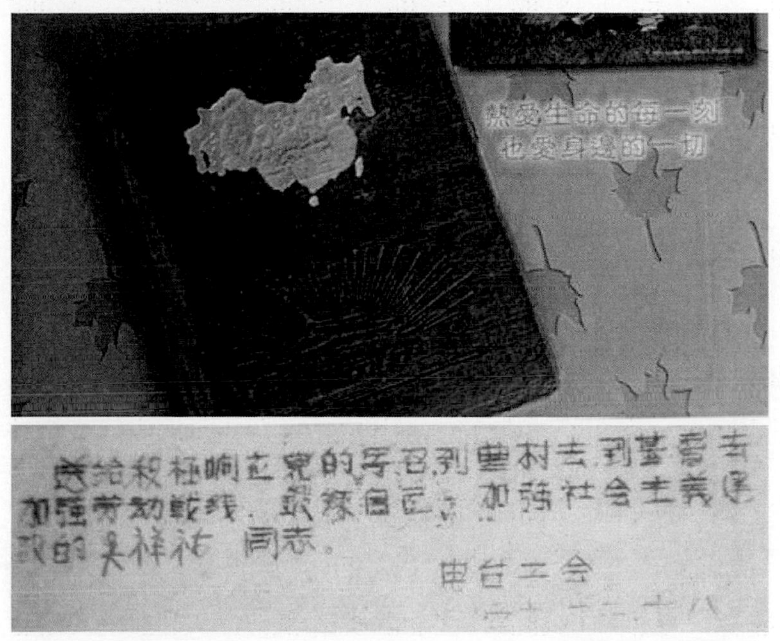

圖 13-3　吳祥祜報名下放到農村勞動時，電臺工會贈給她的筆記本，上為封面，下為內頁的贈言。

第十四章　辭別廣播下放巴馬〔註1〕

吳祥祜是中國第一批通過國語語音考試的女播音員，當年堪稱「國寶」。在同時通過考試被電臺錄用的三個人之中，來自哈爾濱的張潔蓮播音不到三年就被母親帶離崗位。來自北平女子師範大學的劉俊英，在抗日戰爭特別艱難困苦的時期，因為健康不佳、目疾惡化而離開了播音崗位。只有吳祥祜，從民國建立國家廣播電臺的初期，到與日本侵略者進行殊死作戰的八年抗戰，在民族涅槃、天地翻覆的解放戰爭中，在新中國成立創建地方人民廣播事業過程中，一直都沒有離開過播音崗位。吳祥祜報名下放，名義上雖然還是廣西人民廣播電臺的播音員，但實際上已不再播音，以後也未能重返播音崗位。中國最早通過國語語音考試的三位女播音員，到 1957 年底、1958 年初全部都離開播音臺，結束了她們的播音生涯。

程安美說：「我母親是響應黨的號召下放參加勞動的，那時，大家都覺得下放是很光榮的事。」但從吳祥祜的回憶中不難發現：她積極報名下放，與其境況變化多少也是有些關係的——

> 被打成王頤蓀反黨集團成員後，廣西日報登了一大版，真是盡人皆知。母親近在醫學院，不能去一見。親友在南寧的都避而遠之。這時的我只想遠避他鄉。正好黨號召下放，於是我叫婆母不要回南寧，自己帶著兩個十歲左右的兒子下放去了巴馬。〔註2〕

1957 年 11 月 16 日，中共廣西省委召開省及南寧市直屬機關幹部大會，

〔註 1〕本章資料來源：除注明外均來自程安美接受採訪時的口述。
〔註 2〕引自吳祥祜手稿《吳祥祜生平回顧．從丈夫被捕至被打成牛鬼蛇神》。

動員幹部下放，吳祥祜從一開始就報名，作去農場生活的準備。據吳祥祜的小兒子程安美說：「那時我常看見她光著腳，在石板地上走來走去，很奇怪，就問她這是幹嘛，她說，我們可能要到鄉下去，在鄉下是要赤腳走路的，我現在要練一練、試一試。」

廣西人民廣播電臺根據省委的部署，分三批安排了 23 名幹部下放。吳祥祜被安排在人數最多的第二批，下放到百色革命老區的巴馬瑤族自治縣。〔註 3〕，一同下放的還有原編輯部副主任、右派分子倪虎，王頤蓀反黨集團成員、右派分子孟昭和、韓采薇夫婦，王頤蓀的妻子胡春虹等。一些是思想進步、工作積極，各方面表現都很好的編輯記者、播音員、技術員，如青年播音員劉保農、技術員譚樹鼎等，也一同下放。那時候的幹部下放並不是懲處什麼人，而是鼓勵幹部參加勞動、深入基層、改變作風的運動。

圖 14-1　1956 年巴馬縣城一角（《巴馬瑤族自治縣志》廣西人民出版社 2003 年 6 月）。

1958 年元旦前的幾天，吳祥祜帶著身邊的兩個兒子，隨同廣西人民廣播電臺的第二批下放幹部一道，前往巴馬。那時從南寧開車去巴馬，路不好走，得先到百色住一晚，第二天又走一天才能到。同行的人不少，帶著家屬、小孩

〔註 3〕資料來源：廣西廣電史志辦公室檔案。

同去的不僅是吳祥祜，有的連保姆都帶上。反正人很多、老老少少的很熱鬧。程安美回憶說：我們小孩愛熱鬧，一路上覺得很新鮮、很好玩，半路還下車摘野果、打打鬧鬧的。到百色感覺百色比南寧還熱鬧。到巴馬縣城發現那裏很破很冷清，汽車站還是茅草房。山坡上有一個新建的廣播站，所有的人就在那個廣播站打地鋪住了一個晚上。第二天才下鄉村。母親被安排到盤陽鄉坡交生產隊——

> 我帶著兩個孩子住在盤陽鄉坡交屯的女鄉長黃約紅的家裏。兩間土屋裏面可以看到外面。一間屋是客堂，空空的只有一個方桌和一個碓（這是家家沖米用的不能少的東西）。裏面一間僅有兩張床。我和兩個兒子擠在一張床上，另一張就是黃約紅的母親和她與一個孫女住。吃飯早晨煮一鍋粥吃三餐，有時是一點鹽送飯，有時有幾顆黃豆。我們在城市生活慣了，哪裏吃過這種苦。但兩個孩子倒很懂事，從來沒有喊過肚餓。粥多就多吃一碗，粥少就少吃。〔註4〕

這一年的吳祥祜已經45歲，但她過去從未到過農村，對農業生產知識知之甚少，許多農作物都認不出來。她挑不能挑，鋤不能鋤，勞動中鬧了不少笑話。例如挑擔子剛走兩步就跌跤，鋤地鋤不了十分鐘就累了。別人鋤了一大片她才鋤一點點。但離開了惱人的政治運動糾纏，拋開了不愉快的人際關係，在一個新的氣氛環境中，吳祥祜的心情十分輕鬆。她以參加勞動來鍛鍊自己的態度是很堅決、很虔誠的。她謝絕了領導的照顧，天天出工，從不缺勤。勞動中不懂就問，跌倒了爬起來再幹，一次幹不好二次再幹。有一次抗旱，生產隊並不要求下放同志參加，但她照樣出工，結果只有她和副隊長兩人到崗。有一次搶插，夜戰扯秧，到半夜人們都回去了，她一個人埋頭苦幹，一直到天亮。經過這樣近乎自虐的苦勞，吳祥祜慢慢適應了這種繁重的體力勞動，與當地女社員的差距漸漸縮小。後來連續幹完一段工不休息也不感覺到累。勞動工分也逐漸增多了。五月份，同在一個生產隊的下放同志，勞動工分一般都是二百多分，吳祥祜卻得了三百十七分。〔註5〕

吳祥祜在坡交生產隊勞動一段時間後，又按照領導的安排，到六成、百甘等水庫工地參加水利建設。在全黨全民大辦鋼鐵的時候，又參加了勞動強度更大的大煉鋼鐵，吳祥祜都挺過去了。她從不喜歡勞動、不習慣勞動變成

〔註4〕引自吳祥祜手稿《吳祥祜生平回顧·從丈夫被捕至被打成牛鬼蛇神》。
〔註5〕吳祥祜手稿《日記筆記摘錄·勞動鍛鍊思想和工作總結（57.12.26～59.4.22）》。

了習慣勞動、熱愛勞動；從挑擔子怕肩膀痛、不敢挑重擔變成不怕痛、能挑重；領略到了勞動出汗的快樂，親身體會到勞動戰勝困難、改變自然的樂趣——

在勞動鍛鍊中，無論農業戰線上，在興修水利戰線上或鋼鐵的戰線上，都親眼看到用勤勞雙手創造出財富，因此從實際中認識到了勞動的偉大與勞動光榮。在勞動中，大片的田地在一天的時間或更短的時間就被社員織成美麗的圖畫；本來荒蕪的山野，我們水利大軍一到馬上改變它的面貌。一兩天的時間就修成大路、橋樑或房屋。〔註6〕

在勞動鍛鍊中，吳祥祜收穫了快樂，更收穫了健康——

我絕少生病。和坐辦公室的時候相比，身體真是判若兩人。到水利、鋼鐵工地以後逐漸胖了起來，初下來的時候，體重不過97斤，現在一百一十斤。這就說明勞動可以使人健康，增強體力。〔註7〕

圖 14-2　下放時，吳祥祜帶在身邊的兩個兒子。

〔註6〕吳祥祜手稿《日記筆記摘錄·勞動鍛鍊思想和工作總結（57.12.26～59.4.22）》。
〔註7〕吳祥祜手稿《日記筆記摘錄·勞動鍛鍊思想和工作總結（57.12.26～59.4.22）》。

與農民同吃同住同勞動，使吳祥祜真切感受到了農民的聰明與勤勞，感受到了勞動人民的善良與淳樸。她特別欽佩女房東黃約紅。黃約紅雖然是副鄉長，但不脫產，經常參加勞動。這位樸素的勞動婦女，負責領導一個片區，夜晚常常出去開會，有時候回來已是深夜，第二天仍然是天不亮就起來幹活，還要做家務。她不識字，但開會發言簡單扼要，布置工作乾脆利索，批評或表揚人直來直去，很有分寸也很誠懇。黃約紅很能幹，家中裏裏外外都是她一人操持。她男人不在家裏，像修房屋、上山打柴，在當地一般都是男人幹的活，她都是自己做。吳祥祜跟著黃約紅一起上山學習打柴，跟她一塊修房子；每天早早起來去挑水、幫忙做家務。黃約紅為人心地善良，性格率真，待人接物熱情大方。她家房子很窄很簡陋，怕吳祥祜住不慣，就把自己的床讓出來給吳祥祜。對吳祥祜帶來的兩個孩子也多有照顧。後來轉到法福、坡利生產隊，那裏的房東對吳祥祜母子三人也都很好。〔註8〕

當時的生活很艱苦，吳祥祜帶在身邊的兩個孩子也很懂事。到坡交的第二天，就隨母親跟社員一起參加勞動。農民耐心地教他們幹農活，開學了又送他們到盤陽小學讀書。在艱苦的環境裏，兩個孩子也從不喊累、喊餓，默默地忍著！這使吳心裏得到了很大的安慰。一直在吳祥祜身邊生活的小兒子程安美，回憶起跟隨母親下放在盤陽鄉生活的情形時說：在盤陽鄉，我們搬了好幾個村。後來搬到盤陽河邊的坡利村，住在農民家裏。我到盤陽小學讀書，每天上學要走兩公里。學校見來了個城裏的小孩，感覺很新鮮，大家對我都很好。尤其是校長和班主任。那時我感覺盤陽比縣城還好、還熱鬧——

> 暑假，大兒子安善考取了巴馬中學，開學就去住校和同學們一起生活。小兒子安美仍在盤陽小學讀書。大約 10 月，巴馬縣號召大修水利。小學校放學了，我就帶安美一起去修水利。〔註9〕

在修水利和後來的大煉鋼鐵勞動中，吳祥祜被安排到幹部營，一切都是集體活動，都住在草棚裏，帶著兒子在身邊很不方便。程安美在回憶當年的情形時介紹說：母親天天在山裏勞動，根本沒有時間管我。我也沒有辦法正常上學，有時一個人呆在屋裏，母親很不放心。1958 年外公去世後，外婆一個人生活有點孤單，母親就把我送到桂林去陪外婆。並且由當校長的二姨媽吳祥礿安排

〔註 8〕據吳祥祜手稿《日記筆記摘錄・勞動鍛鍊思想和工作總結（57.12.26～59.4.22）》。

〔註 9〕引自吳祥祜手稿《吳祥祜生平回顧・從丈夫被捕至被打成牛鬼蛇神》。

我上學讀書。

1959 年初，很多下放幹部接到通知，陸陸續續返回原單位工作了，可是吳祥祜和一部分人員，一直沒有接到重返電臺的通知。後來，未安排回原單位工作的下放幹部就都集中到巴馬縣城，聽候縣裏安排工作，總結下放勞動的情況，從總結的記錄來看，吳祥祜在下放勞動的一年零四個月中，幾乎沒有專門休假過——

> 我積極響應黨的號召下放到巴馬縣盤陽鄉以來已經一年四個月。在這一年多中計參加坡交生產隊勞動生產一個半月，六成水庫勞動一個月，法福生產隊生產勞動一個半月，坡利屯生產隊四個月，百甘水利一個半月，鋼鐵工地工作二個月，巴馬基幹營工作四個月，坡利屯蔬菜組工作十天。〔註 10〕

吳祥祜後來發現：留在巴馬重新安排工作的大都是一些被認為有問題的人，如她的好朋友胡春虹、韓采薇、孟昭和等。不過巴馬勞動人事部門對她們的工作安排很認真，事先都徵求過每個人的意見。胡春虹要求去百貨公司，韓采薇提出要去新華書店；吳祥祜則看中在學校工作有兩個假期，可以利用假期去南京看望女兒和婆母，所以提出要到學校工作。領導們都按照她們的意見來安排，滿足她們的要求。

1959 年 9 月，吳祥祜被安排到巴馬中學，報到之後才知道是叫她做會計。說是做會計，卻要她總攬全校的事務工作。實際上是會計、出納、總務、採購等等事務都要做，工作很瑣碎、很繁重。一般說來，這些工作至少要有三個人分別來做才行，但吳祥祜想：既然領導安排自己一個人來做，就要做好，不能怕苦怕累。在大辦鋼鐵運動中，自己沒煉過鋼，不也立了丙等功，受到縣府、專署表彰了嗎？她自信自己有能力把這些工作都做好。走馬上任之後，她事必躬親，樣樣工作親自動手，盡心盡力地為教工、學生服務。果然到年終評比她得了甲等獎。巴馬縣城不大，吳祥祜在年終評比中獲得甲等獎的事蹟，很快傳遍了各單位。一時間縣城裏人人都知道吳祥祜工作不錯。縣裏開大會也請她去做總務。這更使她忙得不亦樂乎。但畢竟人多事雜，時間一長，學校的一些工作就做得不及時，服務也不盡到位。尤其帳目不能及時公布，人們逐漸就產生了一些意見。

吳祥祜從未接觸過這種紛繁瑣碎的財會總務工作。她哪裏知道，一個人既

〔註 10〕引自吳祥祜手稿《日記筆記摘錄 · 勞動鍛鍊思想和工作總結（57.12.26～59.4.22）》

管賬又管現金，還管實物，這是違反財物管理客觀規律的，也是財務管理制度所不允許的！吳祥祜做了二十多年的播音員，一介書生，她哪裏懂得這些？再說，學校就是這麼給她安排工作的呀！〔註 11〕

1960 年，新的三反運動開始了。當時最尖銳的問題就是官僚主義、貪污浪費，挪用公款、公私不分，占小便宜等，而其中又以貪污為主。各機關、學校普遍展開了以反貪污為中心的三反運動。吳祥祜雖然是在 1959 年 9 月才調來管理學校的經費，但一個人既管賬又管錢，而且連續幾個月都不公布帳目。於是，學校在 1960 年 4 月號召鳴放時，就有人給吳祥祜貼出了大字報質疑她，這時也有領導找她談話，要她公布帳目，可是吳祥祜還是遲遲公布不了。

原來，缺乏財會管理經驗的吳祥祜，有些帳目錢物管理一直沒有理得很清楚。領導群眾要求公布帳目，她對自己管理的錢物帳目估算了一下，感覺有一百多塊現金對不上帳。這些錢有幾十塊是採購時搞錯，尚未收回來。有幾十塊不小心弄丟了，憑記憶就丟了兩次，每次丟了十多塊。還有以個人名義借給其他老師的一些錢，一時還收不回來。也有一些是單據找不見了。吳祥祜想用自己的錢填補進去，使現金和帳目兩平之後再公布。至於膳食管理，那兩個學期同學交的膳費和糧票少，伙食墊支就比較多，有一些沒有入帳，有些是請學生幫記帳的，錯亂很多。吳祥祜花了很多時間整理帳目，把自己節餘的錢、糧票也都墊進去了不少，想先整理好後再公布，可是心越急越整不清。

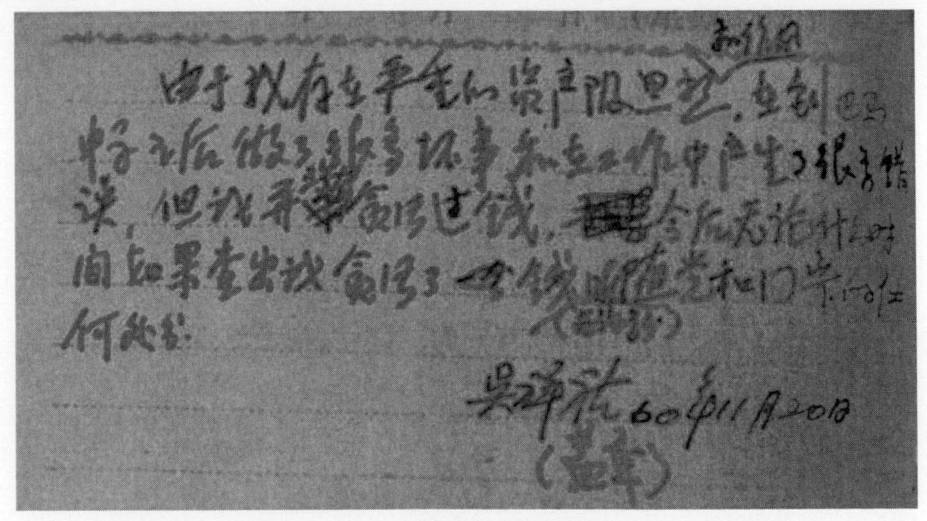
由于我存在严重的资产阶级思想，来到巴马中学后做了很多坏事和在工作中产生了很多错误，但我并没有贪污过钱，今后无论什么时间如果查出我贪污了一分钱，愿接受党和人民的任何处分。

吴祥祜 60年11月20日

圖 14-3　吳祥祜在巴馬中學寫下的絕無貪污行為的保證書。

〔註 11〕據自吳祥祜手稿《日記、筆記摘錄．巴中三反》。

這時學校有人翻了她的檔案，發現吳祥祜是舊人員，是「反革命分子」、「特嫌」，於是一下子就把她定為貪污分子。書記同她談話，要她立下字據，承認貪污。可是她沒貪污怎麼承認呢！結果吳祥祜不僅不立承認貪污的字據，反而寫了一份絕無貪污行為的保證書——

> 由於我存在嚴重的資產階級思想和作風，在到了巴馬中學之後作了很多壞事和在工作中產生了很多錯誤，但我並沒有貪污過錢，今後無論什麼時間，如果查出我貪污了錢（無論多少），聽隨黨和國家的任何處分。
>
> 吳祥祜 1960 年 11 月 20 日（蓋章）〔註 12〕

令吳祥祜想不到的是，就在寫了這個保證書的第二天，學校還是召開全校大會來批鬥她。人們紛紛上臺檢舉吳祥祜的貪污行為。有人說他叫人把食堂的剩飯賣了不入帳，有人說看見她在家煮飯炒菜，放那麼多的油，如果不貪污，米、油從哪裏來？還有人說她一個人既管錢又管賬，從不公布帳目，也不報告領導，一定是貪污了。在強大的輿論壓力之下，吳祥祜不得不違心地承認自己有貪污行為——

> 學校當眾宣布我是反革命分子，大貪污分子，停職反省。宣布在臥室反省，不能與任何人接觸，就是孩子也不能見面談話。宣布後就去抄家。書籍等自然要抄，我所有的儲蓄五百元以及紀念品全部抄去，就連郵票（不是集郵的郵票）也不放過。〔註 13〕

她後來回憶說——

> 由於自己到巴馬中學以後（特別是 1960 年 4 月以後），什麼都自己管。除上報帳目外，自己管的事情多，做不過來，積壓很多。對學校領導、同學從未公布過帳目。自己的錢雖不和公款放在一起，但公款究竟少與不少自己也弄不清楚了。因為有幾張發票不見和代銀行搞儲蓄錯了一些錢，估計也會少一些。以為趕快算出帳來就沒有問題了。別的什麼都不管。但帳目積壓得久了，一時怎樣算也算不完，運動開始了，我仍不考慮交代問題，仍是算帳。弄到群眾都檢舉出來，在不得已的情況下才承認自己有貪污行為。〔註 14〕

〔註 12〕引自吳祥祜手稿《日記筆記摘錄．巴中三反》。
〔註 13〕引自吳祥祜手稿《吳祥祜生平回顧．從丈夫被捕至被打成牛鬼蛇神》。
〔註 14〕引自吳祥祜手稿《日記筆記摘錄．對各政治運動的認識及態度》。

吳祥祜被迫向學校檢討了所謂的貪污行為，一再表示願意賠退。她交待了全部的私人存款實物，甚至連「從南寧帶來一塊布約值八元，有兩三件衣服約值十元」這樣的小物件、日用品都作了交待。又一再表示願意賠退所謂的「贓款贓物」。在受到檢舉揭發、批鬥、抄家之後，學校派了六個人來接收她的工作。吳祥祜負責的工作很多，派六個人也仍然做不下來，實際工作仍然得由吳祥祜去做，每做完一件就報告接管的人認可蓋章。吳祥祜就這樣不明不白地一直幹到 1963 年，等到那六個人熟悉了工作，能獨立工作，才把她調出巴馬中學。所謂貪污之事，查無實據，也就只好是不了了之。〔註 15〕

1961 年，吳祥祜的六姨鄭季清在桂林去世，妹妹吳祥禔要把母親鄭婉清接到南寧廣西醫學院來生活，這樣，小兒子程安美就沒有再陪外婆的必要了。離別母親三年，程安美恨不得一下子回到母親身邊。天隨人願，他從桂林回巴馬，在田陽汽車站中轉時，正好碰上母親吳祥祜也在這裡停車休息。母子長久離別之後在異地相遇，真是喜出望外。尚未成年的兒子，當時正為買不到轉車回巴馬的車票發愁，滿以為見到母親就有了依靠，可是吳祥祜有心護犢，無力回天。竟丟下一個無助而失望的孩子，轉眼就匆匆登車而去。好在不久來了一群學生，他們回巴馬也沒有買到票，程安美就跟他們搭夥湊錢包了一輛卡車回去。

這時，程安美離開巴馬已經三年。回到巴馬車站已是深夜，天下著大雨，從車站到巴馬中學還有較遠的一段路不好走。為難之中，有位同車人問程安美的去處。程安美說了巴馬中學，又說了母親吳祥祜的名字。那人一聽，就說吳會計是個好人，他在巴馬中學讀書時曾得到吳會計的幫助。於是，他把程安美帶到附近的旅店跟他住了一夜，等天亮才讓程安美找回家。程安美沒有想到：在田陽母親沒能給他以幫助。可是母親在巴馬的業績聲譽，卻在他絕望時贏得好心人相助。

程安美後來講起這一天的經歷，感慨良多：「想來，媽媽當時不是不想幫我。那天她是急著要趕到南寧轉車，去南京看望妹妹和奶奶，因為是臨時停車，她心裏焦急，就顧不上久別的兒子了！」吳祥祜當時一家三分：丈夫程灝在來賓古瓦農場勞動教養，自己帶著兒子蝸居巴馬，小女兒與婆母遠在南京。三個地方都牽動著她的心。

〔註 15〕據吳祥祜手稿《吳祥祜生平回顧．從丈夫被捕至被打成牛鬼蛇神》《日記筆記摘錄．巴中三反》。

程安美在回憶那時的生活說:「1955年父親被抓去教養，這對我奶奶打擊很大。第二年，奶奶就帶著妹妹去南京跟隨姐姐。妹妹是媽媽最小的孩子，是1950年在南寧出生的，媽媽特別想她。她跟隨奶奶和姐姐一家遠在南京。所以母親每年都去一趟。每次去之前都準備一些東西帶去。記得每年接近假期，每逢圩日，新鮮的橙子上市，媽媽就帶著我去挑。奶奶喜歡吃橙子，可是巴馬的橙子有的酸有的甜，很難選到好的。我和媽媽就一攤一攤去選，有時候要連續幾個圩日才選到一些滿意的。買回來之後又用紙包裝好，小心翼翼地放好，給奶奶帶去。這是每一次去南京之前媽媽都要做的。」

程安美從桂林回來後，與哥哥程安善一起跟隨母親所在巴馬中學讀書。由於吳祥祜曾經當過國民黨中央電臺的播音員，在那個以階級鬥爭為綱的特殊年代，常被一些警惕性很高的「革命群眾」視為階級敵人，所以每次運動一來，她總是有事。平時即使沒有運動，也有人無事找事。程安美從桂林轉學到巴馬中學不久，有一次參加學校文藝隊演出，在教師辦公室裏化妝，發現了一張《參考消息》報。好奇的程安美拿來看，發現裏面許多文章都很新鮮，內容與平時報刊登的東西不一樣，就趁人不注意把它藏起來，想拿回宿舍慢慢看。沒想到半夜裏學校的廣播突然響了起來。全校師生被集中到操場，追查這張報紙的下落。偏偏那天宿舍輪到程安美值日沒去集中。當時聲勢很大，他害怕了，就把這張報紙燒掉。後來有人舉報，程安美被嚇得不輕，只好從實招來，又經一同值日的同學證明:已經把報紙燒掉了。這件事如果發生在其他人身上，也許作個檢討就過去了，可事情偏偏是吳祥祜的兒子所為，這一下麻煩就大了。他們把吳祥祜批鬥一番，罪名就是國民黨特務安排兒子偷竊國家機密。吳祥祜哭笑不得，無可奈何地挨了一次批鬥!

吳祥祜對身邊兩個兒子的教育抓得很緊。程安美在桂林已經上過一年初中，但並沒能好好讀書。吳祥祜看出來了，卻也沒有責怪誰，只是請人給他補課。在母親身邊，程安美學習進步很快。尤其他的作文寫得好，有一次被語文老師拿來作範文，在學校推廣。說起這件事，程安美頗有幾分得意，他對人說:「我那篇被當做範文的作文，題目是「傍晚」，寫了幾百字，老師認為寫得好，先是出個海報貼在操場上，接著又拿到各個班上去講評。後來經過老師作了一些修改，寄到報社，報紙真的發表了，還給我寄來稿費。」

吳祥祜的大兒子、程安美的哥哥程安善學習也很好。他比程安美高兩個年級，可是父親被作為國民黨特務送去勞教，母親是國民黨中央電臺的播音員，這樣的家庭出身，使他升學的政審難以通過。1962 年，程安善初中畢業了。畢業試、升學試都考得不錯，成績完全符合升入高中的要求。那時巴馬歸百色專區管，升高中是要升到百色去的，雖然百色高中已經決定錄取，但巴馬方面不同意。這樣，程安善只好留在巴馬中學飯堂做臨時工。

1964 年，小兒子程安美初中畢業，升學也沒有指望，就報名參加工作。哥哥程安善也做了兩年的臨時工了，工作也需要正式安排。吳祥祜問兄弟倆各自的想法。哥哥說：他有好多同學在巴馬示範農場，他想去那兒工作。後來哥哥程安善被安排到了巴馬示範農場做農工。程安美則被安排到林業局園林綠化隊，當了一名綠化工人。程安美很珍惜這份工作，他曾對人說：「我運氣不錯，一個月的工資 24 塊錢。那個會計姓藍，對我很好，一報到就給我半個月的工資 12 元。我後來又被安排到苗圃，在那裏呆了二十多年。育苗種樹，以工代幹，下鄉搞林業調查，進山採集樹種。總之，走遍了巴馬的山山水水，也經歷了文革及以後的各種政治運動。我的直接領導是一名大學畢業生，他工作也很積極，表現很好，對我也很照顧，只可惜在文革中死了。」

吳祥祜的兩個兒子，在還是升學讀書的年齡時就都參加工作。他們一個是農業工人，一個是園林工人。雖然學習成績都不錯，但卻過早地離開學校，承擔起繁重的生產勞動任務。顯然，這與吳祥祜夫婦二人的特殊經歷和特殊身份不無關係！

第十五章　在文革風暴中〔註1〕

1963年11月，吳祥祜從巴馬中學調到城廂小學擔任總務。小學生不在學校開膳，學校教工也少一些，但要擴建校舍，吳祥祜工作負擔仍然很重。縣裏撥款有限，吳祥祜就到林區採購便宜的木料，控制好用款額度。在完成任務後，恰逢縣裏修築從巴馬鎮到羌圩的公路，吳祥祜又被工程指揮部抽去當出納，在荒野的工地裏度過了一年多。直到1966年4月，才重新返回城廂小學上班。那時吳祥祜的工資雖然不算很低，但也沒有什麼剩餘。她心裏牽掛著住在南京的小女兒和婆母，每個月都按時把生活費寄去，而且一到寒暑假就去探望。〔註2〕

圖15-1　文革前，吳祥祜到南京探親。前左為女兒程淑芳（安真），後左為女婿。吳祥祜下放後，小女程安琪和奶奶一直隨程淑芳夫婦生活。

〔註1〕本章資料來源：除注明外均來自程安美接受採訪時的口述。
〔註2〕據吳祥祜手稿《吳祥祜生平回顧·從丈夫被捕至被打成牛鬼蛇神》。

吳祥祜返回城廂小學上班不久，文化大革命就開始了。1966 年 6 月，巴馬縣成立文化大革命領導小組。7 月，全縣中小學教師集中到縣城集訓，貼大字報，9 名校長、教師被列為重點批判對象，揭開了大批判、大鬥爭的序幕。不久縣裏各單位不同名目的造反組織相繼成立。縣城裏開展破四舊、立四新、大串聯、大辯論、大批鬥，運動浪潮一浪高過一浪。1967 年 5 月，出現對立的兩大派群眾組織，出現打派仗、搞武鬥。〔註 3〕轟轟烈烈的文革，看得吳祥祜目瞪口呆，少不了遭受驚嚇，但最初也沒有受到什麼大的衝擊——

> 文化大革命來了。各校紛紛組織戰鬥隊，教師們急急忙忙的到各地串聯。教師都走了，學生都不上學了。我本想到哪裏走走，不願自動守校了。因為學校除了一些借出的東西以外，沒有任何損失。〔註 4〕

1968 年初，吳祥祜去南京探望婆母，發現老人的身體很虛弱，突然生出了一種不祥的感覺。回到巴馬，她跟兩個兒子說：奶奶身體越來越差了，她很想念你們兄弟倆，你們要去南京一趟，恐怕就是最後一次去看奶奶了。老奶奶與兩個寶貝孫子分別十幾年了，彼此都很掛念。兄弟倆說走就走。他們先到鄭州看望舅舅，然後就坐火車東下南京。身居南京的老奶奶久臥病榻，身體本來已經很虛弱，精神也不好。日夜思念的兩個孫子突然來到身邊，老人家的心情頓時愉快起來。當年分別，兩個孫子還幼不諳事，如今都已經長成英氣逼人的大帥哥，從小就生活在膝下的小孫女這時也已經出落成楚楚動人的大姑娘。老人家高興極了。她彷彿忘記了病痛，坐起來左右端詳，看個不夠。接著又換上新衣裳，佩戴上當時十分時髦的像章，牽著孫兒孫女的手，到照相館愉快地拍了最後一張照片。

文化大革命運動如同一場暴風驟雨，觸及人的靈魂，蕩滌著社會的各個角落，任何人都不可能置身度外。所謂的「造反派」「革命派」對階級敵人大搞群眾專政，實行鬥、批、殺。〔註 5〕，在這種背景下，吳祥祜自然躲不過被批鬥的厄運——

> 1968 年 7 月 26 日，城小副教導主任對我說：「你在工作上沒有什麼問題，我們是知道的。可是很多人在舊社會沒做過什麼事都被

〔註 3〕據《巴馬瑤族自治縣志．文化大革命》，廣西人民出版社，2003.06。
〔註 4〕引自吳祥祜手稿《吳祥祜生平回顧．從丈夫被捕至被打成牛鬼蛇神》。
〔註 5〕據《巴馬瑤族自治縣志．文化大革命》，廣西人民出版社，2003.06。

鬥了，你在舊社會比他們做的事還大，我們不揪鬥你人家有意見。」於是當天下午開全校大會宣布我是偽職員、大特務、反革命分子，停職反省。在我交出所經管的帳目、糧、物以後，進行抄錄，然後關起來。〔註6〕

我們這些牛鬼蛇神（就是有問題的人，當時叫牛鬼蛇神）都被關了起來，每人的房門口都貼上白紙的對聯，每個人都不准隨便走動，天黑，每間房都上了鎖，直到第二天大起床鐘才開鎖，日夜都有革命派的人巡邏。〔註7〕

1968 年 8 月 13 日，巴馬縣所有的中小學教師被集中到縣城辦學習班。「造反派」「革命派」們對階級敵人刮起了「十二級颱風」，鬥爭更殘酷、更無情的——

到十三號，吃過晚飯，我們排隊到黨校集中，全縣參加學習班的共有一千多人，分十個學區，我們這個區是人最少的，大家都在教室打地鋪住，我們女的住在一間房裏。警衛很嚴，牛鬼蛇神進去以後就不能隨便活動，氣氛十分緊張，令人恐懼。

一到指定地點，放下東西，就叫我們去參觀。我們走進一間教室，只見一排一排的教師都被頭下腳上的吊在橫擔（即房子的大樑。教室沒有天花板，橫擔上可以吊人）上，人的臉已變了，已認不清是誰了。那裏的革命派一見我們進來就喊：你們好好交待，不然也就和他們一樣！看到、聽到這些，已經毛骨悚然，誰還說得出話！

參觀回來就到我們本身了。喊到誰的名字誰就進去跪下，由十幾個所謂革命派（就是我們學校的革命教師）提問，叫交待問題。說話也是打，不說話更是打。說的不滿意，有的就推打或把雙手綁起，直跪到大約十二點鐘才收兵，有時跪到天亮，有時還有人來指揮如何綁打。

第二天吃過早餐後又開始鬥爭——

我雖是個老女人，一定要我招他們自己編的情節。我是抱定決心，有的才講，沒有的事根本不承認，準備一死。但是他們不滿意，

〔註 6〕引自吳祥祜檔案《1979 年 2 月 28 日給自治區廣電局政治處寫的請求平反報告》。

〔註 7〕引自吳祥祜手稿《吳祥祜生平回顧·從丈夫被捕至被打成牛鬼蛇神》。

先是打我、踢我，見我頑固，就把我弔了起來。嘴裏大喊：叫你知道十二級颱風的厲害！弔我也不講。到晚上，飯也沒法吃，氣還沒有透過來，又有拿我去問，他們見我跪都跪不了，就把我踢打一頓。這樣反覆拷問，我什麼都不講，他們講什麼我也不承認。一連幾天他們都無可奈何。

這天忽然想了一個更毒的辦法，就是五馬分屍。他們用五條繩子綁我的四肢和頭，每一條繩子由十幾個人拉，分五個方向拉。我閉上眼睛由他們去。他們拉的在教室裏到處的亂滾，最後他們也累得氣喘噓噓的，我也被拉得出不了聲音。又叫我交代，我遭此苦難，想說也說不出來呵。他們怕我死去，時間到了也就只好算了。我被這五條繩子拉得已一動不能動，他們把我扶回寢室，一鬆手我就倒地上，動也不能動。我就這樣迷迷糊糊的過了幾天，好心人拿飯給我，我也吃不下。但是上帝沒有接待我，我仍要繼續受罪。

幾天之後我又活了。他們又想了一個新招。一天把我喊了去，跪在地下，他們每人手中拿一根約一尺多長、像擀麵棍一樣的木棍，叫我交代特務行為。他們以為廣播電臺是發電報的電臺。這麼沒有常識，我覺得好笑。我不說話，問一句就在我頭上打一下或在手關節的地方打一下，我什麼也不說，那天也是一直打到我動不得為止。到第二天我的頭腫得象鋁桶那樣大，滿臉都是青紫色，雙手更是一動不能動，想吃飯也無法拿碗筷。誰看見我都以為是鬼來了。

但是「革命派」們並不是到此為止，次日還一定要我去遊街。巴馬縣城的老百姓多數都認得我，他們看見我這種樣子，個個都說老吳一定要死了，老吳這次一定死了。雖然我成了「鬼」，上帝仍不接待我，過幾天我又活了。他們很不甘心，想盡了辦法來折磨我。要我嘗嘗十二級颱風的滋味。

有一天又要我交代問題，我不做聲，那個「革命派」頭頭跳出來一定要我講話，並揚言要打掉我的牙齒，看我張不張口。打了半天，我滿口是血，門牙打缺了一塊，其他牙齒尚好。真應該感謝母親給我的牙齒頂住了十二級颱風！這個頭頭不甘心，第二天把我叫到黨校後面的一個山崖邊，叫我交代問題。他說，你如果不交代我就把你推下去。我看一眼山下面，心裏並不害怕，我想最多不過是一死，有什麼

可怕的呢？我仍不說，他越吼叫我越不說。這時跑來一個通訊員大喊，要頭頭去接緊急電話。我又逃脫一次死神的召喚。〔註8〕

《巴馬瑤族自治縣志》對這次學習班有記載：「1968 年 8 月 13 日，全縣中小學教師 842 人集中縣城搞鬥、批、改，歷時 45 天。」〔註9〕，吳祥祜在這次學習班上受盡了各種皮肉折磨和精神侮辱。她本來就是身患多種疾病的，受此磨難之後，更是常常頭暈腦脹，痛苦不堪；柔弱無力的雙手受傷之重，二十多年後仍無法緊握拳頭。好在她命大，最終還是堅強地活了下來。

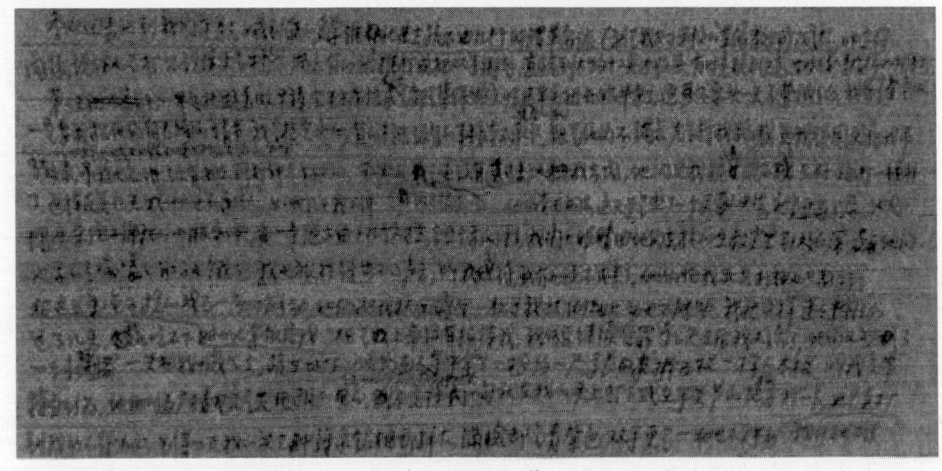

圖 15-2　吳祥祜記錄文革經歷的文字。

從學習班回來以後，大、中、小學紛紛復課鬧革命。但牛鬼蛇神不上課、不工作、靠邊站，天天干體力活。10 月 18 日，巴馬縣在局桑鄉東河開辦「五七」幹校。各單位未獲「解放」的走資派、牛鬼蛇神自帶行李和勞動工具，徒步前往辦學駐地，辦學形式是邊勞動邊對「有問題的人」進行鬥、批、改。〔註10〕

1969 年 6 月，吳祥祜遠在南京婆姆去世了，一直跟隨婆姆、尚不能完全獨立生活的小女兒程安琪孤身獨處，更給身陷囫圇的吳祥祜多了一層牽掛。她多麼想把女兒接到身邊來生活呵。可是當女兒真的來到巴馬時，吳祥祜卻已經被攆到「五七」幹校去接受審查、批鬥，兩個兒子那時也很不自由，誰都無法給小女兒以起碼的照顧。巴馬到處是山，母親、兄長個個都是泥菩薩過河——自身難保，程安琪感覺環境太壓抑了，非常失望。她只好返回南京，按照組織的安排，到內蒙古自治區烏審旗去插隊。

〔註 8〕引自吳祥祜手稿《吳祥祜生平回顧・從丈夫被捕至被打成牛鬼蛇神》。
〔註 9〕據《巴馬瑤族自治縣志・大事記》，廣西人民出版社，2003.06。
〔註10〕據《巴馬瑤族自治縣志・文化大革命》，廣西人民出版社，2003.06。

圖 15-3　1974 年，在烏審旗插隊的小女兒程安琪到巴馬探親，與母親和哥哥在留影。

吳祥祜是 1969 年 7 月被安排去東河五七幹校學習、接受審查的。那時的一切行動都要求軍事化，吳祥祜頭一天通知到，第二天帶著行李和勞動工具就出發。東河五七幹校地處大山深處，離縣城有 60 多里，走的幾乎全都是崎嶇的山路。吳祥祜原來體質就不好，更何況在經歷嚴酷的批鬥之後，滿身傷痛還沒有完全好起來，身體還十分虛弱。但也得挑著行李跟上隊伍走。進山不久，要趟過山裏一條小河溝，水流湍急，河溝不寬，身體好，力氣大的，一個個都邁開大步跨了過去。性格要強的吳祥祜咬咬牙，硬著頭皮也要跨過去。可是她哪裏有力氣跨得過去？連人帶行李掉進河溝裏，被衝出去好遠。好在其他同伴及時相救，撿回了一條命。

到了五七幹校，所有的學員都編成連、排、班，早晨出操，上工排隊，一切行動聽指揮，過著半軍事化的生活。白天是體力勞動，晚上開展運動，開會、學習、互相揭發。有問題的一遍一遍地寫自我交代，知道情況的寫檢舉揭發材料、貼大字報，對問題嚴重、頑固不化的展開面對面的鬥爭。吳祥祜在晚年曾回憶：「在那裏打是停了，但隨時仍會遭到不應有的楸鬥、陷害，令人痛心。」〔註 11〕，在吳祥祜當年的日記中，還時不時記錄有接受批鬥的文字。如 1970 年四月的幾則日記——

〔註 11〕據吳祥祜檔案《1979 年 2 月 28 日給自治區廣電局政治處寫的請求平反報告》。

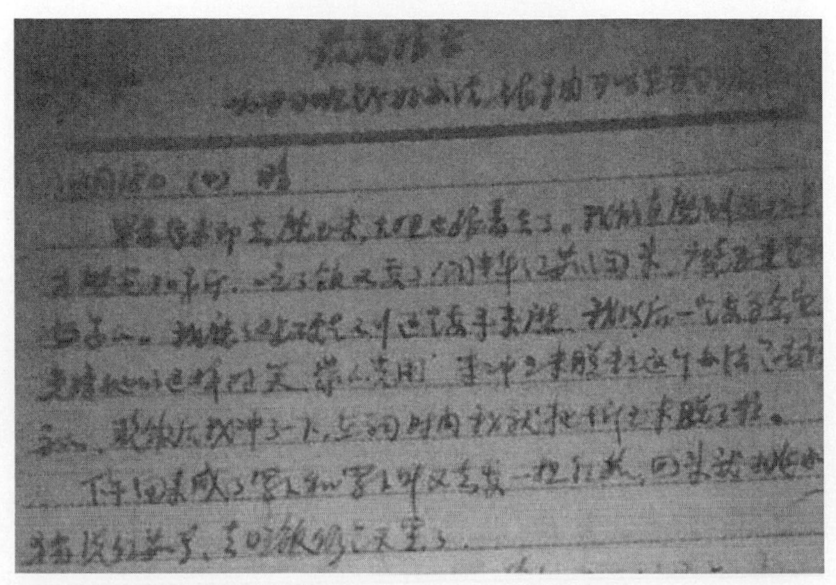

圖 15-4　吳祥祜在五七幹校的一頁日記，寫於 1969 年 12 月 18 日。

四月三日，（一）陰轉晴

改作息時間。上午移種上海青，下午先補種豆角到四季豆內，再留兩人淋水。我和班長李興去岩洞口點化肥。四袋，三袋點番茄，一袋點甜椒。

晚上鬥爭我，散會後回憶，我當時到底想講的什麼都記不得了？

四月四日，（二）陰轉晴

上午我先收菜，後跟大家一起給黃瓜搭棚，再淋水。下午先給黃瓜施肥，後繼續給黃瓜搭架，還有兩畦未搭完。

晚上二排繼續鬥爭我，散會叫我寫兩個問題交代。

我的身體這些天仍舊不適，變成頭昏了。

四月五日，（三）晴

上午先到黃瓜地搭架，然後上山找木條。大家都得兩槓，我只得一槓。中午我寫材料，但我不會寫批判稿，我現在的頭腦就是這麼混混的了，直寫到上工。下午起去山上要回上午未槓完的木，即選木條，然後去給番茄插木條。晚上學習後，我繼續寫材料。

頭昏轉劇，心臟也不行，又疼。〔註 12〕

在五七幹校，吳祥祜是被監督改造的重點對象，不僅要寫檢查作交代，

〔註 12〕引自吳祥祜手稿《日記筆記摘錄．巴馬五七幹校日記》。

接受批判審查，平時有問題也要主動及時向領導報告。而且向領導報告是大事，是耽誤不得的。家人的事，私人的事，多急都是小事，都得讓位給大事。有一年，在園林局工作的程安美到了轉正的時間，需要填寫申請表。因涉及吳祥祜家中一些人的問題，便跋山涉水到五七幹校來找母親。可此時母親恰好有問題要必須報告領導。於是吳祥祜只說了句「填表可以參考我的記錄」，就丟下遠道而來的兒子匆匆出門去。找了班長找排長，又找連長、董副主任，這些領導都不在。羅政工員在睡覺，喊都喊不應。她匆忙報告值班室，想趕回宿舍解決兒子的問題。可等她回來，忙於趕路的程安美已經走了。吳祥祜的兩個兒子因家庭出身不好，常常被人家盯著找茬。對此，吳祥祜常感不安。如今，小兒子好不容易有了一件好事，可是吳祥祜連一點小忙都幫不上，心裏不禁悵然。〔註 13〕

1970 年開展「一打三反」運動，在農場負責銷售農產品的大兒子程安善被打成了貪污分子。消息傳來，吳祥祜十分焦急，她顧不得自己病痛，借著到縣城辦事的機會，從山裏匆匆趕來，按當時組織領導的要求，說服兒子坦白交代，賠退所謂的「贓款」。她在 1970 年 4 月 19 日的日記中寫道——

> 我自己先上街修水瓢、修鞋。白隊長不在家，和她的女兒說可能毫無用處。又交給黃妹媽錢，託她幫買一頭小豬。然後去安美處取東西。（安）美也不懂（安）善為什麼會用去那麼多錢。我到農場他們還沒有收工。我先找肖（領導），等他收工和他談一下。他說（安）善已經基本交代了。思想已經轉變。悔改表現還好。就是他父親的反動言論沒有交代夠，我去和（安）善談，他叫黃德命跟我同去。去就去吧，我先吃了飯才同他談一下。他說他想不起，我叫他相信黨的政策，很好對待群眾和自己。談到經濟問題，他說是從嚴要求自己，按每月 5 元計算的，得了 236 元多。單車折 155 元，還準備交手錶，不足再交衣服。我說不得可叫肖（領導）打電話給我拿錢來。安善說是出（這個）月 25 號以前交清，我不要幫，他交清就是了。〔註 14〕

據程安美的回憶：哥哥程安善的所謂「貪污」，其實就是他在銷售農產品時，有時剩下一、兩斤白菜、蘿蔔之類東西，丟了浪費，怪可惜的，於是他就

〔註 13〕據吳祥祜手稿《日記筆記摘錄．巴馬五七幹校日記》。
〔註 14〕引自吳祥祜手稿《日記筆記摘錄．巴馬五七幹校日記》。

把它拿回家自用。這本來也值不了什麼錢，充其量是沾了點公家的小便宜。但「一打三反」運動轟轟烈烈，總得要揭發出一些問題來表現運動成果才行。程安善家庭出身不好，父母親都是特務嫌疑、反革命，在運動中又被檢舉揭發出有「私拿公菜」行為，這就成了批鬥的對象。因為每次拿回家的東西都不多，程安善也記不得哪天拿了哪天沒拿，更說不清拿了多少。於是一些人就蠻橫無理地說他天天都拿，搞銷售多少天就貪了多少天，要按天數來計算貪污總額。如此一算，竟有二百多塊錢。這樣就先在農場批鬥他，後來又把他帶到縣城來批鬥。程安善性格軟弱，不敢申辯。結果忍氣吞聲，不僅把自己一些值錢的東西全用來賠退，而且把父母存放在程安美那裏的手錶、印章、郵票等值錢物品也都供了出來。為此，程安美在單位裏也要接受調查。好在園林局的領導比較開明，只是對程安美說：講出來就好了，東西你自己保管好，什麼時候叫上交再交。以後一直也沒有要求程安美上交什麼物品，這樣才勉強把這批私人物品保存下來。

巴馬東河五七幹校的生活是很艱苦的。那裏四周都是大山，地方偏僻，交通極不方便。在山溝裏搭起來的幾排茅草房就是宿舍了。吳祥祜在那裏養豬、種菜、施肥、澆水，上山打柴、砍木頭，給莊稼搭架子，勞動強度是很大的。此時的吳祥祜已年近花甲，再也沒有初下放時那種身體條件去應付繁重的體力勞動了。她年輕時曾被汽車壓傷，留下了頭昏的毛病。在南寧工作時，又做過摘除膽囊手術，知道她這種情況的人常開她的玩笑說「吳祥祜膽都沒有了，她是不懂得害怕的」。其實，摘除膽囊的人營養吸收不好，身體是很孱弱的。更何況她還罹患有心臟病、風濕病等。總之，她那時上了年紀，身體很弱、病痛又多，繁重的體力勞動使她常常感到頭昏眼花、渾身無力，不是這兒疼就是那兒痛，身體十分難熬。這在她的日記中有不少記載——

四月一日（六）陰有小雨

一早起來收菜，回來才去和他們一起種西瓜。然後去三角地移種了半畦上海青。下午全移種上海青，班長黎去看補香瓜。

晚上休息。不適、頭昏。

四月十日，（一）晴、雲

今天頭昏更為厲害，挑糞時走路無力又搖擺不定，我都還能堅持。晚上看電影—奇襲。我本想早睡一下的，但廣播叫全體去看，我也去看了，回來就躺在床上，頭昏得很，只得睡了。我怎麼也要堅持。

四月十一日，(二)晴、雲

為什麼頭這麼昏呢。心臟也在大不適。特別是這隻右手腕以上，肘以下，不知為什麼疼得要緊，這幾天擦了碘酒也不見效。

四月二十日，(一)晴

不知為什麼今天這麼累，平時休息一下就好了，今天腰酸，連腿都拉不開步。我很少有這樣累過。可能是前幾天發的心臟病沒有休息好的緣故。〔註15〕

吳祥祜從 1969 年 7 月 11 日去巴馬東河五七幹校勞動、接受審查。在深山裏一呆就是五年，舊病未癒，又添新病，身體受到了極大的摧殘。但她一直堅持著參加各種重體力勞動，以此表達自己改造思想的真誠，爭取自己的問題能獲得一個公正合理的結論——

(1974 年)上級派人來審查下結論。很多人下了結論離開幹校，宣布審查完畢。但我們幾個人卻長久沒有下文。我們向幹校領導提出詢問，後來才答覆說，你們的問題不由縣裏解決，你們等著吧。〔註16〕

這時的吳祥祜雖然已經過了退休年齡，才知道自己的問題不歸縣裏管。但究竟是歸哪裏管，該找誰解決？卻沒有人告訴她。也沒有人能給她辦退休！可憐的一介老嫗，只好留在幹校，繼續幹著繁重的體力勞動！

〔註15〕引自吳祥祜手稿《日記筆記摘錄・巴馬五七幹校日記》。

〔註16〕引自吳祥祜手稿《吳祥祜生平回顧・去五七幹校至晚年癱瘓》。

第十六章　程灝獲特赦歸來〔註1〕

1974 年，巴馬五七幹校從邊遠的東河山區遷回縣城郊外。吳祥祜終於走出大山回到縣城。不久，與吳祥祜同在五七幹校接受嚴格審查的老幹部趙文顯獲得「解放」，被安排到縣水電局任局長。趙局長十分同情吳祥祜的遭遇，上任後就指定把吳祥祜調到水電局做總務。回到機關，吳祥祜結束繁重的體力勞動。此時的吳祥祜已年逾花甲，本該退休了，可不知道怎麼辦退休、誰來給她辦退休——

> 許多「有問題」的同志都得到了結論，而我和其他五人被宣布我們的問題不由巴馬管，當時也未說明歸哪裏管。大家都要求下結論。後來我又書面要求巴馬組織部（由水電局轉）幫助解決下結論的問題，都未得到答覆。〔註2〕

1975 年 3 月 17 日，第四屆全國人大常委會第二次會議決定特赦釋放全部在押的戰爭罪犯，並給予他們公民權。7 月，吳祥祜的丈夫程灝在來賓古瓦農場被宣布摘掉歷史反革命的帽子，恢復公民權。11 月，又被列入國民黨縣團級以上的黨政軍人員獲特赦。12 月，因為吳祥祜和兩個兒子都在巴馬瑤族自治縣工作，所以有關部門就把他送到巴馬與家人團聚，由巴馬瑤族自治縣安排工作。因政治原因被分隔了二十年的夫妻，這時候才繼續在一起生活！

吳祥祜當過國民黨中央廣播電臺的播音員，這在巴馬是有不少人知道的。在人們的想像中：吳祥祜年輕時一定是很風光、很漂亮的時髦女郎，能娶到中

〔註 1〕本章資料來源：除注明外均來自程安美接受採訪時的口述。

〔註 2〕引自吳祥祜檔案《1979 年 2 月 28 日給自治區廣電局政治處寫的請求平反報告》。

央電臺女播音員的人，官階地位一定不低。現在又是被新中國特赦，說明這個人不簡單，必定是國民黨裏的大官。這種大官獲得特赦之後，補償的錢肯定不少，吳祥祜發財了！各種消息不徑而走，小小縣城一時街談巷議，頗有些轟動效應。

吳祥祜與程灝離別在盛年，聚首已白頭。二十年的分隔，雖不說是生離死別，但個中的相思、期盼，苦等、煎熬，他人又如何得知？眼下雖已步入暮年，好在夫妻終究有了團圓聚首的美好結局。執手相看淚眼，多少哀傷與無奈都隨著愛人相見的喜悅一掃而光！離別時還幼不闇事的兩個兒子，如今都已經各自結婚成家，獨立生活。他們帶著自己的妻子兒女，來到水電局的家裏與父母團聚，老老少少的一家人，有說有笑，享受著二十年來從未過的家庭快樂！

暫短的歡愉很快就結束了。事情遠不是像人們所傳說議論的「大官」「發財」那樣的美好。令吳祥祜迷惑、操心的事情真是不少。而其中最令人費解的是對程灝工作的安排，程灝說——

> 原來我是在廣播電臺工作，曾要求做些文教方面的工作。但縣組織上卻安排我在農科所做一級農工。仍是勞動，並保持教養農場時的工資待遇。群眾對我似乎也沒有多大轉變。雖蒙特赦，思想上總不免憂悶鬱結，覺得自己並未真正解放，不願與人來往，不願與親友見面。因此到巴馬後三次住院留醫，兩次病危，健康狀況每況日下。〔註3〕

圖 16-1　丈夫程灝獲特赦後，與吳祥祜在兒子工作的巴馬農場。

〔註 3〕引自《程灝給自治區廣播局政治處領導的信》。

程灝獲得特赦以後，工作和待遇跟在教養農場差不多。具體來說就是在農科所養雞，做體力勞動，每個月工資28元。這讓吳祥祜百思不得其解，老兩口都覺得問題尚未解決——

> 有哪一個知道特赦回來的幹部每月拿一級農工工資，到農科所窩窩囊囊過他的養雞生活呢，這不是奇事嗎？〔註4〕

程灝回到巴馬的時候，夫婦二人都已超過退休年齡，但都不知道怎麼辦退休，誰來給他們辦退休。程灝被勞教20多年，身心受到了很大的摧殘，在來賓古瓦農場又染上了肺結核，剛回到巴馬時，身體十分虛弱。工作安排非如所願，心情十分煩躁。在這種情況下，各種疾病就慢慢地都來了，健康狀況越來越糟糕。到農科所上班沒多久，程灝就患了嚴重的肺氣腫、氣胸痛等嚴重的疾病，住進了醫院。由於上了年紀，基礎體質差，思想負擔重，身體經常鬧病，而且病情一次比一次重，有好幾次住進了ICU重症病房，醫院都下達了病危通知書。巴馬畢竟地處邊遠山區，醫療技術設施比較簡陋、治療水平也不是很高。多災多難的程灝深受疾病折磨，而為了照顧程灝的病，吳祥祜與兩個兒子也跟著吃了不少苦頭——

> （有一次做胸腔引流手術後）程灝的病非但沒有好轉，所做胸腔引流又失敗，不二日插入胸腔的引流管又拔出，他本人白受了一場痛苦，而我們護理的人更是個個精疲力盡，以致大兒子程安善也病倒住院。我（吳祥祜）也屢發心臟病。〔註5〕

程灝滿以為獲特赦後會安排他回到省電臺去工作，想不到卻淪落在邊遠的巴馬山區做一級農工。他心有不服，在醫院裏也常常打報告到自治區廣播電視廳申訴，出院後又去上訪，要求為他復查平反。吳祥祜也不斷地幫助他回憶、寫報告、陪他去上訪。如此不知不覺地又過了幾年——

> 1979年，自治區廣播電視廳派人來給他平了反，這才恢復了他的幹部身份和工資待遇，程灝以為平反可以回南寧了，但只是恢復工資、職稱、工齡，調入巴馬縣水電局工作，他很失望，也很生氣，住在醫院裏又繼續申訴。〔註6〕

程灝在縣水電局鬱鬱寡歡，經常住院。但他身體好時也不閒著，自己找事

〔註4〕引自吳祥祜手稿《吳祥祜生平回顧·去五七幹校至晚年癱瘓》。
〔註5〕摘自吳祥祜手稿《寫給自治區廣播局蘇同志的信》。
〔註6〕引自吳祥祜手稿《吳祥祜1996年寫給家人寫的自述》。

來幹。他懂英語、日語、俄語，這樣的人才在巴馬極為稀少。當時有不少人跟隨電視大學學習英語，於是他就自己開輔導班，在業餘時間輔導職工學習英語，當時有不少人主動來跟他學。後來許多跟程灝學英語的人都通過了電大畢業的英語考試，得了大學畢業文憑。這是河池地區各縣電大班少有的優良成績，在地區所在地金城江傳為美談。後來巴馬縣不少單位紛紛獨立組班學習，請程灝去輔導。據程安美說：他的哥哥程安善在那個時候也跟隨父親學英語，學得不錯，取得電大畢業文憑後，被聘為巴馬縣的第一批英語教師。程灝身體不好，情緒不好，但在教人學英語時就很開心。1980 年，小兒子程安美送他去柳州傳染病院療養。發現父親跟醫院的醫護人員關係特別好，常常有說有笑的。再一瞭解，原來程灝是在教那些醫護人員學英語，所以大家對他特別照顧，很尊重他。〔註 7〕

程灝常常病重住院，申訴、平反的事實際上多是由吳祥祜來做。她不停地寫材料，向自治區以至中央有關領導機關反映意見，到南寧提出申訴。而這時候，子女的生活問題也同樣令她擔憂：兩個兒子雖然都有工作，但大兒子程安善一家四口，三口人沒有城市戶口，令人擔憂。於是吳祥祜找縣委書記、找縣長，請求給他們在縣城上戶口，雖然獲得了批准〔註 8〕，而操心的事遠不止這一件，尤其是遠在內蒙古烏審旗插隊的小女兒程安琪，一直讓吳祥祜放心不下。

程安琪是吳祥祜和程灝最小的孩子，1950 年在南寧出生。1956 年程灝被勞教後，程安琪就跟著奶奶去了武漢，以後又一直在南京跟奶奶和姐姐生活。長期以來，吳祥祜和程灝雖然心裏總是掛念著遠方的小女兒，但他們自顧不暇，根本無力去照顧。1969 年，女兒在奶奶去世以後，自己便孤身一人遠赴內蒙古烏審旗插隊，這更使得吳祥祜更加牽腸掛肚，常常想念。

據曾經到過烏審旗的程安美說：烏審旗那裏的自然條件遠不如巴馬。巴馬雖窮，但有山有水，能生長草樹花果，只要勤勞就能生活。可烏審旗那裏是沙漠戈壁，嚴重缺水，寸草不生。早上起床，門前就有不知從哪裏吹來的一大堆的沙子。都是 6 月天的季節了，在烏審旗還得穿毛衣。據說那裏有很好的無煙煤，但當時還沒有開發。總之，烏審旗的條件比巴馬要差。程安美說：「妹妹在那裏插隊肯定吃了不少的苦頭，後來被抽調到烏審旗中學當老師，再後來又與當地的一位體育老師交上了朋友，建立戀愛關係。」

〔註 7〕據吳祥祜手稿《吳祥祜 1996 年給家人寫的自述》。
〔註 8〕據吳祥祜手稿《吳祥祜 1996 年寫給家人的自述》。

圖 16-2　1977 年，吳祥祜三個子女均已成家，圖為全家三代在巴馬合影。

身處北方的程安琪也無時不在想念著媽媽。1974 年，吳祥祜隨東河五七幹校遷回縣城的時候，程安琪特定趕回來探望。不久，吳祥祜調回縣水電局機關，不再做繁重的體力勞動。次年，程灝獲得特赦，縣裏安排了正式的工作。雖然工作、待遇不如意，但畢竟有了可以依靠的正式的工作單位。兩個哥哥也已經分別結婚成家，有了孩子。在廣西的家人都團聚在巴馬縣城。這一切使得程安琪十分高興。有男朋友之後，她更是憧憬著未來的幸福，對生活充滿了信心。1977 年程安琪結婚不久，就領著愛人，高高興興地回巴馬探望父母親。安善、安美、安其三個孩子都成了家。這給年邁體衰的吳祥祜夫婦帶來了極大的安慰！

1978 年，程安琪有了身孕。消息傳來，吳祥祜很是高興。那時程灝住在農場程安善家，健康狀況不是很好，病情時有發作。去看女兒吧，又擔心丈夫發病，不去吧，又有點不放心。尤其是女兒自幼不在身邊，極少得到父母的關懷和照顧。如今女兒快要做母親了，再不去探望，怎麼對得起孤身一人遠在朔方大漠的女兒呢？吳祥祜思來想去，決定趁程灝病情比較穩定的時候，趕緊去一趟。如果沒有什麼特別的事情，就在烏審旗住一陣，給女兒照顧月子。

吳祥祜不顧路途遙遠去了烏審旗，住下沒幾天，程灝就發病住院，而且病情還在逐漸加重。程安善趕緊拍電報告知母親。吳祥祜接到電報，心急如焚，只好忍痛丟下女兒往巴馬趕。她乘汽車、換火車，路過蘭州，突然又接到電報說：程灝的病好轉了，要她保重身體，不用那麼焦急趕回來！那時吳祥祜的堂弟吳祥龍在蘭州工作。這樣，吳祥祜就索性在蘭州堂弟家住了下來，順便休息幾天。

圖 16-3　女兒臨盆之前，吳祥祜到烏審旗探望，母女合影。

吳祥龍是大伯家的第二個男孩子，解放前受過良好教育，也很會做生意。當年他曾極力勸說堂姐吳祥祜不要去臺灣，要一起回桂林老家做生意謀生。但世事變化無常，吳祥祜接受堂弟的勸說回了桂林，堂弟卻沒能回去，而是輾轉到了蘭州，解放後一直在蘭州化工總廠當工程師。吳祥龍夫婦很關心吳祥祜一家，得知程灝被勞教，吳祥祜帶著兒子蝸居巴馬，吃了不少苦頭，曾專程前去探望。堂姐堂弟兩家人一直保持著密切的往來。吳祥祜在蘭州得到了堂弟的一番招待。在蘭州好好休息調理幾天之後，緊張的精神才放鬆下來。

那時的吳祥祜心事很多。兒女的事才下心頭，丈夫的事又上心頭。丈夫常年有病，平反的事一直沒有著落。吳祥祜在蘭州與堂弟說起程灝平反的事，又想到小妹吳祥祉和小妹夫王松，他們常住昆明，一直在政府機關工作，熟悉辦事程序，應該找他們想想辦法。於是又從蘭州坐火車去了昆明。小妹吳祥祉在文革前當過西雙版納州宣傳部的副部長，後來調到昆明，任省新聞出版局的處長。妹夫王松是中國科學院民族研究所云南分所的領導。他們對程灝的情況很熟悉，興許能給點幫助。那時的吳祥祜已經上了年紀，身體日漸衰老，經過從南到北，又從北到南的長途折騰，顯得十分疲憊。這給吳祥祉和王松吃了一驚。那時從昆明到巴馬還很不方便，一會火車一會汽車，轉來轉去，讓一個上了年紀的老人繼續單獨旅行，著實令人放心不下。在溝通情況之後，吳祥祉又打電報到巴馬。把程安美叫來，一方面共同商量研究平反的事，一方面為了在旅途照顧吳祥祜。

吳祥祜這一趟遠行，本來是要去照顧女兒的月子，以補償母親的關愛護犢之情。但由於種種原因，未能如願。更為不幸的是：程安琪在生了孩子之後不久，突然罹患惡疾病逝。噩耗傳來，作為哥哥的程安美匆忙趕去。說起當時的情況，程安美十分傷感——

> 我從南寧先到北京，再轉車到包頭，整整坐了三天兩夜，又連夜坐上學校派來的汽車，穿越戈壁沙漠，第四天才趕到烏審旗中學。到了那裏，我腦子一片空白，不知如何是好，全懵了，真是不知所措。好在吳祥龍舅舅從蘭州趕來協助，才把後事作了妥善處理。我把妹妹的骨灰帶回巴馬，又擔心事情對兩位老人打擊太大，所以一年後才敢把事情的經過告訴父親和母親。妹妹生前曾說：今後死了要跟奶奶葬在一起，這是她的同學在烏審旗告訴我的。為了完成妹妹的遺願，我在 1981 年陪父親去處理蘇州房產時，才把程安琪的骨灰帶到南京，跟奶奶一起合葬在南京黃金公墓。〔註 9〕

程安琪自幼就一直跟奶奶生活。吳祥祜常因沒能給她以充分的母愛心有愧疚。在得知情況時已是事過境遷，但心中之痛，仍難以言表。在肅反的時候，程灝和吳祥祜被懷疑是國民黨安排潛伏下來的特務〔註 10〕，一個被關押勞教、一個被隔離審查。此後查無實據，吳祥祜恢復了工作，但無論是在南寧還是在巴馬，一旦有政治運動，就都成為運動的重點對象。程安琪因為跟隨奶奶生活，感受到的母愛是少了一些，卻在各種政治運動中免受了許多驚嚇與痛苦。只是年幼的她不闇世事，私下曾說母親不愛她。吳祥祜知道後很是傷心。她在 1995 年給家人撰寫人生經歷的時候說：「後來安琪說因為我不愛她，所以把她送去姐姐處，其實這正是姆媽的遠見卓識，安琪不懂而已。姆媽雖然沒有文化，但她經驗是豐富的。」〔註 11〕，程安琪童言無忌，吳祥祜卻傷痛在心裏，無限的惆悵揮之不能去！

〔註 9〕這是程安美接受採訪時的原話。

〔註 10〕程灝在 1979 年 2 月 19 日給自治區廣播局政治處同志的信中說「運動中群眾懷疑我是經臺灣、香港接受任務潛伏下來的人。對我重點審查是完全有理由的、應該的，要我交代什麼罪行也是必要的。」「我在舊社會工作十幾年，特別在國民黨廣播電臺工作五、六年，罪錯是大的，但我並非國民黨派來潛伏的人。」

〔註 11〕引自吳祥祜手稿《吳祥祜 1996 年寫給家人的晚年自述》。

第十七章　回歸廣播〔註 1〕

在錯綜複雜的世事變化中，吳祥祜深深感到：自己未能給子女提供穩定的依靠，以致女兒遠走戈壁，年紀輕輕就客死異鄉，這使她十分自責，無限悲傷。她從年輕的時候起，就投身廣播，對電臺播音工作感情很深。丈夫程灝從事廣播的經歷也不短，雖獲特赦，卻被安排到巴馬來當家屬，未能歸隊。進入晚年，兩位老廣播人彷彿成了離群的大雁，孤獨失落之感時時襲來。尤其是程灝，到巴馬後一直鬱鬱寡歡，經常生病，健康狀況越來越差。兩位年近古稀的老人有一個共同的願望，就是在有生之年重新回到廣播電臺去，再續廣播情緣。

粉碎「四人幫」的喜訊給他們帶來了希望和信心。黨的十一屆三中全會以後，恢復了實事求是的思想路線，各地各級黨委本著有錯必糾的精神，對以往遺留的歷史問題進行重新審查、甄別，糾正各種被錯誤處分、錯誤處理的人和事，為以往的冤假錯案進行平反昭雪。許多人的冤假錯案都得到了實事求是的糾正。大量的糾錯、平反報導，充斥著各大媒體。有一天，《廣西日報》刊登一篇給某某平反的報導，小兒子程安美看著看著，感覺父母的情況與此人相仿，如果提出申訴、復查，應該也能平反、落實政策，重返廣播電臺，實現老人的夙願。他立刻回家找父母商量，準備申訴材料。

程安美對父母親說：對照這篇報導，過去對你們的安排處理也是不夠實事求是的。現在政治清明，形勢這麼好，應該相信組織上會實事求是地對待你們的事情。你們應該準備材料，提出申訴，爭取平反，重新回歸到廣播隊伍去。聽了小兒子的一席話，又細讀那篇報導，吳祥祜與程灝頓時有了信心。兩位老

〔註 1〕本章資料來源：除注明外均來自程安美接受採訪時的口述。

人此時身體不好、精力不濟，程安美就請他們回憶，自己幫著記錄整理，寫成申訴材料。1979 年 2 月正式呈文報告廣西壯族自治區廣播局和自治區公安廳、統戰部等，要求對吳祥祜和程灝的歷史問題進行復查平反。這幾個部門反應都很快，尤其是當時的自治區廣播局。他們很快就派人到巴馬，瞭解吳祥祜與程灝的情況和想法，著手復查、解決兩位老人提出的問題。

圖 17-1　自治區廣電局派人來瞭解吳祥祜夫婦在巴馬的情況，著手解決他們的問題。兩人高興地拍下這張照片，留作紀念。

吳祥祜的問題比較簡單：解放前她一直在國民黨中央廣播電臺當播音員，雖然加入了國民黨，當過播音組長、協助過傳音科長工作，但並沒有作過什麼傷害國家民族的壞事。解放後對廣西人民廣播電臺的播音業務建設也是作了貢獻的。對吳祥祜影響比較大的事情有兩件：一是解放初期在廣西人民廣播電臺播音時，她把「中央人民廣播電臺」錯播成「中央廣播電臺」。但這只是習慣性的口誤，並非有意為之。那時剛解放不久，省臺和市臺同在一個播音室，呼號一會是「廣西人民廣播電臺」，一會又是「南寧人民廣播電臺」，有時又要轉播中央人民廣播電臺節目，經常是換過來倒過去。在一次轉播中央人民廣播電臺的節目時，吳祥祜廣播介紹詞不小心漏了「人民」二字。這件事在當時已經說清楚，處理過，說起來已經不再是事了。另一件事是在反右派運動後期，吳祥祜被認定為「王頤蓀反黨集團」成員，參加過圍攻、排擠黨的領導幹部。這件事本來就是子虛烏有，來龍去脈清清楚楚，檔案有記錄、當事人都在，吳祥祜本身也不是事件的主角。到後來，所謂的「王頤蓀反黨集團」一平反，這也就成不了什麼事了。總之，吳祥祜的問題比較簡單，幾乎是無「反」可平！她的申訴要求，就是要落實政策，重新回歸廣播隊伍！

與吳祥祜相比，程灝的歷史的確比較複雜。如果不重新復查，作出實事求是的結論，平反和回歸廣播隊伍就無從談起。所以，吳、程二人的主要問題，就是把程灝的歷史問題復查清楚，根據黨的政策予以甄別，重新作出實事求是的結論。

程灝在抗日戰爭前夕在南京進入國民黨密電檢譯所，到重慶後併入軍委會技術研究室，在美國新聞處和中央通訊社做過英文打字員，在中央廣播電臺當過總幹事。有人舉報他當過國民黨區分部委員，他不承認。解放前夕他還當過廣州廣播電臺的事務科長、桂林綏靖公署廣播電臺的傳音科長。後隨電臺設備逃跑到南寧，解放後被廣西人民廣播電臺留用，負責俄語廣播講座。由於他的歷史比較複雜，解放前夕去過臺灣、香港，交往的又多是懂外語的人，所以在肅反運動中被認定為是當過國民黨區分部委員的特務，甚至被懷疑是到臺灣、香港接受任務後潛伏下來的特務。程灝在 1955 年被公安局逮捕關押，1956 被開除送到農場勞教。當時的電臺人事室主任邱時勳明確告訴他：勞動教養可以拿 70% 工資，有公民（選舉）權，保留組織關係，以後可以安排工作。〔註 2〕，但到後來工資減到每月 28 元，生產勞動又在各個農場或生產隊之間調來調去。到 1961 年才被告知勞教期為一年。1962 年宣布解除勞教後留場就業，可是待遇與勞動教養幾乎沒有區別。1975 年宣布脫掉歷史反革命帽子，恢復公民權，列入國民黨縣團級以上黨政軍人員特赦，送到巴馬後安排在農科所做農工，工資待遇與在勞教農場時的基本無異。程灝感到雖已特赦，但沒能回原單位安排工作，待遇又低，生活環境差，所以要求復查、平反，重新回廣西人民廣播電臺安排工作！

自治區廣播局政治處在派人到巴馬，瞭解吳祥祜與程灝的情況和想法之後，於 4 月 16 日又派出兩位同志到巴馬看望吳祥祜與程灝，並正式通知：對

〔註 2〕據《程灝 1979 年 2 月 19 日寫給廣播局政治處的信》。

程灝在肅反運動時的結論和處分正在復查，請程灝再一次回憶有關經歷，寫成材料供復查參考。吳、程二人高興萬分，信心倍增——

> 傳來貫徹落實黨中央幹部政策的消息，接著事業局兩次派同志到我家告訴我，即將復查我的歷史問題，當時我的心情之激動無以言喻，我的病突見減輕，精神也不像過去那麼萎靡，好像我又有了力量。〔註3〕

程灝以頑強的毅力，撰寫了近萬字的說明材料，詳細回顧了當年在國民黨密電檢譯所和軍事委員會工作、辭職的經過，以及所謂當選中央廣播電臺國民黨區分部委員的真相。

吳、程二人自信程灝的歷史是清白的，組織上認真復查，使他們看到了獲得平反的希望，心中自是高興。但是復查歷史問題是需要一些時間的。程灝有點急，等到六月中旬不見有進展，就有些坐不住了。他就給政治處經辦人去信。七月下旬仍見不到結論，他直接給政治處的負責人寫信——

> 轉眼離同志們來巴馬已過去四個月，結論猶未下來，每當聽到有些同志們的問題落實的消息，不禁為自己的問題尚無著落而焦急。〔註4〕

十月初，才有了復查的結論。結論認為：肅反運動中給程灝開除勞動教養的處分主要根據兩條：一是在密電檢譯所和軍事委員會工作屬於特務分子。二是被選為區分部委員卻拒不承認、不交待。第一條按政策規定不改變，第二條是沒有可推翻的證據，要繼續保留。結論又認為：程灝的問題主要是受鬥爭擴大化的影響。其歷史問題本來沒那麼嚴重，不應該受那麼嚴厲的處罰。處罰重了就應該改正過來。1975 年給予特赦後，自治區公安廳已按政策在巴馬安排了正式工作，到年齡在巴馬就地退休就可以了。這次復查的結果：程灝恢復了幹部待遇，調入巴馬縣水電局工作，恢復了工齡及原工資級別，處境稍有改變。

可是這次復查沒有改變「特務分子」和「當過國民黨區分部委員」的定性，還是不能返回南寧原單位。這使吳、程心有不服。於是「繼續不斷打報告、上訪。見到時說得很好，就是沒有下文。為此程灝經常住院，不知不覺這樣又拖了幾年。」〔註5〕，程灝心情鬱悶極了。他不停地寫信，向相關單位提出申訴

〔註3〕引自《程灝 1979 年 6 月 24 日寫給廣播局政治處負責人的信》。
〔註4〕引自《程灝 1979 年 6 月 24 日寫給廣播局政治處負責人的信》。
〔註5〕據吳祥祜手稿《吳祥祜 1996 年寫給家人的自述》。

和要求——

> 由於我年齡已老，且身染重病，總盼望能早日得到結論，以免臨終抱憾。所以我曾寫兩封信給了事業局政治處。希望能盡快處理我的問題。並請求如若處理上有何困難，請寫信告訴我。以便提供參考材料。但不知什麼緣故都沒有得到答覆。近兩個月來由於心情鬱結，加上氣候欠佳，不幸我又發了氣胸，住進醫院，那種等不到復查結果即將離開人世的憂慮思想更是時時襲上心頭。〔註6〕

1980年，吳祥祜和程灝在巴馬水電局退休了。人是退休了，平反的訴求卻尚未實現，涉及到政治生命、生活待遇等等方面的問題沒有解決，更談不上實現「重回廣播」的夙願了。程灝經常發病，吳祥祜不得不承擔起要求徹底平反的各種工作。在家裏，他們重新一點一點回憶已經十分遙遠的過去。年代久了，有的人名、時間、地點一時記不清了，就互相啟發、提示。他們把小兒子叫來做記錄，然後整理出來，寫成詳細的申訴材料，寄到自治區廣播局、廣播電臺、自治區黨委統戰部等相關部門，還有北京的中央統戰部等，也都寄。

圖 17-2　妹夫王松到巴馬瞭解吳祥祜夫婦的想法，對照政策，幫助他們反映情況，解決問題。

〔註6〕引自《程灝1979年7月16日寫給廣播局政治處工作人員的信》。

不少瞭解吳、程歷史的親戚朋友也紛紛幫忙出主意、想辦法、疏通信息渠道，一些歷史當事人也站出來為他們寫旁證材料。尤其是吳祥祜最小的妹妹吳祥祉和小妹夫王松，他們長期在雲南文化戰線工作，懂政策、熟悉辦事程序，又瞭解程灝的經歷和為人。1978 年，吳祥祜從烏審旗、蘭州返回巴馬，曾專程到昆明與吳祥祉和王松交換意見。1980 年，王松又專程到巴馬水電局瞭解有關情況，到南寧拜會在自治區黨委擔任領導的老師、朋友，反映當事人的真實情況與訴求。1981 年，吳祥祜和程灝又專程去昆明，與小妹吳祥祉和小妹夫王松討論平反問題。

有一次，程灝在家裏跟孩子們說到他懂日文時，說到他在國民黨密電檢譯所的工作，除了英文打字，還要翻譯日本人的密電碼，所以學懂了日文。大家因此受到了啟發：程灝在國民黨密電檢譯所和技術研究室工作時，正值抗日戰爭，國共合作，英文打字和翻譯密電都是為反侵略的民族戰爭服務，不是為反動派服務的。這是與反共反人民的國民黨特務有著本質的不同的。所以不能說程灝就是「國民黨特務」。於是吳祥祜在代程灝起草的申訴報告中，明確提出了推翻「國民黨特務」這一結論的要求。至於當選國民黨中央廣播電臺區分部委員這件事，程灝完全不知情，一直不承認，也沒有其他證人，僅憑某個人的檢舉就下結論，孤證不能說明問題。報告呈上去後，程灝的平反工作有了新的進展。1982 年五月，程灝在給自治區廣播局的信中，再次明確提出了退休回南寧原單位的要求——

> 由於我的牽連，57 年我的全家下放巴馬，75 年我才被送回巴馬。如今所有因蒙冤和下放到巴馬的同志，均由原單位平反落實而回到原來的地方。我雖得以復查改正，現仍留在巴馬。總覺得精神上的包袱沒有解脫。我雖然年老，還希望能為統一祖國大業多做些工作，而由於我的問題得不到徹底落實，我現在的處境實難向國內外親友解釋。〔註 7〕

1981 年和 1983 年，黨中央先後兩次派出工作組，赴廣西調查、處理「文革」遺留問題。廣西平反冤假錯案的工作也隨之出現了嶄新的局面——

> 1983 年，王頤蓀、孟昭和來信給我，告訴我們現在成立了處遺辦駐進廣播廳，勸我們找處遺辦申訴，這是最後的機會了。為了最後一搏，不管程灝在柳州住院，病情多嚴重，拉他一起去了廣播廳，

〔註 7〕引自《程灝 1982 年 7 月 20 日寫給廣播局政治處的信》。

我們在招待所住了三個月，每天向處遺辦申訴，要求根據政策，回到原單位。經過三個月不停的申訴要求，終於打動了處遺辦的同志、廣播廳的領導，打動了原臺長譚流、柏立和原文教處處長王毅等人，都同意把我們調回廣播廳。給組織部上了報告，於是在84年元月十四日，組織部部長批准了處遺辦的意見：我們回廣播廳退休！〔註8〕

經過幾年不斷的申訴，到相關領導機關上訪上訴，多方奔走，反復解釋，據理力爭。肅反運動時將程灝定為「國民黨特務」和「當過國民黨區分部委員」的兩個結論終於被否定。1984 年元月，中國最早的廣播電臺播音員吳祥祜，在離開播音臺二十七年之後，終於攜手自己的愛人、另一位老廣播人程灝一道，由廣西廣播電視廳〔註9〕接收回歸，到南寧退休。在晚年實現了重回廣播的夙願！

圖 17-3　初回南寧，吳祥祜夫婦在自治區廣播電視廳新分給他們的宿舍裏留影。

為吳祥祜夫婦平反作了大量工作的小兒子程安美說：我們之所以一定要父母回南寧退休，首先是因為那時的巴馬基礎設施、生活條件、醫療條件都不太好，不像後來的長壽之鄉條件優越。二老一輩子磨難，落下了一身病，上了年紀的確需要一個好一點的養老環境，尤其需要好一點的醫療條件。但是，從情感上說，老人家更看重的是：不回到南寧、不在自治區廣播局退休，就好像沒有平反！他

〔註8〕引自吳祥祜《吳祥祜 1995 年寫給家人的自述》。

〔註9〕1983 年 9 月 15 日，「廣西廣播局」改稱為「廣西廣播電視廳」。見《廣西通志·廣播電視志》第 375～376 頁，廣西人民出版社，2006 年 6 月。

們把前大半輩子都獻給了廣播事業，他們對廣播有著不能割捨的情懷！

回到南寧，吳祥祜與程灝都已年逾古稀，晚年生活需要有子女在身邊照顧。一年後，自治區廣播電視廳又把他們的小兒子程安美一家調進南寧，安排在自治區廣播電視廳機關工作，以方便照顧兩位老人的晚年生活。吳祥祜一家在巴馬生活幾十年，與巴馬和周圍的同事結下了深厚的感情。巴馬的領導和普通群眾，對他們的遭遇也都很同情，願意給他們提供力所能及的幫助。程安美在巴馬林業局屬於城市園林從業人員，以工代幹多年，在當時既可以算作工人，也可以算作幹部。為了使程安美一家調動順利，巴馬縣人事局在辦理調動之前，先按規定把他的身份轉為幹部，在辦理調動時又派人專程來到廣電廳人教處做解釋。所以程安美是以幹部身份調入廣電廳工作，這也為後來照顧吳祥祜和程灝的晚年生活創造了很好的條件，使吳祥祜和程灝得到極大的安慰！

圖 17-4 落實政策回南寧之初，吳祥祜全家在大板二區宿舍前合影。

曾在農場當農工的大兒子程安善，在父親的電大輔導班學英語，成績優秀，是巴馬最早的電視大學畢業生，成了巴馬最早的英語老師。後來他又到廣西教育學院進修。父母落實政策回南寧後，程安善調來南寧在一所普通中學教書。他一家也隨調南寧。晚年的吳祥祜，不僅實現了重回廣播的夙願，而且又擁有一個完整、和諧的家。兒孫繞膝，晚年的生活是很愉快的！

第十八章　呼喚祖國統一〔註1〕

吳祥祜夫婦平反、回歸廣播電臺的過程雖然有些曲折，但是吳祥祜的兄弟姐妹和親戚朋友們都充滿著信心和期待。相信隨著國家的形勢的好轉，政治環境越來越寬鬆，事情是一定能夠水到渠成的。

1982 年，吳祥祜和程灝請求平反調回自治區廣播系統的復查審批初露曙光，老兩口到南寧配合、協助辦理有關的事項。得知情況，常住昆明的小妹吳祥祉和丈夫王松、常住桂林的二妹吳祥礽和丈夫經守高，不約而同特地趕來南寧，他們的目的都是要陪陪大姐和姐夫，給他們鼓勁；同時也想重遊故地一番。三姐妹難得在一起歡聚，心情格外高興。大家抽空遊覽參觀綠城的風景名勝：青秀山、白龍潭、邕江岸景、南湖公園都遊了個遍。三對老人都上了年紀，都很愛吃魚。聽說南湖公園魚餐館的紅燒魚是用湖裏現撈上來的活魚燒的，味道特別鮮美。小妹吳祥祉提議一定要好好品嘗品嘗，於是大家就在那裏訂了一桌。

南湖水面平闊，風光旖旎，岸邊的亭廊怪石，造型奇特；中草藥圃裏盆栽的藥材正開著鮮豔的小花，散發著好聞的清香。徜徉其間，他們拍了許多照片，然後到湖邊的魚餐館品嘗南湖紅燒魚。席間，大家都預感到：大姐、大姐夫回南寧歡度晚年的願望不久就會實現，好事將近，心情舒暢，正是暢談家事的好時候。三姐妹自然而然說起家中唯一的弟弟吳祥龃，說起吳祥媞、吳祥禧兩個妹妹。於是約定時間，把遠在鄭州的弟弟吳祥龃和這次未來相聚的吳祥媞、吳祥禧兩個妹妹都叫上，一起回桂林老家探望，再到陽朔吳祥禧家去聚會。

〔註1〕本章資料來源：除注明外均來自程安美接受採訪時的口述。

圖 18-1　小妹吳祥祉夫婦和二妹吳祥礽夫婦分別從昆明和桂林趕來南寧與大姐、姐夫相聚。圖為他們在南寧南湖公園合影。

吳祥祜有五個同胞姐妹和一個弟弟，散居在桂林、南寧、昆明、陽朔和巴馬，幾十年來很少能聚在一起。如今有約，大家立即響應。相約的時間一到，吳祥祜帶著孫子就出發了。那時程灝身體不好，正在柳州的醫院療養。可是兄弟姐妹相聚怎麼能少了大姐夫呢？於是姨媽、姨父們就「命令」程安美到柳州，把他父親從醫院接出來，把老人家直接送到陽朔吳祥禧家去。程安美到醫院一看，父親的身體恢復的不錯，情緒很好，正在教醫生護士學英語呢。一聽說到陽朔聚會，程灝立刻提起精神，打點行裝出發。

吳祥禧和丈夫黃丹，解放前是國民黨的隨軍記者，是國民黨時代的新聞界人士，解放後被《廣西日報》留用。1957 年下放到陽朔以後，就被安排在陽朔縣城工作。黃丹在縣園林管理局工作，吳祥禧在縣林業森工局任會計。作為老一代愛國知識分子，黃丹襟懷坦白，積極為陽朔的旅遊開發和經濟建設建言獻策，被推舉為桂林市的政協委員。在追求民族獨立解放和社會主義建設的歲月裏，五姐妹在各自的人生道路上努力奮鬥，晚年聚到一起，心情無比高興。家宴席上，大家說說笑笑，敘說別後思念，手足親情。次日，五姐妹攜手結伴，徜徉在親切的青山綠水之間，又喚起淡淡鄉愁，縷縷惆悵。老記者黃丹不斷給她們拍照，記錄下一個個難忘的瞬間。

圖 18-2　1982 年 6 月，吳祥祜姐妹「五朵金花」在陽朔月亮山下綻放。

這次吳家姐妹相聚，令人難以忘懷。只是遠在鄭州的弟弟吳祥蝦因事未能回來赴會，留下了遺憾。由於吳祥蝦長期在北方居住，吳祥祜與弟弟相見的機會是最少的，但姐弟之間的感情很深，彼此思念。吳祥祜獲得徹底平反、回自治區廣電廳退休後，吳祥蝦在 1986 年到昆明辦事，吳祥祜得知立刻趕去，姐弟歡聚在吳祥祉的家裏，暢敘親情，彌補了陽朔相聚時的遺憾！

圖 18-3　吳祥祜與弟弟吳祥蝦 1986 年在昆明相聚

圖 18-4　落實政策後重新回歸廣播的老同志在廣西人民廣播電臺門前合影。左起為王頤蓀、吳任才、曹明、吳祥祜、黃妙（一直在廣播工作崗位上的老記者）、王琦（人教處長）左鋒、程灝。

吳祥祜和程灝是在 1984 年元月回歸自治區廣播電視廳的。回到南寧以後，廣電廳人教處把五十年代曾在廣西人民廣播電臺工作的老廣播人召集到廳裏，一起相聚座談。在那前後幾年，先後獲得平反的老廣播人還有王頤蓀、孟昭和、韓采薇、曹明、吳任才等，這些人以及一直在廣西人民廣播電臺工作的黃妙等，都曾經與吳祥祜、程灝共事過。另外，老播音員左鋒也在。左鋒原名藺啟山，1957 年在中央廣播事業局播音班畢業後派到廣西人民廣播電臺從事播音工作，後來也被下放到宜山，八十年代初才平反回到廣電廳。左鋒比吳祥祜年輕得多，回廣電廳後曾被提拔為音像處處長。他雖然沒有同吳祥祜共過事，卻與吳祥祜一樣是經過正規訓練的老播音員。〔註 2〕，大家在人教處處長王琦的引導下參觀電臺，重遊故地，回憶往事，述說別後經歷，又照了許多照片，心情格外舒暢！

吳祥祜是中國第一代女播音員，從三十年代初起，參與了三十年代南京時期、抗日戰爭時期、國共內戰以及新中國成立初期各個歷史時期的廣播工作，既當過國民黨中央廣播電臺的播音組長，也當過共產黨地方廣播電臺的播音

〔註 2〕黃妙和左鋒分別是廣西人民廣播電臺著名記者和播音員。他們的事蹟參見鄭久燦主編的《往事——廣西老新聞工作者回憶錄》第一卷 85 頁、第二卷 173 頁。

組長。她成名於三十年代的南京時期，在抗日戰爭中親身經歷了堅守南京、撤退到長沙、重慶的艱難歲月，曾主持昆明廣播電臺的播音業務建設，返回重慶後經歷了播報抗戰勝利消息等等重大歷史事件。可以說是民國廣播史的歷史見證人。她解放後投入新中國的懷抱，參與廣西人民廣播電臺最初的播音工作，為新中國的地方廣播事業做了不少工作。她對中國廣播是作了貢獻的。回到廣西壯族自治區廣播電視廳後不久，國家廣播電影電視部給她頒發了一份榮譽證書。表彰她長期以來對廣播工作的貢獻。〔註 3〕

吳祥祜重新歸隊，引起了廣播界老人們的廣泛關注。老朋友、老同事，她指導過的新聞通訊員、電臺播音員紛紛來信來電祝賀、溝通信息、建立聯繫。近一點的則登門拜訪，共敘友情。由於吳祥祜曾經在各地一些重要的廣播電臺工作過，見證了中國廣播發展史上很多事情，一些從事廣播史研究的學者把她看作活資料，頻頻來訪。有北京來的、江蘇來的、也有雲南、湖南和廣西本地的。有認識的也有不認識的。每有人來，吳祥祜都認真接待，將自己所知和盤托出。她把這當作一項嚴肅的工作，當作自己在晚年繼續為中國廣播工作發揮餘熱的大事！

圖 18-5　廣西廣播電視史志辦的專家登門求教。

〔註 3〕據吳祥祜手稿《吳祥祜 1996 年寫給家人的自述》。

圖 18-6　吳祥祜在南寧家中接待來訪者。

江蘇省民國廣播史專家、《第四戰線——國民黨中央廣播電臺掇實》一書的作者汪學起先生，為了收集中央廣播電臺的資料，到南寧拜訪。吳祥祜從互不瞭解到成為朋友，為汪先生的研究、寫作提供了包括劉俊英、張潔蓮的許多真實具體的史料，對汪先生的寫作幫助很大。汪先生說——

> 當廣西廣電局裏通知說江蘇那邊來人，想要瞭解情況，她非常牴觸，多次迴避，後來我一直在門口等候至傍晚她回來家。我發自內心地尊重，誠懇地請教，漸漸地她從冷淡到開始接納，她發現我跟其他外調人員不同，對民國社會、政治情況有一定瞭解，能比較客觀地、準確地跟她交流些情況。後來我們成了好朋友，從她那獲得很多寶貴的資料，她是個活體資料庫，對我幫助很大。〔註 4〕

獲得平反歸隊之後，吳祥祜的丈夫程灝心情格外舒暢，身體也變得好了很多。在南寧經過 1984 年一年的治療，第二年竟一年都未進醫院。程灝是江蘇人，女兒女婿在南京工作，他一定要回家鄉去看看。南京是吳祥祜從事播音工作起步、成名的地方，那裏也有她難以割捨的牽掛。正好，汪學起先生也想邀請吳祥祜老兩口訪問南京。到了南京，老兩口首先探望女兒女婿一家，又去了一趟蘇州老家。然後才重返南京，探訪原國民黨中央電臺。

〔註 4〕謝鼎新《民國廣播事業史研究》391 頁。團結出版社，2021.07。

圖 18-7　吳祥祜夫婦在南京與長女程淑芳（安真）一家。

兩位老人跟隨著江蘇的同志，先後來到原國民黨中央電臺的播音室和江東門發射臺。故地重遊，不禁浮想聯翩。昔日工作、生活的情景歷歷在目。當年的吳祥祜正值青春年華，曾與中央電臺的同仁一道播音、演劇、唱歌、奏樂，假日裏相約到郊外遠足，調皮時還爬過江東門的發射塔。這一切都已隨歲月遠去，成為內心深處的記憶。眼前的舊貌新顏，使歷盡滄桑的吳祥祜感慨萬千；故人重逢更使老人抑制不住內心的激動，老淚縱橫——

> 1985 年，我（汪學起）專門邀請吳祥祜老兩口（她老伴也曾在中央臺有過一段工作時間）來南京故地重遊，還安排和甘濤（中央廣播電臺音樂組組長）見面。兩人見面情景令人動容。當進門時，甘濤知道是我們來了，他身體已不太好，慢慢站起來，整個人都在顫抖啊，走到門口，彼此拉著手就都哭了。真是恍如隔世啊！當年的風華青年現在都成為老頭老太了，中間受各種的委屈，經歷多少劫難，再重逢，你可以想像是怎樣的場景！〔註 5〕

第二年，江蘇籌辦對臺灣廣播的「金陵之聲」廣播電臺，計劃在 1986 年 11 月 12 日正式廣播。因為這一天既是孫中山先生誕辰 120 週年的紀念日，也是中央廣播電臺大功率發射臺開播 54 週年的日子。這一年，吳祥祜重訪南京。「金陵之聲」廣播電臺抓住這個機會採訪她，邀請她與羈留臺灣、久離故土的老同事、老朋友談心，吳祥祜欣然應允。此時已年逾古稀的吳祥祜多麼希望能

〔註 5〕謝鼎新《民國廣播事業史研究》392 頁。團結出版社，2021.07。

在有生之年與海峽對岸的老同事、老朋友們重新聚首，共敘友情呵。她在講話中深情地說——

> 我有一個想法：就是我們中國不應該分成兩個部分，應該是統一起來。我的老同事，有很多人到臺灣，比如說女的播音員有一個叫錢韻的，她跟我非常好，當時她就去臺灣做播音員了。還有一個叫鄭玄福（音）也是。在當時都是很好的播音員。她也是去臺灣了。也不知道她們現在是不是還健在。如果在，我希望他們也能在祖國統一方面出一點力量。能夠促使我們兩個方面統一起來。他們應該能夠在這方面作出貢獻。我還有一個姐姐在臺灣。但是到現在都不能夠直接通信，所以看起來現在聯繫還是有一定的困難。我們希望在臺灣的同胞都能夠在統一這方面多努力一點，使得我們的統一能夠早日實現。在有生之年能和老朋友們重新聚首。〔註6〕

1987年7月14日，臺灣當局宣布解除「戒嚴」。10月14日，國民黨中常會通過開放國民黨老兵赴大陸返鄉探親的報告，允許有血親、姻親三親等以內的親屬回大陸探親。分隔在臺海兩岸的吳家姐妹也盼來了互相聯繫，重新聚首的機會。

圖 18-8　吳祥祜夫婦在南京與老同事甘濤見面時的情景。

〔註6〕引自金陵之聲廣播電臺《龍的傳人》節目《訪原國民黨中央廣播電臺播音員吳祥祜》，1986年11月27日。

桂林吳家人丁興旺。吳祥祜的父親是「肇」字輩，有兄弟五人，到了吳祥祜的「祥」字輩，堂兄弟、堂姐妹有二十七人之多。其中堂姐妹十五人，吳祥祜排行第五。在民國時代，堂兄弟姐妹雖然多有來往，但又都跟著各自的父母分散生活在全國各地，成人之後又各自謀生。新中國成立後，堂兄弟姐妹們大部分散居在北京、南京、鄭州、西安、蘭州、昆明、桂林、南寧，還有的在河北、廣西的縣、鄉居住。只有二伯家的二姐吳慈祥和四叔家的九妹吳祥珍，隨著丈夫去了臺灣。〔註 7〕，在大陸，各地雖然山水阻隔，路途遙遠，姐妹之間還可以互通信息，互相往來，分隔在海峽兩岸的兄弟姐妹卻是音訊全無。1988 年，在臺灣從事醫療工作的二姐吳慈祥終於同大陸的兄弟姐妹取得了聯繫。這一年吳慈祥與吳祥珍相約，一同返回大陸。吳慈祥先是到北京和南京探望同胞的兄長吳祥驥和妹妹吳端祥，然後又回到南寧，看望闊別幾十年的堂妹吳祥祜。吳祥珍則是直接回到廣西，在桂林、南寧及附近的橫縣看望哥哥、弟弟和妹妹，又登門拜訪堂姐吳祥祜。

吳家的兄弟姐妹雖然人多分散，但大家往來密切，生活工作互相幫助，感情很深。小時候的吳祥祜為了不中斷學業，曾寄住在唐山二伯家，深得二伯家堂兄堂姐的幫助和呵護，後來又是二伯通過朋友的幫助，考入北京師大附中。1943 年吳祥祜從昆明回到重慶時，曾想離開廣播電臺。二姐吳慈祥雖然幫助她找到了工作，但又不同意她離開中央廣播電臺。吳祥祜正是聽了二姐的勸告，才沒有中斷電臺播音工作。

圖 18-9　吳祥祜在南京接受「金陵之聲」廣播電臺採訪後與工作人員合影。

〔註 7〕據程安美提供的《崇德堂吳家史》。

圖 18-10　定居臺灣的二姐吳慈祥每次回大陸探親都到南寧看望吳祥祜。圖為第三次回大陸時與姐妹合影。前左起吳慈祥、吳祥祜，後右起吳祥禔、吳祥禧、吳頤祥。

四叔家的九弟吳祥鸞，解放前一直在南寧謀生，1949 年 12 月，吳祥祜隨國民黨電臺逃到南寧，在樹倒猢猻散的時候，就擠住在吳祥鸞的家，得到堂弟的接濟〔註 8〕。解放以後，儘管常常受到政治風浪的衝擊，但吳祥祜與吳祥鸞姐弟兩家總是互相照應，彼此聯繫十分密切。所以，當吳慈祥、吳祥珍從臺灣回到南寧，大家的心情都十分激動。大家愉快的講述年輕時候的往事，訴說別後的牽掛。只是互相端詳的時候才發現，此時的兄弟姐妹都已經成為白髮蒼蒼的老人。而與吳慈祥相比，吳祥祜雖然是妹妹，由於疾病纏身，卻顯得更加蒼老憔悴！吳祥祜過去長期在國民黨中央廣播電臺當播音員，是個名人，朋友很多，吳慈祥對她說：如今在臺灣，記得她的人可不少。回來時還有人詢問起「吳暄谷」，關心她的生活與健康。

此後，健康狀況比較好的吳慈祥又多次奔走在海峽兩岸。她思念故土，思念姐妹，每次回來，都回桂林老家探望，接著到南寧看望病中的堂妹吳祥祜。二姐每次都向她介紹一些臺灣的情況和故人的思念。常常激起吳祥祜對當年中央廣播電臺同仁們的回憶。解放前夕，國民黨在大陸的政權崩潰瓦解，中央廣播電臺同仁有的去了臺灣，有的遷居香港、有的去了美國、加拿大，也有不少留在大陸。以後消息阻隔，難得來往。許多舊同事、老朋友即使同在大陸，也由於種種原因不便來往。兩岸實現三通之後，吳祥祜才跟散居海內外的同仁

〔註 8〕據吳祥祜手稿《吳祥祜 1955 年寫的自傳》。

逐步恢復聯繫。只是此時大家都已經是上了年紀的老人，行動不便，只能通過寫信溝通信息，互致問候。能接上一通電話，傾聽一下熟悉的聲音，就是很幸運的了。而吳祥祜在金陵之聲廣播電臺作錄音講話時提到的好朋友錢韻、鄭玄福竟一直也沒有能夠聯繫得上。

圖 18-11　定居臺灣的堂妹吳祥珍回大陸探親時來南寧看望吳祥祜。前左起吳祥鸞、吳祥祜、吳祥珍，後左起吳祥鸞妻子、吳祥龍、吳祥珠。

圖 18-12　定居美國的原傳音科科長陳沅先生（據陳沅在晚年寄給吳祥祜的舊照片）。

中央廣播電臺傳音科原科長陳沅，曾經極力提議把吳祥祜擢升為傳音科副科長，晚年也跟吳祥祜取得了聯繫。大陸解放時，陳沅去了美國，先後居住在加州的聖何塞市的諾沃克小鎮和帕羅奧圖市，在那裏經營無線電器材生意，在忙碌的商業活動中度過他漫長的後半生。他身體好，很長壽，據說活了一百多歲。他保留有許多電臺同仁的老照片，在晚年常常拿出來反覆觀看，回憶廣播往事，思念故國舊友。吳祥祜獲得平反、從邊遠的巴馬瑤族自治縣回到南寧生活，他得知情況後，就把一些老舊照片寄來，又在照片背面作了文字說明。

圖 18-13　陳沅在晚年寄給吳祥祜的舊照片之十一：左為李秉新、陳濟略登高，右為陳沅在照片背面寫下的文字。

圖 18-14　陳沅在晚年寄給吳祥祜的舊照片之十二：吳祥祜和同仁合影坐地，照片背面寫下的文字。

圖 18-15　陳沅在晚年寄給吳祥祜的舊照片之十三：吳祥祜電臺學員合影。

在一張出遊的照片後寫著：「濟略兄登高一呼，聲澈萬谷・高立者為李秉新兄。」在一張集體照的背面注明：「你坐在地上，太小，要用放大鏡看。」簡短的話語，字裏行間透露出深深的回憶和濃濃的思念。遺憾的是，吳祥祜與陳沅都是垂暮老人，直到去世竟未能再見一面。

吳祥祜在接受南京金陵之聲廣播電臺採訪時說——

> 現在我很希望還能夠認得我的朋友們或者是聽眾們呵，在統一祖國這個方面，能夠多作一點貢獻。我們以後能夠早日見面。要不然過得太久了，恐怕我們連見面也見不著了。〔註 9〕

吳祥祜終究沒能夠在有生之年與自己的老長官陳沅、好朋友錢韻、鄭玄福再次見面，把酒言歡。一句「恐怕我們連見面也見不著了」，竟一語成讖！

〔註 9〕引自金陵之聲廣播電臺《龍的傳人》節目《訪原國民黨中央廣播電臺播音員吳祥祜》，1986 年 11 月 27 日播出。

第十九章　元始播音員的終結〔註1〕

晚年的吳祥祜，一直努力收集各種信息，與海內外的親朋舊友溝通，經過一番努力，先後與高義、周舊邦、陳濟略、史濟平、竇瑞蘭、蔡驤、靳邁、段天白、姚善祥、陳沅等關係要好的老同事取得了聯繫，進行通訊，互致問候！

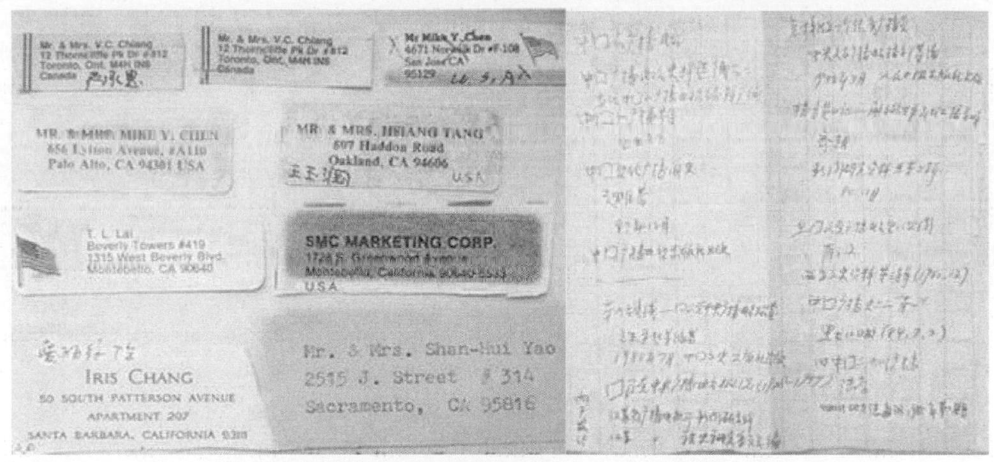

圖 19-1　晚年的吳祥祜十分關注中國廣播史研究，廣泛聯繫老同事、老朋友。左為她收集到身居海外的部分老同事的通訊地址。右為她記錄廣播史研究新成果的出版物。

在天津工作的靳邁，曾按吳祥祜的安排首播日本投降的消息，是吳祥祜在重慶時指導過的男播音員，對吳祥祜特別尊重。他試圖把老師播音經驗總結出來，把第一批三位女播音員的故事寫出來，為此吳祥祜給他回覆了上萬字的長信。對靳邁提出的問題總是認真解答，對靳邁撰寫的稿件，或刪減、或增補，一絲不苟，十分認真。

〔註 1〕本章資料來源：除注明外均來自程安美接受採訪時的口述。

圖 19-2　陳濟略寄給吳祥祜的紀念照，右為陳濟略在照片背面題寫的文字。

當年那位英氣勃發、登高一呼、聲徹萬谷的濟略兄，解放後一直在四川從事音樂教育工作；雖然身體尚健，但也早已不適合爬山登高。當年那位美貌如花的「濟略嫂」也已經風采不再，進入老人行列。大家都不方便再作長途旅行。夫婦二人特地從成都給吳祥祜寄來雙人照，以釋懷念。

1988 年，在湛江市定居的史濟平專程到南寧探望病中的吳祥祜。老姐老妹別後重聚，熱情相擁，互相問長問短，述說各自的坎坷經歷！

圖 19-3　1988 年史濟平從湛江專程到南寧探望吳祥祜。

還有很多很多的老朋友，或寄函、或短信、或打電話，互通信息、互致問候。而在吳祥祜心裏，念念不忘的還有兩位同伴——劉俊英與張潔蓮。

劉俊英、張潔蓮、吳祥祜三位女播音員，是首批通過國語語音標準考試的電臺播音員。1978 年，臺北的中國廣播公司出版了一本《中廣五十年紀念集》，其中有題為《「元始」播音員——劉雋英與吳祥祜》的文章說：劉俊英、張潔蓮、吳祥祜三位女播音員的出現，使中央電臺的宣傳、新聞、教育，甚至娛樂節目的國語標準都有了相當大的提高，被稱為「元始播音員」。由於張潔蓮「做了一個短時期工作，因為想家而返回北平」因此該文只介紹了劉俊英和吳祥祜。〔註 2〕

解放以後，劉俊英沒有繼續從事廣播工作，吳祥祜則投身人民廣播事業。歷史的動盪，時代的變遷，使吳祥祜遭受不少苦難，但她畢竟擁有自己完整的婚姻家庭，有愛人有孩子就有未來，生活就有希望。雖然生活坎坷，但她和愛人都了挺過來，邁步進入改革開放的新時代。在平靜安寧美好溫馨的家庭之中安享晚年。那麼劉俊英呢？她在後來去了哪裏？她的生活、她的晚年幸福嗎？

1987 年，汪學起、是翰生在撰寫了《第四戰線》一書時，講到了「南京之鶯」劉俊英戀愛失敗，疾病纏身，生活很是落寞；字裏行間中充滿了同情與惋惜，讀來使人唏嘘——

> （劉俊英）離開重慶，她已是身心交瘁。先去貴陽電臺，而後昆明電臺。起先還搞點資料工作，後來近乎雙目失明，無法正常工作。昔日文采飛揚、語音叮噹的播音小姐已不復存在，生活的厄運使她過早地步入中年。她就這樣變成了一個喑然無聲的賦閒人物。幾經輾轉，以致後來蹤跡杳然，無處查詢了。據說她曾發誓終身不嫁，瞭解她的人是相信的。因為，以她的性情、處境，她是絕不肯

〔註 2〕《國際新聞界》2013 年第 08 期發表李煜的文章《廣播的國家認同政治功能實現的歷史源起》，文末第三條注釋提到：中國廣播公司 1978 年出版《中廣五十年紀念集》，內有《元始播音員——劉雋英與吳祥祜》，該文說：「1932 年夏在北平招考了三位女播音員，其中張小姐『做了一個短時期工作，因為想家而返回北平』。因此該文中只提到劉雋英與吳祥祜。」查吳祥祜回憶手稿及汪學起、是翰生編著的《第四戰線——國民黨中央廣播電臺掇實》，此文三處有誤。一是北平招考時間是「1933 年」而非「1932 年」。二是「劉俊英」而非「劉雋英」，三是張小姐是因戀愛問題被母親帶走，不知去了哪裏，而非「因為想家而返回北平」。

接受別人的同情，更不肯俯就他人的，而只能是孑然一身的歸宿了。南京之鶯這一顆播音明星，在那動亂、污濁的年代，只不過是一顆流星，在黑夜裏微光閃爍地劃了一道弧，便消失在無際無涯的夜空裏了〔註3〕

據汪學起先生說，劉俊英的線索就是吳祥祜提供的。劉俊英在吳祥祜的心目中，是一位名滿天下的播音員，是一位性格獨立、很要強、值得敬佩的好大姐，她曾為國語播音做出過貢獻，不應被後人忘記。在給汪學起先生講述中央電臺各種歷史情況以後，又提供了劉俊英接受日本記者採訪的線索——

吳祥祜後來把一些筆記交給我，中間又經常來信，想起什麼事又細細說來。那個當年《朝日新聞》報導劉俊英的線索就是吳祥祜提供的。我佩服吳老的記憶力，不得了！時間、內容都能說得大差不離的，情境都能記得。後來我就試著以江蘇廣電廳局的名義，給《朝日新聞》社寫了一封公函，請他們查找下這一報紙資料，希望能給我們提供幫助。回信很快就來了，我記得沒超過一個禮拜，連報紙的複印件都寄來了。〔註4〕

劉俊英的故事被挖掘出來，少不了吳祥祜的貢獻。吳、劉二人長期共事，但從昆明回到重慶後，各自為生計前程奔波，兩人也鮮有來往。吳祥祜重新回歸廣播隊伍，並不知道劉俊英在新中國成立以後的情況。但她心裏思念著昔日老大姐，老同事。後來雖然患病臥床，吳祥祜仍然以堅強的毅力，通過海內外各種的渠道，詢問打聽，千方百計尋找劉俊英的下落。工夫不負有心人，她終於打聽到了。原來，吳祥祜離開昆明後，劉俊英也從昆明回到重慶來了。到重慶後仍是形單影隻、寂寞潦倒。雖然中管處仍然照顧她，給她發薪，但她身體不好，工作時做時停。抗戰勝利後，她本應隨中央電臺復員回南京，但她沒有回，而是選擇留在重慶。解放後在重慶郊外化龍橋的一所中學教書，煢煢孑立，鬱鬱寡歡，在寂寞潦倒之中度過一生。查吳祥祜晚年的通訊錄，其中赫然記著——

劉俊英，1992年3月22日去世，享年83歲。重慶市化龍橋市第二中學，郊區農村243號二幢四戶（二中宿舍），重慶市化龍橋市

〔註3〕引自汪學起、是翰生《第四戰線——國民黨中央廣播電臺掇實》第30頁，中國文史出版社，1988年7月。

〔註4〕謝鼎新《民國廣播事業史研究》392頁。團結出版社，2021.07。

第二中學曾凡玲轉，郵政編碼：630030、630043。〔註5〕

從字跡上看，「劉俊英，1992年3月22日去世，享年83歲。重慶市化龍橋市第二中學」的字跡較淡，顯然是書寫在前。大約是吳祥祜打聽到時，劉俊英已經故去。後面的聯絡人和聯繫地址，墨色較濃，應該是後來才補上去的。其中的聯絡人「曾凡玲」應該是瞭解劉俊英解放前後生活情況的人。但是，曾凡玲究竟是劉俊英的什麼人，卻不得而知。

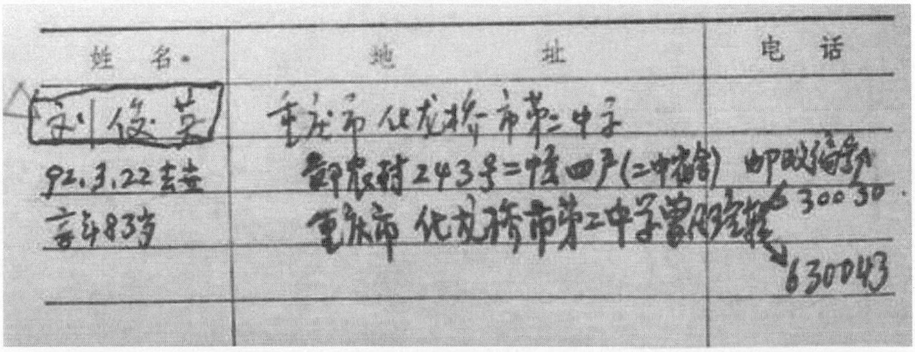

圖 19-4　吳祥祜在通訊簿記錄的劉俊英工作單位、住址、連絡人與聯繫電話。

打聽到了老朋友的下落，吳祥祜自是得到一些慰藉。但想到一代播音明星就這樣在寂寞無聞之中悄然離世，又不禁使她悵然！她在1996年給家人撰寫的自述中，多次提到了自己的好朋友劉俊英——

> 劉俊英學識豐富工作負責，播音動人，深得聽眾的好評，特別為日本聽眾所喜愛。幾年前日本特派記者來南京採訪，譽為南京之鶯，在報上廣為宣傳。她不自傲，播音更加出色，不幸因在日寇的狂轟濫炸中，每天在一燈如豆下廣播，眼睛發炎了，無法醫治，以致雙目近乎失明，不得已放棄廣播工作，從此離開廣播舞臺，潦倒一生。解放後更離開了中央臺，掙扎到1992年在重慶逝世。至此，當時的三個好友就只剩下了我一人了！〔註6〕

劉俊英、張潔蓮、吳祥祜三位女播音員是民國時期國語播音的重要拓荒者，她們初到中央廣播電臺的時候，確立「新國音」為中華民族共同語標準音的時間還不長，她們以聲音為武器，以優美的廣播為推廣中華民族共同語，為祖國語音標準統一，為祖國語言文化建設做了大量的工作。尤其是劉、吳兩位姑娘，她們同在南京入職，同在金陵古都成名，影響遠播海外。在偉大的民族

〔註5〕吳祥祜通訊錄，吳祥祜之子程安美提供。

〔註6〕引自吳祥祜手稿《吳祥祜1996年給家人寫的自述》。

保衛戰中，兩位姑娘以纖弱之身，冒著硝煙戰火，堅守崗位，頑強不屈地工作。為了做好國家廣播宣傳又奔赴遙遠的昆明，在種種矛盾糾葛中頑強工作。後來，兩人雖然先後返回重慶中央電臺，但抗戰勝利後，性格倔強、寧折不彎的劉俊英。卻沒有返回南京。疾病的折磨，情場的失敗，小人的嫉妒以及種種的不快，使她失去了往日的風采和熱情，最終淡出江湖，在人們的視野中消失了。戰亂頻仍、動盪不安的舊中國，使她們的生活命運蒙上了一層悲涼的色彩，但她們的成就與貢獻，是不應該被歷史的塵埃所淹沒的！

圖 19-5　晚年的吳祥祜，含飴弄孫，幸福愉快！

吳祥祜的晚年，生活安定而平靜，由於兩個兒子都在南寧，小兒子程安美又一直在身邊照顧，衣食無憂，兒孫繞膝，家庭十分和美。平時常有客人來訪。逢年過節，自治區廣電領導機關必定派人登門慰問，生活很充實，心情也是很愉快的！遺憾的是：夫婦二位身體都不是很好。調回南寧後不得不經常去醫院就醫，竟與醫生成了好朋友。

1986 年 11 月 1 日晚 7 時，全家人團團圍坐吃晚飯，吳祥祜的手突然不聽使喚了，飯碗端不起，夾菜老是夾不住、夾不准，一下子竟夾到旁邊去，想去洗手間，卻怎麼也站不起來。程安美發現情況不妙，來不及叫急救車，趕緊蹬著三輪車將老人家送到自治區醫院。醫院離家不遠，平時常去醫院，跟醫生也很熟，醫生對老人的病情也很熟悉，所以搶救很及時。事後程安美說：「那時真是爭分奪秒啊。幸虧自己送去，要是叫急救車，可能時間都來不及。」

吳祥祜終於搶救過來了，可從此落下半身癱瘓，再也無法自如行走。吳祥祜突然病倒，使老伴程灝的精神備受打擊。1987 年 4 月也住進了醫院，一病不起。程灝的身體本來就很虛弱，精神上受此打擊，病情越來越重，竟致精神失常。只好轉送專治精神病的南寧市第四人民醫院治療。或許是體質太差、或許打擊太大，程灝轉院後不久出現了昏迷。到 1987 年 5 月 13 日，竟撇下偏癱臥床的吳祥祜，撒手人寰！

人生的另一半走了，吳祥祜所受的打擊可想而知。她的身體越發變差了。親戚朋友們知道了都來看望她、安慰她。身在大陸的來，遠在臺灣的姐妹也來；同輩的兄弟姐妹來，晚輩的侄兒侄女也來。堂姐吳慈祥、堂弟吳祥龍幾乎每年都回來看她一次。青年時代的好朋友史濟平與丈夫專程到南寧，為她們帶來海內外老同事們最新的生活信息，帶來大家的慰問和祝福。大哥的大女兒身在臺灣，每次回來都帶把臺灣朋友的問候轉達給她。親人們的探望，朋友們的關心，每每引起吳祥祜許多美好的回憶，給她帶來了極大的精神安慰。

病中的吳祥祜十分頑強，她遵醫囑，耐心治療，堅持鍛鍊，堅持不間斷地進行思辨和表達能力的訓練，以保證說話、寫作思路清晰。在長期忍受偏癱折磨的歲月中，或給提問者寫信回答問題，或接待來訪者；有時用電話、信函與舊同事、老朋友聯絡。有時又動手寫作，回憶往事，總結經驗，為子孫晚輩留下珍貴的歷史資料。

1997 年 11 月，吳祥祜走完了自己人生的歷程，在南寧去世，終年 84 歲！

後記：寫作緣起與資料來源

中共十一屆三中全會以後，黨恢復了實事求是的思想路線，各種冤假錯案逐步得到平反。不久，「吳祥祜」這個名字就屢屢被人提起。1982 年，肖之儀在回憶文章中提到，他在 1936 年初考入國民黨中央廣播電臺當播音員時，留在播音崗位上的只有三位女播音員，其中吳祥祜「僅高中畢業，但頗能寫作，她所播送的『小朋友』節目，一時曾得到好評」。1986 年，靳邁在回憶當年廣播抗戰勝利消息時也提到「播音股長吳祥祜」，1987 年 11 月又在《人民政協報》發表文章，稱吳祥祜是「中國第一代播音員」。1989 年，著名廣播史專家趙玉明教授主編的《廣播電視簡明辭典》列有條目「吳祥祜」加以介紹，而在 1988 年中國文史出版社出版的《第四戰線——國民黨中央廣播電臺掇實》一書，則比較詳細地介紹了吳祥祜的播音活動，並說她從兩三千名考生中脫穎而出。是國民黨中央廣播電臺的第一代播音員；又說她是廣西人，新中國成立後在廣西人民廣播電臺工作，退休前是廣西廣播電視廳的幹部！

筆者孤陋寡聞，在廣西電視臺工作四十多年，常到廳裏辦事，竟不知道廳裏有吳祥祜這個名人。2017 年回北京廣播學院參加同學聚會，得與趙玉明、曹璐、時煜華、黃侯興、樓才傑等老師相見，再聆聽名師教誨。其中同趙玉明老師談到 1933 年國民黨中央廣播電臺在北京招考播音員的事。趙老師說：這是真事。當時考生很多，只取三人，吳祥祜考上了。趙老師曾採訪過她。後來又聽一些研究廣播史的朋友說，那次考試，是第一次把國語語音是否標準作為播音員入選的門檻。一個廣西人居然能講標準國語，在眾多考生中入選，這使我對吳祥祜產生了極大的興趣。不久，得到廣西廣電局檔案室吳娟娟同志的幫助，我查閱了有關檔案。娟娟同志還說：吳祥祜老人的小兒子程安美與她是鄰居。老人退休後一直跟隨程安美生活，現在已駕鶴西去。娟娟表示可以介紹我跟程安美先生認識！

程安美先生性格開朗、非常熱情。從 2019 年 4 月 28 日至 7 月 16 日，近三個月的時間裏，將親歷及見聞悉告筆者。又盡將所存吳祥祜老人的遺稿、照片、錄音相借。經過近半年的閱讀整理，形成一批原始資料。具體有：

一、記述生平經歷的手稿三篇，分別是《吳祥祜 1955 年寫的自傳》《吳祥祜 1996 年給家人寫的自述》《吳祥祜生平回顧（三部分）》。

二、其他文稿五篇，分別是《往事回顧》《回顧三反運動》《吳祥祜的初戀》《廣播對話》（靳邁編寫，吳祥祜手抄）《答靳邁》（吳的丈夫程灝謄抄、有吳修改字跡）。合稱《吳祥祜文稿五篇》。

三、1949 年以後不同時期的日記筆記殘篇一批。這些日記筆記均用鋼筆書寫，有的只記在質地較差的本子上，字極小，難以辨認卒讀，但所記內容比較豐富，有時代特點。所以就把其中能夠辨認無誤，計劃在書中引用的一部分輸入電腦，並整理成《解放初期筆記》《三反與肅反》《勞動鍛鍊思想和工作總結》《巴中三反》《巴馬五七幹校日記》《對各政治運動的認識及態度》六部分、二十四篇。因這些筆記日記比較零碎，字跡細小難認，有的已模糊不清，凡無法辨認或本書未引用到的部分就沒有整理打印！

四、老人生前曾親筆謄寫了一些資料卡片，程安美先生將其中一部分拍成手機照片，用手機微信發來。其中有一些內容為其他資料所未見，整理成《微信圖片》，共八篇。與其他材料相同的就沒有整理打印！

五、吳祥祜與丈夫程灝先生及家人為平反給組織領導、經辦幹部寫了不少材料、信件，其中有一些涉及到他們的經歷、見聞，具有一定的歷史價值，對這部分也作了整理並節選出 11 篇作為資料來源。

以上這些手稿都是吳祥祜老人或程灝先生親筆所寫或進行過修改補充。有的相對完整，有的尚未寫完，僅為殘篇。整理時對文稿只做辨認、打印，不作任何改動，儘量保留原樣。大多數稿子沒有題目，每篇稿子的小標題、每類稿子的總標題均為整理者所加。

除了上述這些文字，程安美先生還提供了《崇德堂吳家史》打印稿兩頁；接受金陵之聲廣播電臺採訪的《吳祥祜講話錄音》一件 15 分鐘，經記錄整理，打印成文稿一篇。筆者從廣西廣電局查閱到吳祥祜的檔案材料不多，僅將其中一篇抄錄打印成《給自治區廣電局政治處的請求平反報告》。其丈夫程灝的歷史、平反經過則主要來自檔案材料。檔案中與其他材料重複的就沒有抄錄引用。

程安美先生還提供照片一百多幀，是本書所用照片的主要來源。據程安美說：母親生前愛動筆作日記、收集有許多照片、文稿，有不少筆記本。但因為內容都是舊社會的，在政治運動中怕被人用來加害，所以在文革前後就都燒掉了，現在能提供的都是解放後的東西。回到南寧以後，定居美國的陳沅先生寄來 13 張舊照片，才有了母親與劉俊英、張潔蓮等老人在中央電臺工作與生活一些照片。在作者看來，這 13 張照片特別珍貴，在書中引用時均作了特別注明。

筆者在三個月採訪中，多次與程安美先生深談。程先生很務實，所談主要是家世及親歷親聞之事，涉及老人播音活動的事蹟不多。每次採訪結束即將筆記整理成文，經程先生審定修改後，又整理成《採訪程安美先生記錄》《補充採訪程安美》兩組、十二篇文稿，也作為寫作本書的資料來源。

在一些研究中國廣播史的學者收集整理的史料和研究著述中，有不少涉及到吳祥祜老人的播音活動及背景。為更清晰、更真切瞭解吳祥祜老人的播音生涯、工作背景、生平事蹟，筆者還查閱到一部分中國廣播史的相關文獻資料，參考並引用了海內外廣播史專家們的研究成果。其中最主要的有：

一、趙玉明、艾紅紅、劉書峰主編的《新修地方志早期廣播史料彙編》中相關部分。

二、趙玉明主編的《中國廣播電視通史》中相關部分。

三、趙玉明主編的《現代中國廣播史料選編》。

四、趙玉明、艾紅紅主編《中國抗戰廣播史料選編》。

五、汪學起、是翰生編著的《第四戰線——國民黨中央廣播電臺掇實》。

六、汪學起編著的《國民黨中央廣播電臺史實簡編》之一、二、三部分。

七、吳道一《中廣四十年》（部分）。

八、哈豔秋主編《「勿忘歷史：抗戰新聞史」學術研討會文集》部分論文。

九、陳爾泰著述的《中國廣播史考》。

十、陳爾泰主編《中國早期廣播史料題識選注》。

此外，筆者還從南京師範大學鄒軍為導師、葛容撰寫的學位論文《中央廣播電臺兒童節目的政治社會化功能考察——以《廣播週報》為史料》中，查閱並轉引了部分國民黨《廣播週報》刊登的文章。

本書以敘述吳祥祜的故事為主，也包括劉俊英、張潔蓮。她們三人同時考入中央廣播電臺從事播音工作。人們常常用「三位姑娘」「三位播音小姐」來稱呼她們。她們在國家廣播電臺草創的早年，就以清脆響亮的嗓音，標準悅耳的國語播讀文章，在紛亂繁雜、形形色色的電臺廣播中獨樹一幟，共同為語言廣播開創了一種獨特的播音韻味，贏得了海內外聽眾好評。她們的播音活動密不可分，播音成就共同創造。因此，本書並非僅僅講述吳祥祜個人的經歷，而是講「三位播音小姐」的共同故事。

吳祥祜與劉俊英、張潔蓮是中國廣播史上較早專門從事播音工作的播音員，有不少著述說她們是「中國第一代播音員」，這並不為過。可是即使是在國民黨中央廣播電臺，也不能說她們就是「最早的」或「第一個」播音員。因為在她們之前已經有了像黃天如那樣能講標準國語的播音員了。但她們的情況又很特殊：一是她們是經過標準國語語音考試之後錄用的；二是她們是從眾多報名者中公開「海選」出來的；三是那時的中央廣播電臺實際上就是代表中國的國家電臺，對內對外都代表著國家形象；與一般的民營電臺和地方政府電臺相比更具全國意義。毫無疑問，她們的播音創作是具有較強的開創性的，她們與後來者相比，又有其特殊意義。

2013 年，中國傳媒大學的李煜教授在《國際新聞界》雜誌發表過一篇文章：《廣播的國家認同政治功能實現的歷史源起：以建國前中國國民黨黨營廣播為例》，文末注釋中提到：臺灣中國廣播公司 1978 年出版《中廣五十年紀念集》，內有文章介紹劉俊英和吳祥祜的情況，說國民黨中央電臺於民國 21 年夏天到北平招考錄用了劉小姐、張小姐、吳小姐三位女播音員，張小姐只做短時期工作就返回北平。而劉俊英與吳祥祜則是在動盪的歲月中，隨著國民黨中央廣播事業管理處顛沛流離。稱她們二位是元始播音員。

經過中國傳媒大學周豔教授的幫助，我讀到了《元始播音員——劉俊英與吳祥祜》一文。我想，把「元始播音員」的標簽貼給在第一次公開考試中入選的三位播音員是合適的。雖然張潔蓮從事播音工作的時間不長，但她們都經過考試入職、都為確立國語播音風格作出過貢獻。「元始」不等於「第一」「最早」，但又有「開創」「起步」的意味！這就是本書名稱的由來。

本書所參考引用的文獻資料還有很多，這裡不再一一列舉，但在文中均作了注釋說明。在此謹向各位研究者、著作者深表謝意！

本書的寫作、出版，得到了眾多朋友的熱情支持。廣西壯族自治區原副書記潘琦先生、國家廣電總局原副總編輯黃勇先生分別為本書撰寫序言。廣西壯族自治區廣電局原局長鄭久燦先生調看書稿，提出修改意見。廣西電視臺辦公室原主任陸毅先生、廣西廣電局檔案室吳娟娟女士，為寫作提供了很多幫助。中國傳媒大學教授周豔、艾紅紅、李煜為本書寫作、出版提供資料，指點迷津。艾紅紅教授是中國廣播史專家、趙玉明教授的博士，她通讀全稿，為修改提出許多有益建議，又將本書推薦給臺灣花木蘭文化出版社。花木蘭文化出版社北京聯絡處負責人、副總編輯楊嘉樂女士、責任編輯宗曉燕女士為本書出版做了大量的工作。感謝叢書主編方漢奇老先生抬愛，將本書列入《中國新聞史研究》叢書出版！

再一次衷心感謝所有關心、支持本書寫作、出版的朋友！由於作者水平有限，所能看到的資料也很有限，書中難免有不準確或錯誤的地方，歡迎讀者朋友批評指正！

作者

2024 年元月 16 日於廣西南寧

附錄　吳祥祜大事記（1913～1997）

1913 年，10 月 5 日在北京出生。

1921 年，父親在遼寧西豐縣任縣長，隨父母。春，進入遼寧西豐縣師範附屬小學讀書。

1924 年，父親奉調到洮南縣任地方法院院長，吳祥祜隨母親到瀋陽生活，入瀋陽第一小學讀四年級，年底初小畢業。

1925 年，春，入瀋陽女子師範附屬小學讀高小。

1926 年，父親奉調遼寧復縣任檢察長，隨父母。因當地沒有高小，故休學。夏天到唐山二伯家，入唐山扶輪小學讀高小二年級。從此與二伯家的堂姐妹堂兄弟感情深厚、往來密切。

1927 年，高小畢業。到北京住在五叔吳肇源家，考入北平師範大學附中讀初中。

1930 年，初中畢業。考入北平師範大學女附中讀高中。

1932 年，在校期間，參加北京婦女救護隊到一·二八淞滬抗日戰場救護傷員。

1933 年，初，在校參加北京自衛隊婦女救護隊到古北口抗日戰場救護傷員。因耽誤功課，未能考入大學。九月報考中央廣播電臺女播音員，與劉俊英、張潔蓮三人同時入選。十月一日到南京丁家橋國民黨中央黨部中央廣播電臺報到入職。

1934 年，傳音科長黃天如調到福州電臺任臺長，范本中接任傳音科長。要求吳祥祜和劉俊英、張潔蓮三人不再按書本播講兒童節目，要自己編寫故事自己播講。劉俊英負責歷史部分，張潔蓮和吳祥祜負責地理部分。吳祥祜用播音名「吳暄谷」編寫、播講，又獨立負責周末的《廣播通訊》,《廣播通訊》影響很大，「吳暄谷」從此名聲大振。

1935 年，上年底及本年初，吳祥祜在南京受邀客串話劇《英雄與美人》，大獲成功。范本中受此啟發，開始組織編演播音話劇。首部劇《苦兒流浪記》因劇本有反日情緒被當局認為不合時宜而禁止廣播。吳祥祜倡議編演歷史題材故事《孔雀東南飛》並扮演女主角劉蘭芝，2 月 23 日播出獲得成功。在這一年，中央廣播電臺編演的播音話劇有數十部，多以愛國救亡為主題，多為吳祥祜主演，深受聽眾喜愛。其中吳祥祜編寫並主演的《費宮人》《笙簫緣》被視為是當時播音話劇的代表作。此前播音話劇被稱為「無線電戲劇」，後來又被改稱為「廣播劇」。

1936 年，11 月，吳祥祜被汽車壓傷住院，造成腦疼疾病，這一疾病伴隨終身。張潔蓮因戀愛被母親帶離電臺，不知所終。張潔蓮是最先離開播音崗位的第一位始播音員。

1937 年，抗戰開始，吳祥祜加入國民黨。日寇轟炸南京時在大播音室負責組織演播抗日救國的歌唱節目，由助理升任幹事。「南京之鶯」劉俊英冒著失明危險，堅持播音崗位，在奉命廣播《告別南京書》後撤離。吳祥祜在撤往重慶途中，奉命留在長沙播音，鼓舞軍民抗戰。

1938 年，5 月，重慶中央廣播電臺建成，吳祥祜奉命前往播音。在抗戰最艱苦階段成為主力播音員。「南京之鶯」劉俊英因眼疾惡化而離開播音崗位。又與范本中戀愛失敗，到重慶後不久即被派往貴陽廣播電臺工作，此後不再播音。三位「元始播音員」僅剩下吳祥祜一人繼續播音。

1940 年，6 月底，吳祥祜與劉俊英奉派前往昆明廣播電臺，升任總幹事。劉俊英任徵集股長。吳祥祜任播音股長，負責培訓播音員。後兩人滯留昆明多年。

1942 年，妹妹吳祥礽在家鄉桂林結婚，吳祥祜請假回去參加婚禮，這是吳祥祜第一次回故鄉桂林。

1943 年，6 月，吳祥祜返回到重慶。10 月安排到中央廣播電臺任總幹事、播音股長，與傳音科幹事程灝認識戀愛。

1944 年，在重慶與程灝結婚。

1945 年，8 月 10 日至 15 日，播音股長吳祥祜組織值班的播音員做好各種準備，廣播抗日戰爭勝利消息，鼓舞全國軍民。在歡慶勝利的同時，吳祥祜迎來大兒子程安善出生，未能參加接收，亦未能隨隊復員回南京。劉俊英從昆明調回重慶後，因健康原因不再做具體的廣播工作，遺落重慶，潦倒一生。

1946 年，6 月，吳祥祜攜幼子乘新造的輪船回到南京，獲勝利勳章。但未能得到合理安排，只有一個協助科長工作的名義。不久與傳音科同事李慶華、鄭寶燕等創辦家庭節目，小獲成功！

1947 年，7 月，吳祥祜的小兒子程安美出生。

1948 年，吳祥祜受吳道一、陳沅委託，主持整頓傳音科失敗。

1949 年，2 月。吳祥祜攜家人隨電臺從南京撤退到廣州，6 月接受遣散返回故鄉桂林，8 月受邀任桂林綏靖公署廣播電臺少校播音員。丈夫程灝任傳音科科長，又兼任副臺長（未正式公布）授中校軍銜；履職介紹引出白崇禧、黄旭初等人作反共的廣播講話。11 月 23 日奉命隨電臺撤往海南，因無法渡江滯留南寧，12 月 4 日南寧解放，吳祥祜與程灝同工作超等攜廣播器材到軍管會文教部登記報到，接受接管。以後作為舊人員被廣西人民廣播電臺留用。

1950 年，吳祥祜與程灝雙雙參加人民廣播事業工作，4 月 17 日正式上班。4 月 30 日，廣西人民廣播電臺正式成立，吳祥祜作為資深專業人士擔任播音員，第一次為廣西人民廣播電臺呼號廣播。5 月 1 日 19 時，廣西省人民政府主席張雲逸到電臺發表「五一」講話，由吳祥祜介紹引出。9 月 6 日小女兒程安琪出生。全家團圓，工作穩定，生活其樂融融。

1951 年，5 月，吳祥祜擔任播音組長，作為資深專業人士擔任播音員，參加廣西人民廣播電臺播音業務建設。年底，三反運動開始，吳祥祜一邊堅持播音，一邊參加「打虎」。

1952 年，在三反運動中，編輯科負責人王頤蓀等人到吳祥祜家開會，組織安排人員作揭露副臺長問題的發言。副臺長受審查，他的第二「打虎」隊隊長由吳祥祜接任。吳祥祜因事實求是提出把貪污億元的「大老虎」改為「中虎」，又因丈夫被人揭發有貪污行為而受到牽連。

1953 年，因患心臟病調離播音組，到電臺辦公室負責聯絡收音站工作，管理業務刊物資料，收發、解答聽眾來信，編寫節目預告及廣告發稿統計，抽聽播音等工作。協助編輯部副主任王頤蓀協調發稿和播音。

1954 年，元月，代理收聯組組長，5 月創編廣播節目《廣播文化宮》。6 月病重住院，做手術切除膽囊。8 月 2 日恢復上班。

1955 年，6 月，肅反運動開始，吳祥祜及程灝雙雙作為重點對象，被隔離寫材料交代問題。10 月 4 日，大會宣布程灝為歷史反革命分子，執行逮捕關押。被送到農場勞教，1975 年獲特赦。

1956 年，5 月，吳祥祜受審查結束，恢復工作。到編輯部農村組。10 月到秘書室工作。

1957 年，3 月到編輯部辦公室，編播節目《廣播雜談》。在反右派運動中被打成「王頤蓀反黨集團」成員。11 月被《廣西日報》登報點名。12 月，報名下放。

1958 年，吳祥祜離開電臺播音員工作崗位，下放到在巴馬瑤族自治縣盤陽鄉參加農業生產。至此，三位「元始播音員」全部離開播音臺！

1959 年，5 月 2 日，吳祥祜被安排到巴馬中學當會計，一人兼會計、出納和總務工作。次年被懷疑有貪污行為被批鬥，後查帳發現所謂「貪污」為子虛烏有，重新恢復工作。

1963 年，11 月，吳祥祜被調往巴馬城小做總務。

1968 年，7 月 26 日被宣布為大特務、反革命分子，遭停職、批鬥。

1969 年，7 月 11 日，被安排去縣東河五七幹校，白天勞動，晚上接受批鬥。婆母在南京去世，小女兒程安琪到內蒙古烏審旗插隊，後被抽調到烏審旗中學當教師。

1970 年，2 月，縣五七幹校遷回縣城郊外，吳祥祜隨遷。

1974 年，11 月安排到巴馬縣水電局任總務。

1975 年，程灝獲特赦，被安排到巴馬縣農科所農場做農工，養雞。後又安排到巴馬縣水電局工作。

1979 年，小女兒程安琪在內蒙古烏審旗病故。

1982 年，吳祥祜獲平反，但繼續滯留巴馬，無法回歸廣播隊伍。程灝獲得部分平反。

1984 年，元月，程灝雙雙獲得徹底平反，落實政策。吳祥祜、與丈夫雙雙回到自治區廣電廳退休。廣播界老同事來探望，北京、南京、長沙、昆明以及廣西本地的廣電史志工作者前來訪問，挖掘歷史資料。

1985 年，接受江蘇廣電史志辦邀請，重訪南京中央廣播電臺。

1986 年，接受江蘇省金陵之聲廣播電臺採訪，作廣播談話。問候在臺灣及旅居海外的老同事、老朋友，呼喚臺灣回歸祖國。盼望兩岸統一。

1987 年，吳祥祜突發中風、偏癱臥床。丈夫程灝因病情惡化而離世。

1988 年，堂姐吳慈祥第一次從臺灣歸來，專程到南寧探望吳祥祜，好朋友史濟平從湛江到南寧探望吳祥祜，她們帶來居住臺灣和旅居海外老長官、老同事的真摯問候。吳祥祜不斷聯絡海內外老朋友，互通信息，為臺灣回歸、統一祖國吶喊。

1991 年，堂姐吳慈祥第三次從臺灣回南寧探望吳祥祜，吳家姐妹回桂林尋訪吳家老宅，吳祥祜因健康原因，無法同行。

1997 年，吳祥祜在南寧逝世，「元始播音員」人生落幕！

本書主要資料來源

第一部分

1. 吳祥祜文稿五篇
   （1）廣播對話
   （2）往事回顧
   （3）回顧三反運動
   （4）答靳邁
   （5）吳祥祜的初戀
2. 吳祥祜 1955 年寫的自傳
3. 吳祥祜 1996 年給家人寫的自述
4. 吳祥祜生平回顧
   （1）解放前經歷（未注明因何事寫於何時）
   （2）程灝被捕至吳祥祜變牛鬼蛇神（1989 年 10 月 10 日寫的手稿）/
   （3）去五七幹校至晚年老病（寫於 1990 年三八節）
5. 1979 年 2 月 28 日給自治區廣電局政治處的請求平反報告
6. 日記筆記摘錄
   （1）9 月上半月工作小結
   （2）9 月下半月工作小結
   （3）1950 年年底鑒定
   （4）11 月上半月播音工作小結
   （5）播音工作總結

（6）1950 年 5 月～52 年 10 月播音工作總結
（7）11 月 5 日工作筆記
（8）一點心得
（9）學習黨史第四階段小結
（10）收音員訓練班的課
（11）52 年七月半到 9 月半小組工作總結
（12）小組消滅錯誤運動總結
（13）聽收音員會報
（14）消滅錯誤運動第三階段小組總結
（15）1953 年年終總結（摘要）
（16）解放後運動中的情況
（17）歷次運動表現
（18）解放後關鍵問題
（19）我在肅反運動中觀點立場
（20）勞動鍛鍊思想和工作總結（57.12.26～59.4.22）
（21）巴馬中學三反
（22）吳祥祜給政治處蘇同志的信
（23）關於參與王頤蓀反黨集團的筆記
（24）巴馬五七幹校日記選

7. 微信圖片
（1）一九三三年參加「一二八戰地服務隊」（2019 年 5 月 30 日程安美郵件）
（2）報考中央廣播電臺播音員（2019 年 5 月 30 日程安美郵件）
（3）在南京努力做好廣播工作，自立自強。（2019 年 5 月 30 日程安美郵件）
（4）突遇車禍，死裏逃生（2019 年 5 月 30 日程安美郵件）
（5）勝利後回南京辦家庭教育節目（程安美 2019 年 6 月 4 日提供）
（6）棄暗投明，參加新中國建設（2019 年 5 月 30 日程安美郵件）
（7）中央臺遷臺，吳祥祜回桂（程安美 2019 年 6 月 5 日提供）
（8）抗日戰爭時中央廣播電臺的「南京之鶯」

8. 程灝等人為平反寫的信

（1）程安美 1979 年 2 月 8 日給自治區公安廳負責同志的信（摘）

（2）程灝 1979 年 2 月 18 日寫給廣播局政治處的信（摘）

（3）程灝 1979 年 4 月 22 日給廣播局政治處負責同志的信（摘）

（4）程灝 1979 年 6 月 24 日給王處長的信

（5）程灝 1979 年 7 月 16 日給蘇同志的信

（6）程灝 1979 年 10 月 1 日給廣播局政治處的信

（7）程灝 1979 年 10 月 2 日給自治區廣播局政治處的信

（8）程灝 1982 年 7 月 20 日給廣播局的信

（9）程灝 1982 年審查程灝歷史結論

（10）程灝 1984 年填寫的履歷表

（11）吳祥祜給政治處蘇同志的信

9. 南京金陵之聲廣播電臺採訪吳祥祜錄音

（1）1986 年 11 月 27 日在南京金陵之聲廣播電臺《龍的傳人》節目首播

10. 採訪程安美先生記錄

（1）關於桂林吳家

（2）父親程灝之家

（3）下放巴馬經過

（4）在巴馬的廿七年

（5）父親特赦回巴馬

（6）給父母平反和落實政策

（7）母親好友胡春虹之死

（8）文革中程安美三次遇險

11. 補充採訪程安美

（1）關於與哥哥去南京看奶奶

（2）關於妹妹程安琪

（3）1978 年母親遠行

（4）1979 年程安琪去世

（5）南寧、昆明與陽朔家庭聚會

（6）母親與海外親友的聯繫

第二部分

1. 趙玉明，艾紅紅，劉書峰《新修地方志早期廣播史料彙編》，中國廣播電視出版社，2016.03。
2. 趙玉明《中國現代廣播簡史》，中國廣播電視出版社，1987.12。
3. 趙玉明《中國廣播電視通史》，中國廣播影視出版社，2014 年 9 月。
4. 趙玉明、艾紅紅《中國廣播電視圖史》，南方日報出版社，2008 年 9 月。
5. 趙玉明、艾紅紅《中國抗戰廣播史料選編》，中國廣播影視出版社，2017.05。
6. 吳道一《中廣四十年》。
7. 汪學起、是翰生《第四戰線——國民黨中央廣播電臺掇實》，中國文史出版社，1988 年 7 月。
8. 汪學起《國民黨中央廣播電臺史實簡編》載《新聞研究資料》，1988 年，第 1～3 期。
9. 哈豔秋《「勿忘歷史：抗戰新聞史」學術研討會文集》，中國廣播影視出版社，2016 年 7 月
10. 郭鎮之《中國境內第一座廣播電臺始末記》載《中國現代廣播簡史》(1987 年)《新聞研究資料》，1986 (01)《中國境內第一座廣播電臺考》載《現代傳播》，1986 年第 1 期。
11. 戴美政《抗戰救亡的時代強音》(上、下) 載《中國廣播》，2015 年第 11、12 期。
12. 李煜《廣播的國家認同政治功能實現的歷史源起》載《國際新聞界》，2013 年第 8 期。
13. 南京師範大學學位論文《中央廣播電臺兒童節目的政治社會化功能考察——以《廣播週報》為史料》，作者：葛容，導師：鄒軍。
14. 陳爾泰《中國廣播史考》，中國廣播電視出版社，出版於 2008 年元月。
15. 陳爾泰《中國早期廣播史料題識選注》，黑龍江人民廣播電臺《新聞傳媒》編輯部，2012.9。
16. 艾紅紅《民國時期的新聞廣播業》，花木蘭文化事業有限公司出版，2020 年 9 月。
17. 謝鼎新《民國廣播事業史研究》，團結出版社，2021.07。

18. 高國慶《中國播音學史研究》，九州出版社，2016.12。
19. 祝捷《中國播音主持評價標準體系發展研究》，中國廣播電視出版社，2013.9。
20. 錢鋒《廣播欄目與廣播主持》，暨南大學出版社，2012.08。